그대를 다시 만날 때까지

우리는 매일 같이 자연을 벗하고 인간관계를 유지하면서 살아간다. 산에 오르다가 아름다운 한 송이 들꽃을 보고 그 아름다움에 취해 꽃을 노래할 때도 있고 밤사이 내린 빗방울에 흠뻑 적셔진 땅을 박차고 새싹이 올라오는 광경을 보고 감동을 받을 수 있다. 이 세상에 태어난 모든 생물은 저마다 삶을 영위하기 위해 노력하며 살아간다.

우리는 일상생활에서 여러 가지를 보고 체험한다. 때로는 기쁜 일도 있고 옳지 못한 것을 보면서 분노하기도 한다. 이와 같이 우리의 일상생활 속에서 일어나는 여러 가지 소재를 바탕으로 평소에 보고 느낀 바를 정리하였다.

우리들의 체험은 보는 사람의 시각에 따라 각기 다를 수 있다. 가난하게 태어난 사람은 아무래도 많은 역경과 싸우면서 살아가게 되며 더 많은 노력을 하며 살아야 한다. 가난은 우리에게 시련을 주지만 이를 극복하겠다는 의지를 불태우게 하고 강한 인간으로 성장시킨다. 인간의 보람은 이런 어려움을 극복하고 성취할 때 가치가 있는 것이다.

책은 우리들에게 간접적인 경험을 갖게 해주며 가난하고 절망에 빠진 젊은 이에게는 희망을 줄 수 있을 것이다. 이 책은 가능하면 즐겁게 읽을 수 있도록 꾸며져 있으나 그 내면에 흐르는 참 뜻을 헤아려 주시기를 간절히 바란다. 이 책이 출판되기까지 수고해 주신 분들께 머리 숙여 감사를 드린다.

2004년 7월
치평동 서재에서
장 부 규

차례

제1장   **그대를 다시 만날 때까지**

15 · 세월은 사람을 기다리지 않는다

21 · 까치밥

26 · 그대 앞에 서면 까닭 없이 떨린다

31 · 그대를 다시 만날 때까지

37 · 금슬 좋은 부부

44 · 님 그리워 우는 상사화

51 · 들장미 사랑

58 · 돈도 돌고 사람도 돌고

66 · 동백꽃 내 사랑 언제 오려나

72 · 마차와 강아지

77 · 만추의 독백

82 · 버릇 없는 아이들

제2장   건강하고 명랑한 사회

93 · 건강은 소중한 자산

101 · 건강하게 살자

108 · 눈먼 돈과 정직한 돈

116 · 도박은 인생의 종착역

123 · 복권당첨과 형제간의 우애

130 · 불을 켜고 자면 키가 자라지 않는다

135 · 아이가 먼저냐, 산모가 먼저냐?

141 · 술 마시는 사람들의 변명

147 · 스트레스 해소와 건강

151 · 가는 자는 멀어지고

158 · 존경 받는 상사

164 · 처세 잘하는 부하가 일도 잘한다

172 · 빈손

178 · 빗방울이 바위를 뚫는다

183 · 사랑 받는 분재

187 · 악어의 눈물

제3장 연꽃

193 · 연꽃

200 · 영화에는 인생이 녹아 있다

210 · 예향을 위하여

219 · 오늘이 최후의 날인 것처럼

224 · 운명적인 만남과 사랑

229 · 웃으면 복이 와요

237 · 자녀는 소유물이 아니다

243 · 자녀를 위한 아버지의 지혜

248 · 자전거 도둑

259 · 장애인에 대한 편견

266 · 주도 18단계와 열반주

273 · 진돗개 백구

277 · 책은 양식이다

285 · 충직한 하인

290 · 취직 시험과 술

295 · 친우와 상우

301 · 토끼똥이 소화제

307 · 함박눈과 강아지

제1장 그대를 다시 만날 때까지

세월은 사람을 기다리지 않는다

아침에 일어나니 찬바람이 소슬하다. 봄인가 했더니 이젠 초겨울 날씨가 완연하다. 대관령에는 벌써 눈이 내렸다고 한다. 해마다 맞이하는 계절이지만 올해는 왠지 쓸쓸한 마음을 금할 수 없다.

건강 때문에 '올해는 잘 넘겨야 할 텐데.' 하는 걱정이 앞선다. 혈압이 높아 여간 신경 쓰이는 게 아니다. 고혈압은 겉으로 드러나지 않아서 건강한 사람으로 딱 오해받기 쉽다.

동료들이 술을 권했을 때 이를 거절하면 무척이나 화를 낸다. 몸이 아프다고 해도 믿어주질 않는다. 과거에 술을 잘 마셨으니 지금도 잘 마실 것이라고 지레 짐작하기 때문이다. 하는 수 없이 친구들을 만나면 으레 소주 1병 이상을 마시고 기분이 나면 입가심이라고 하여 맥주 500cc 한 잔 또는 두 잔을 마시고 헤어진다. 마시지 않으면 꾀병을 부린다고 야단이기 때문에 어쩔 수 없이 마시는 때가 많다.

　과거에는 소주 한 병을 마시면 다음날 근무에 별 영향이 없으나 요새는 사뭇 달라진 것 같다. 머리가 개운하지 않다. 그리고 뒷머리가 당겨지는 것 같은 느낌이다. 특히, 고혈압 약을 복용한 후로는 술에 대단히 약해진 것 같다.

　자기 몸의 관리는 스스로 진단하고 조심해야 하는데 분위기 때문에 친구들이 술을 따라주는 데로 마시고 다음날 고생을 한다. 때로는 어지럽기까지 하다. 세상에 이런 바보도 없을 것이다.

　"혈압이 높다."는 의사의 진단을 받은 후 집에 혈압계를 하나 사다 놓고 하루에 두세 번 체크를 하는데 특이한 현상을 발견하였다. 일단 술을 마신 날은 안심이다. 술을 마신 직후에는 혈압이 평상시보다 훨씬 낮아진다. 그러나 술을 마신 다음날에는 혈압이 무척 높아지는 것을 알게 되었다. 머리도 아프고 속도 좋지 않다.

　술을 마신 뒤에는 후유증으로 고통 받을 것이 뻔히 예상되지만 친구들이 따라 주는 술을 거절하지 못하는 게 탈이다. 술 마시는 사람의 대부분은 술을 마시고 고통을 받는데 이때마다 다시는 술을 마시지 않겠다고 다짐하지만 헛된 구호에 지나지 않는다.

　며칠이 지나면 또 다시 술을 마시는 것이다. 바보도 그런 바보가 없다. 고통을 받았으면 다음에는 마시지 않아야 하는데 왜 또 술을 마시는지 이해할 수 없을 것이다. 고혈압은 자기밖에 모르는 병이어서 스스로 조심해야 한다. 술도 알아서 적당하게 마시는 것이 좋다.

　특히 겨울철에는 몸이 움츠려 들기 때문에 혈압이 오르므로 주의를 요한다. 금년 겨울에는 걱정이 앞선다. 술도 힘으로 마시는 것 같다. 젊은 날에는 술을 많이 마셔도 곧바로 깼다. 친구들과 어울려 밤늦게까지 술을 마시면 출근할 때까지 얼굴이 빨갛게 달아오르고 입에선 술 냄새가 가시지 않았지만 오전만 지나면 거뜬해진다.

그러나 나이가 들어감에 따라 술의 양이 줄어들고 술 깨는 속도도 매우 늦다. 그만큼 술에 대한 저항력이 약해지고 신진대사가 되지 않는다는 증거이다. 젊다하여 술을 많이 마시는 것을 삼가야 한다. 1주일에 한 번이나 두 번 정도로 절주해야 한다. 술을 많이 마셔서 좋은 일이 없기 때문이다.

건강만 믿고 폭음을 하면서 건강을 관리하지 않으면 자기도 모르게 건강을 잃을 수도 있다. 술은 항상 어른이라고 생각하고 조심해야 한다. 젊은 사람이 술을 마시고 비틀거리거나 추태를 부리면 그것 또한 볼썽사납다. 그리고 술기운에 시비할 수도 있으므로 술을 마실 때는 대단히 주의해야 한다. 술은 언제나 상관을 모시듯 정중하게 모시도록 해야 한다.

금년 들어 의사의 지시에 따라 하루도 거르지 않고 약을 복용한다. 후회는 언제해도 늦다지만 겨울이 되고 보니 봄부터 열심히 몸 관리를 해두지 않은 것에 대하여 후회스럽다.

내년에는 꼭 건강관리를 위하여 운동을 계속할 계획이다. 아침에 일찍 일어나 4킬로미터 이상을 걷고 사무실에 출근하고 있는데 운동을 시작한 지 4개월 정도 되었다.

다른 사람은 나를 부지런하다고 느낄지 모르지만 천성이 게으른 사람이다. 무슨 일이든지 꼭 닥쳐야 한다. 미리 미리 준비하는 태도가 대단히 미흡하다.

20대에는 나이를 한 살이라도 더 높이려 한다. 상대방에게 자기의 나이를 과시함으로써 대등한 지위를 확보하고자 하는 의도이다.

삶에 대하여 적극적이고 능동적이며 실수를 두려워하지 않는다. 그러나 나이가 들어가면 나이를 한 살이라도 낮추고 싶다. 괜히 성취한 것도 없이 나이만 드는 것이 안타깝기 때문이다. 그리고 매사에 소극적이고 소심하다. 실패에 대한 두려움이 크다.

사람이 살아가는 기준은 각기 다르다. 돈이면 모든 것이 다 통한다는 논리를 갖고 사는 사람도 있다. 일면 타당성이 있는 말일지 모르지만 돈을 주고도 살 수 없는 것은 지식이다. 머릿속에 들어 있는 폭넓은 지식은 어느 부자보다도 더 자랑스러운 것이다. 부자들은 자기의 부를 자랑하면서 살아간다.

그러나 부는 지식을 많이 갖고 있는 사람과 비교할 때 자랑할 만한 것이 못 된다. 간혹 얼굴은 잘생기지도 못했는데 많은 지식이 있어서 다른 사람으로부터 부러움을 사는 사람도 있다.

내가 아는 아주머니 중에 허드렛일을 하는 분이 있는데 책을 읽고 나서 책 내용에 대한 평가까지 하는 것을 보고 깜짝 놀랐다. 그 후 그 분을 만날 때마다 예사 사람으로 보이지 않았다.

자기가 하고 있는 일이 무엇이든지간에 항상 지식과 지혜를 쌓기 위한 노력을 지속하여야 한다. 세월은 사람을 기다리지 않는다. 짧은 시간이라도 아끼면서 자기 발전을 위해 노력해야 한다. 젊은 날에 배우고 익히지 않으면 나이가 들어서 반드시 후회하게 된다.

나이가 들면 하고 싶어도 잘 되지 않는다. 우선 시력도 좋지 않아서 때로는 안경이 두 개 이상 필요한 분도 있다. 먼 곳을 보는 안경과 가까운 곳을 보는 안경이 따로 있어야 하기 때문이다.

가까운 곳은 돋보기를 쓰고 먼 곳은 안경을 벗고 보는 사람도 있다. 젊었을 때 근시인 사람은 나이가 들어 책을 읽을 때는 안경을 벗어야 더 잘 보인다. 그것은 나이가 들어 근시가 개선되어서가 아니라 나이가 들어가기 때문에 일어나는 노안의 현상이라고 한다.

세월은 누구에게나 똑같이 주어진다. 주어진 세월을 아끼고 잘 활용하는 사람은 성공하고 허송세월을 보내는 사람은 실패한 인생을 살 수밖에 없다. 젊었을 때는 몇백 년이나 살아갈 것처럼 생각한다. 그러나 지나고 보면 세월이 금방 지나간다. 그래서 세월은 흐르는 물과 같다는 말이 생긴 것이다.

세월은 멈춰서서 사람을 기다리지 않는다. 이에 대한 동서양의 속담이 모두 같다. 세월은 사람을 기다리지 않고 순간 순간 지나간다. 그러므로 세월을 어떻게 활용하느냐에 따라 자기의 인생 항로가 달라진다.

나이가 들면 머리에 기억력도 없어진다. 공부를 하거나 일을 하거나 능률이 오르지 않는다. 그래서 젊었을 때 공부하라고 충고하는 것이다. 젊은날에 열심히 공부하여야 한다. 열심히 공부한 사람과 공부하지 않은 사람의 결과는 다를 수밖에 없다.

그리고 자기의 마음을 어디에 두고 살아가느냐에 따라 다르다. 나는 「그대에게 바치는 휘파람」이라는 책자에서도 오 헨리의 '20년 후'라는 작품의 내용을 비교적 자세하게 소개한 바 있다.

두 친구가 헤어지면서 20년 후에 만나기로 한다. 20년 후에 만났을 때 한 친구는 경찰관이 되었고 다른 친구는 범죄자로 쫓기는 신세가 된다. 그러나 두 사람은 약속된 장소에 나타난다.

경찰관이 된 친구는 자기 친구가 현상 수배된 범죄인이라는 걸 알고 몇 마디 대화만 나눈 채 지나쳐버린다. 차마 자기 손으로 옛 친구를 범인으로 체포할 수 없었기 때문이다.

세월과 관련된 도연명 선생의 주옥 같은 시를 추천한다.

이 글을 통해서 젊은 날에 무엇을 할 것인가를 깨달을 수 있다.

인생은 짧다. 다만, 이를 아끼는 사람에게 기회는 주어지는 것이다.

歲月不待人(세월부대인)

도 연 명

人生無根蒂(인생무근체)	인생은 정처 없이 떠돌고
飄如陌上塵(표여맥상진)	밭 두렁의 먼지처럼 표연한 것.
分散逐風轉(분산축풍전)	바람 따라 흐트러져 구르는
此已非常身(차이비상신)	인생은 범상하지 않은 몸.
落地爲兄弟(낙지위형제)	이 땅의 모두는 형제이니
何必骨肉親(하필골육친)	어찌 육친이 골육뿐이던가.
得歡當作樂(득환당작락)	환희를 얻으면 마땅히 즐기고
斗酒聚比隣(두주취비린)	말 술 이웃과 함께 마셔라.
盛年不重來(성년불중래)	젊은 시절은 다시 오지 않으며
一日難再晨(일신난재신)	아침은 하루에 두 번 오지 않는 법.
及時當勉勵(급시당면려)	때를 잃지 말고 부지런히 일하라
歲月不待人(세월부대인)	세월은 사람을 기다리지 않느니.

까치밥

우리 나라는 까치와 관련된 많은 설화가 있으며, 까치는 길조(吉鳥)로 여겨 왔다. 까치는 우리 나라의 새인 국조(國鳥)이기도 하다. "아침에 까치가 울면 반가운 손님이 온다."는 속설이 있으며, 까치를 희작(喜鵲)이라고 부르기도 한다.

아침에 까치가 울면 그날은 좋은 일이 있을 것 같은 예감이 들었다. 그래서 어렸을 적에 감나무 위에 앉아 있는 까치가 울 때면 창문을 열고 까치를 바라보았으며, 까치가 가져다 줄 것 같은 희소식을 기다렸다. 그 중에서도 멀리서 사시는 큰 고모님과 막내 고모님이 오시는 날을 무척이나 기다렸다.

아버지는 독자였으나 고모님은 네 분이 계셨는데, 큰 고모님은 나주, 둘째 고모는 같은 마을, 셋째는 전라북도 고창군 선운사 앞 마을, 또 한

분은 장성에서 사셨다.

멀리 사시는 고모님이 오실 때는 반드시 선물을 사 오셨기 때문에 우리 형제들은 고모님이 오시는 날을 무척이나 기다렸다. 까치가 우는 날이면 꼭 좋은 일이 일어날 것 같았다. 까치는 좋은 소식을 전해 주는 새이기 때문이다.

이렇게 우리들과 밀접하게 친근감을 갖고 있던 까치가 최근 들어 무척이나 천대 받는 신세가 되어 안타깝다. 본래 까치는 해충을 잡아먹기 때문에 익조(益鳥)이기도 하지만 배나, 사과, 감나무 밭에 앉아 과일을 쪼아 먹기 때문에 농부들은 이를 무척이나 싫어하게 되었다.

까치가 쪼아 먹는 과일은 일반적으로 단맛이 나고, 튼튼한 과일이 많다. 우리의 경험을 통해서 보더라도 까치가 쪼아 먹은 과일은 매우 맛이 달다.

농부들은 1년 농사를 망치고 있는 까치를 좋아할 이유가 없다. 또한 전봇대에 앉아 있다가 전봇대에 감전되거나 전봇대 위에 까치집을 지어 살다가 감전사고가 발생하기 때문에 '까치와의 전쟁'을 하고 있는 한전 직원들도 많아졌다.

전라남도 지방에는 지난 수십 년 동안 까치가 보이지 않아 어린 시절을 회상하면서 까치가 울면 고모님을 기다리던 추억을 더듬어 볼 때가 많았다. 그런데 최근에는 광주를 비롯한 전남 지역 곳곳에서 까치를 볼 수 있으며, 숫자가 갑자기 증가하여 큰 골칫거리가 되었다.

특히 과일을 재배하는 농촌에서는 유달리 수많은 까치가 서식하여 과일을 쪼아 먹음으로써 많은 손실을 입히고 있는 것 같다. 세월이 흐름에 따라 우리 형제들이 그렇게 기다리던 고모님들도 모두 저 세상으로 가셨다. 큰 고모님은 95세까지 사셨으며, 다행히 매우 다복하게 생활하셨다.

고모님 네 분도 모두 돌아가셨다. 그래도 사람을 기다리며 살 수 있었던 것은 행복한 시절이었다.

기다릴 사람도 없는 사람들의 마음은 항상 아플 수밖에 없다. 나이가 어릴 때는 까치의 울음소리에도 반가운 손님이 오시는 것을 기다렸으나 이제 기다릴 사람조차 없는 마음이 안타까울 뿐이다.

까치에 대한 전설을 살펴보면 일연 선생이 지은 『삼국유사』에는 "계림의 동쪽 아진포에서 까치소리를 듣고 까치가 우는 곳으로 가 보았더니, 배에 실려온 궤가 있었으며, 그 속에 잘생긴 사내아기가 있었는데, 그 사내아이가 자라서 훗날의 탈해왕이 되었다."는 석탈해 신화가 기록되어 있다. 이로 인하여 까치는 귀한 인물이나 손님의 출현을 알리는 새로 여겨지게 되었다.

『동국세시기』에는 설날 새벽에 가장 먼저 까치 소리를 들으면 그 해에는 운수대통이라 하여 길조로 여겨왔다. 불교에서는 보양(寶壤)이 절을 지으려고 북령에 올라갔다가 까치가 땅을 쪼고 있는 것을 보고 그곳을 파 보았더니 해묵은 벽돌이 나왔는데 이 벽돌을 모아 절을 세우고 작갑사(鵲岬寺)라 하였다는 설화가 전한다.

이 설화에서 까치는 부처의 뜻을 전하는 행운을 상징한다. 또 민간 세시풍속에 칠월 칠석날 까치가 하늘로 올라가 견우직녀의 만남을 돕고자 오작교(烏鵲橋)를 놓는다는 전설에서는 두 남녀의 애틋한 사랑을 이룰 수 있도록 도와주는 선행자의 역할을 맡고 있다.

한편 유난히 시끄럽게 떠드는 사람을 '아침 까치 같다' 하고, 허풍을 잘 떨고 흰소리 잘하는 사람을 '까치 뱃바닥 같다'고 빗대어 말하기도 한다.

시골 우리 집에는 많은 감나무가 있었다. 겨울철이 되어 낙엽이 우수수 떨어져 버린 날, 뒤뜰에 있는 감나무에는 매 그루마다 어김없이 몇 개의 감이 달려 있는 현상을 볼 수 있었다. 감나무 잎은 모두 떨어지고 바람결에 대롱대롱 흩날리며 매달려 있는 홍시가 있었다.

빨갛게 익은 홍시를 먹고 싶었으나 어른들은 이를 먹지 않도록 주의를 주셨다. 그러나 먹지 않아야 할 이유를 설명하지 않았기 때문에 대롱대롱 매달려 있는 홍시가 탐이 나서 자꾸만 기웃거리다가 어른들이 없는 틈을 타서 돌팔매로 홍시를 따먹던 기억들이 선하다.

철이 들어 왜 어른들이 이 홍시를 먹지 않도록 주의를 주었는지에 대해 생각해 보았다. 왜 그랬을까? 옛날 사람들은 이를 두고 '까치밥'이라고 불렀는데 이 말의 뜻을 되새겨 보면 우리 조상들이 얼마나 정겹고 자연과 동물을 사랑했는지를 알 수 있다.

미물의 새이지만 그들이 추운 겨울을 지낼 때, 먹을 수 있는 홍시 몇 개라도 남겨 둠으로써 사람과 새가 함께 살아갈 수 있도록 배려한 인간미를 발견할 수 있게 되는 것이다.

사랑한다는 것, 그것은 매우 중요한 일이다. 사람과 사람이 서로 사랑하고, 사람이 자연과 동물을 사랑하고, 그들의 생명조차 중하게 여긴 우리 조상들의 슬기가 그 가운데 숨어 있는 것이다.

하얀 눈이 흩날리는 겨울철, 차를 타고 시골길을 달리면서 감나무에 매달려 있는 홍시를 바라볼 때마다 어린 시절의 추억에 젖어 드는 것은 누구나 공감하는 정감일 것이다.

이제, 우리들은 과거와 달리 소득 수준도 매우 높아졌다. 그와 비례하여 우리들의 마음 속에 인간과 자연에 대한 따뜻함과 정이 더욱 넘쳐나야 함에도 불구하고 현실은 그렇지 않으며, "과거와 달리 우리들의 마음이 삭막해졌다."는 이야기를 들을 때마다 무척이나 가슴 아프게 생각한다.

사리사욕에 눈이 어두워 자기 자신만을 앞세우는 풍조를 바라보면서 우리 조상들이 까치밥을 남겨 두었던 아름다운 미풍양속을 새삼스럽게 떠올리게 된다.

옛 사람들은 비록 가난하였지만 이웃을 생각하고 서로 돕고 살았다. 아니 사람만을 사랑한 것이 아니라 자연과 동물을 사랑하여 '까치밥' 까지 남겨 두는 사려 깊은 분들이었다.

이렇게 매운 찬바람이 옷 속을 파고드는 겨울이 되면 가스 보일러에 따뜻하게 잠을 자고 있는 내 자신을 다시 한번 되돌아보게 된다. 불을 지피지 않은 방에서 추운 겨울밤을 보내며, 헤어 드라이기로 이불 속에 따뜻한 바람을 불어넣으면서 잠을 청했던 것을 기억한다.

크리스마스와 연말이 다가오는 추운 겨울 어디선가 나보다 더 생활이 어려워 떨고 있는 이웃, 아직도 열악한 사회복지시설에서 생활하고 있는 어린이, 여러 가지 이유로 부모 없이 홀로 살아가는 소년가장이 생각나는 것은 고통스럽던 지난날의 경험 때문일 것이다.

그대 앞에 서면 까닭 없이 떨린다

　속이 텅 빈 남자들이 가끔 진심이 아닌 농담으로 마치 자기가 상대 여성을 좋아하는 것처럼 여성을 유혹한다. 이럴 때 여성은 일반적으로 감정적이고 정에 약하기 때문에 그것을 진심으로 받아들이고 고민에 빠진다.

　남자가 하는 말이 진심인지 농담인지는 상대방의 눈을 보면 알 수 있다. 말하는 사람의 눈빛 속에는 그가 말하고 있는 진실이 숨어 있기 때문이다. 또 한 가지는 그가 말하는 태도로 진실인지 아닌지를 가늠할 수 있다.

　상대방을 진실로 사랑하는 사람은 함부로 말하지 않는다. 말 한 마디에도 신중을 기하게 되고 상대방이 그 말을 들어서 기분 나쁘지 않을 것인지에 대하여 무척 신경을 쓰게 된다. 상대방을 진실로 사랑한다면 말을 할 때 이유 없이 떨린다. 그것은 자기 마음 속에 있는 진심이 밖으로 표출되기 때문이다. 평소에는 청산유수로 말을 잘하는 사람도 자기가 좋아하는 사람 앞에서는 말을 더듬는 사람이 의외로 많다.

요즈음에는 사람의 말소리를 관상에 못지않게 매우 중요시하고 있다. 일반적으로 관상은 크게 나누어 3종류로 분류하고 있다. 관상, 찰색, 심상이 그것이다.

관상은 평상시의 얼굴의 생긴 모습 그대로를 보는 것이며, 찰색은 관상뿐만 아니라 얼굴의 검고 투명한 상태 즉 건강 상태까지 보는 것이다. 그렇기 때문에 찰색을 정확히 보기 위해서는 이발이나 면도를 해서는 안된다. 정확한 찰색을 보기 어렵기 때문이다.

심상은 말 그대로 마음의 상태를 보는 것이다. 관상, 찰색, 심상 중에서 가장 중요한 것이 심상이다.

옛날에 과거 시험을 준비하는 청년이 있었다. 아무리 공부를 하여도 빈번이 과거 시험에 낙방하였는데 하루는 답답한 마음에 관상가를 찾아갔다. 관상을 보는 사람이 그 사람의 형색을 보더니 관상으로 보아서는 도저히 과거에 급제할 것 같지 않아 "당신은 과거에 급제할 수 없습니다."하고 말했다.

그러나 그 청년의 태도를 관찰한 결과 다른 일반 청년들과 비교할 때 늠름하고 기상이 있었으며 어딘가 심지(心地)가 굳다는 것을 발견하고 그를 불러 세웠다.

"그대를 보니 비록 관상은 좋지 않으나 의지와 신념이 강한 것 같다는 점을 느꼈소. 옛 선현들의 말씀에 '만상이불여심상(萬相而不如心相)'이라 하였는데 그대와 같은 경우를 두고 하는 말이오."하고 되돌려 보냈다.

그 청년은 매우 열심히 공부하였으며 과거에 급제하여 훌륭한 선비가 되었다는 이야기가 있다.

비록 관상은 보잘 것 없는 천상이었지만 그 사람의 의지와 신념이 강했으므로 성공할 수 있는 것이다. 그러므로 관상보다는 심상이 훨씬 중요하다는 것을 알 수 있으며, 자기의 의지와 신념에 따라 뜻하는 바를 이룰 수 있는 것이다.

요즈음에는 관상 외에 사람의 목소리에 대한 관심이 많아졌다. 목소리를 듣고 그 사람의 마음의 상태를 알아낼 수 있다. 대개 말은 옥구슬처럼 굴러가는 말이 좋은 것이다. 얼굴은 보잘 것 없는데 목소리 하나는 끝내주는 성우(聲優)도 있다.

말소리에는 그 사람의 인품을 나타내고 교양을 나타낸다. 정확한 표현은 매우 중요하며 어떤 사람은 너무 표현력이 정확하여 그 말을 그대로 적어도 글이 될 만큼 토씨 하나 하나까지 전혀 모순이 없는 분도 있었다.

과거 박영숙 국회의원이 계셨는데 그 분이 어찌나 적재적소의 단어를 구사하는지 정말 놀랐다. 그 분의 말을 그대로 적으면 문장이 될 것 같았다. 말은 듣는 상대방에 따라 매우 호감이 갈 수도 있고 기분 나쁘게 들릴 수 있는 말도 있다. 이러한 점에 착안하여 말에 따라 사람의 심성이 어떻게 드러나는가를 알아보면 매우 흥미롭다. 목소리를 듣고 진실을 이야기하는지 거짓을 이야기하는지를 알 수 있다.

사람의 직업에 따라 또는 그가 처한 환경에 따라 목소리가 다양하다. 공무원은 대개 무뚝뚝한 것이 특징이다. 말수가 적고 다른 사람에게 다정다감한 느낌마저 거의 없으며 공식적인 느낌을 받는다. 아마 직업에서 풍기는 인상일 것이다.

30여년간 공무원 생활을 하고 나면 옷에서도 공무원 냄새가 나는 것 같다. 법률을 전공하는 사람은 용어 사용부터가 다르다. 노동자의 말이 다르고 음식점에서 종사하는 사람의 말이 다르다. 술집에서 종사하는 사람의 말이 다르다. 일반적으로 목소리는 부모로부터 유전되는 것이지만 생활환경에 따라 많이 달라진다.

목소리가 큰 사람은 사람이 단순하고 거짓말을 하지 않는 사람이 많다. 성격이 직선적이고 단순하기 때문에 때로는 와일드하게 행동할 수 있는 단점이 있다. 반면에 목소리가 소곤거리는 듯한 사람은 여자들에게 퍽 인기가 있으나 남을 속일 가능성이 높다. 이런 사람들은 연애결혼으로 성공할 확률이 높으며 머리 회전이 빠르다. 일반적으로 여성은 목소리가 큰 사람보다는 부드러운 사람을 더 선호하는 것 같다.

우리 나라에서는 해방 후 남녀간의 연애가 활발해졌다. 군대 가기 전에 연인들은 굳게 다짐하면서 군 제대 후 결혼하자고 약속한다. 그러나 3년이라는 세월은 결코 짧은 기간이 아니어서 신발을 거꾸로 신고 다른 남자와 결혼한 사람이 의외로 많았다.

상처를 받은 남자는 평생 동안 그 기억을 하면서 살아가게 된다. 그러한 아픈 기억이 평생을 통해서 서로 마음의 갈등을 갖고 살아가기도 하며 서로 상종하지 못할 사람으로 여기는 경우도 있다. 그러나 신발을 거꾸로 신는 사람만 있는 것이 아니다. 연인과의 약속을 굳건히 지키면서 살아가고 있는 사람도 얼마든지 있다는 것을 알아야 한다.

인연이란 참으로 기이한 것이어서 얼굴도 아름답고 착하기 그지 없는 천사 같은 처녀가 몸도 성하지 않은 사람과 결혼하는 사례를 볼 수가 있다. 비록 몸은 성하지 않지만 그 상대방 남자의 인품에 끌려 결혼할 수도 있다. 그러한 결혼은 육체적인 면을 떠나서 정신적으로 맺어진 인연으로밖에 볼 수 없을 것이다. 다리가 성하지 않은 사람과 결혼하거나 앞을 보지 못하는 사람과 결혼하는 여성도 있다.

그리고 한평생을 남편을 위해 최선을 다하면서 살아가는 것을 볼 때 요즘처럼 걸핏하면 이혼하는 세태에서, 참으로 갸륵하게 생각될 따름이다.

우리는 때때로 사랑이란 알 수 없는 힘을 갖고 있음을 알 수 있다. 사랑하는 사람 앞에서는 이유 없이 떨린다. 세상에는 3년을 기다리지 못해 신발을 거꾸로 신고 돌아서는 사람만이 있는 것은 아니다.

천사와 같은 마음씨를 가지고 두 다리가 없는 남편을 위해 한평생 자기 한 몸을 바쳐 희생하겠다는 갸륵한 여성도 있는 것이다. 그녀가 살아감에 있어서 아픔이 클 것이라는 것을 짐작 못하는 바는 아니지만 그래도 그러한 따뜻한 마음씨를 가진 사람들이 살고 있기 때문에 세상은 아름다운 것이 아닐까?

그대를 다시 만날 때까지

그대는 오늘밤도
내게 올 순 없겠지
목메어 애타게 불러도
대답 없는 그대여

못다한 이야기는
눈물이 되겠지요
나만을 사랑했다는 말
바람결에 남았어요
끊을 수 없는 그대와 나의 인연은
운명이라 생각했죠

가슴에 묻은 추억의 작은 조각들
뒤돌아 회상하면서
천상에서 다시 만나면
그대를 다시 만나면
세상에서 못다 했던 그 사랑을
영원히 함께 할래요

위 노래는 가수 최진희 씨가 부른 '천상재회'이다. 이 노래의 가사를 살펴보면 사랑했던 사람이 저 세상으로 간 것으로 보인다. 이 세상에서 못다한 사랑에 대한 아쉬운 마음이 구구 절절이 들어 있기 때문이다.

한없는 슬픔을 억누르며 "하늘나라에서 다시 만나 이 세상에서 다하지 못한 사랑을 영원히 함께 하자."고 말하고 있다. 마음 속 깊이 사랑하는 사람에 대한 지난날의 회한과 열정이 솟아나고 있다. 찡하게 울려오는 진한 감동이 우리 앞에 다가오며 두 사람의 사랑은 우리가 보아온 그 이상의 사랑이라는 걸 금방 느낄 수 있을 것이다. "그대를 기다리고 있지만 그대는 오늘밤도 내게 올 수 없겠지?"라고 독백하고 있다.

사랑하는 사람을 기다리지만 올 수 없다는 것을 누구보다 더 잘 알면서도 어디선가 이름을 부르며 달려올 것 같은 느낌을 지울 수 없다.

그리움은 밤마다 찾아오고 추억 속에 남겨진 그리움의 기억은 더욱 새록새록 마음 속에 새겨지건만 한 번 가버린 사람은 아무리 기다려도 다시 오지 않는다. 이불 속에 들어가 잠을 청해보지만 쉽게 잠이 오지 않는다. 왠지 마음 한구석이 비어 있는 것 같다. 그리다 지쳐 자기도 모르게 잠이 든다. 꿈결에서 사랑하는 그이를 만난다.

깜짝 놀라 깨어보니 꿈이라는 걸 깨닫고는 이내 실망한다. 무심결에 베개를 끌어안으며 굳이 님이 곁에 있음을 의식하려 한다. 따뜻한 이불 속에 들어 있다는 것 자체도 미안한 느낌이 든다. 정말 허망하다. 이렇게 그리움은 더욱 짙어만 간다. 올 수 없다는 것을 알고 있으면서도 올 것 같은 느낌과 기다리는 마음이 그 가운데 서려 있다. '목이 메어 애타게 불러도 대답 없는 그대여'라는 표현에서 그가 이미 올 수 없음을 그려내고 있다.

"끊을 수 없는 그대와 나의 인연은 운명이라 생각했죠." "가슴에 묻은 추억의 조각들 뒤돌아 회상하면서, 천상에서 다시 만나면 그대를 다시 만나면 세상에서 못다 한 그 사랑을 영원히 함께 할래요."에서 연모의 정이 배어져 나온다. 운명적인 사랑은 가버린 사람도 남아 있는 사람도 마찬가지일 것이다.

그러나 살아 남아 있음이 죄스러운 것을 어찌 할 것인가? 남아 있는 그 사실만으로도 가신 님에 대해 죄스러운 것 같아서 말문을 이을 수가 없다. 비록 남남으로 만나서 살아가고 있지만 살아가는 동안 쌓여진 깊은 정은 죽은 후에라도 다시 만날 것을 기약한다.

함께 있을 때는 싸우기도 하고 사랑에 대해 별로 느낄 수 없지만 막상 헤어지고 난 뒤에 후회하는 게 인간이다. 지난날이 그리워지고 산산이 조각난 가슴은 추억 속에 스며든다.

그이가 떠나간 후 수신처를 알 수 없어 부칠 수 없는 편지를 수없이 썼다가 지우고 다시 또 쓰곤 하였다. 홀로 깨어 있는 밤이나 속이 상한 날이면 으레 편지를 쓰기 마련이다.

— 여보, 난 따뜻한 이불 속에서 이렇게 잘 살고 있습니다. 금년에는 다른 해와 달리 유달리 추워서 당신 생각이 더욱 새롭습니다. 당신은 차디찬 땅에서 고생이 많을 걸로 생각합니다. 그러나 당신이 살고 있는 하늘나라는 아름다운 곳이라고 믿고 있습니다. 처음 당신이 갑작스레 떠나

간 후 억장이 무너지는 것 같았으며, 어린 아이들을 데리고 누구를 의지하며 어떻게 살아가야 할지 정말 막막하기만 하였답니다. 그 동안 철모르는 아이들을 데리고 산다는 것 자체가 너무 버거웠어요. 그러나 이제 어느 정도 안정도 되어 가고 있습니다. 당신이 없는 세상을 살아가기 위해 마음 단단히 먹기로 했습니다. 아빠 몫까지 같이 해야 한다는 생각 때문이지요. 다행히 애들은 비교적 엄마 말 잘 듣고 공부도 열심히 하고 있답니다. 가끔 아이들이 속을 썩일 때는 감당하기 어려운 고통이 제 자신을 엄습한답니다. 아버지 없는 자식이라고 남한테 손가락질 당할까 걱정되어 공부보다 더 예절 교육을 많이 시킨답니다. 며칠 전 큰애가 좋아하는 피자집에 갔답니다. 애들이 옆자리에 앉아 아빠와 같이 와서 피자를 먹고 있는 자기 또래의 애들을 힐끔힐끔 쳐다보는 것 같아서 내 마음이 몹시 아팠답니다. 차마 엄마 앞에서 아빠가 보고 싶다고 말하진 않았지만 아빠를 보고 싶은 생각은 애들도 마찬가지인 것 같습니다. 당신의 빈자리가 이렇게 큰 줄을 미처 몰랐습니다. 살아 계실 때 좀더 잘해 줄 걸 그랬다는 생각을 할 때마다 당신의 모습이 눈에 선합니다. 당신이 술이 취해 들어오실 때, 담배를 피울 때 제가 많이 화를 내고 짜증을 냈던 걸 기억하고 있습니다. 그렇게 일찍 가실 줄 알았다면 당신이 마시고 싶을 때 마시고, 피우고 싶을 때 마음껏 피우시게 할 걸 그랬다는 생각이 들 때가 많습니다.—

　마음 아픈 사연 속에 세월은 덧없이 흘러만 간다. 하루 가고 이틀이 가고, 일 년이 훌쩍 흘러간다. 그 동안 지난 일은 모두 잊어버리고 강하게 살자고 수없이 다짐해 보았다. 이젠 제법 아픈 기억들을 잊어버릴 것 같다.

　그 짧은 세월 동안에도 유혹의 그림자가 많았다. 그러나 진실로 대하는 사람보다는 내게 전혀 도움이 되지 않는 가식적인 사람들이 많았다.

어떤 사람들은 술이 취하여 한밤중에도 전화를 한다. 시어머니가 들을까 덜컥 겁도 난다. 세월이 흐를수록 점차 아픈 기억들이 하나씩, 둘씩 지워져 간다.

제일 마음 아픈 것은 아이들이 엄마의 맘을 이해하지 못할 때이다. 그래도 내가 이렇게 고생하면서 사는 것은 다 저희들 보고 살고 있다는 것을 전혀 알지 못하는 철없는 아이들이 속을 썩일 정말 가슴 아프다. 이렇게 속을 썩일 때는 어디론가 훌쩍 떠나버리고 싶을 때가 한두 번이 아니다. 고생하고 있는 보람이 전혀 없을 것 같은 느낌 때문이다.

엄마, 아빠 없는 세상에서 고아처럼 한번 고생해 봐야 한다는 생각도 한다. 그러다 다시 제정신이 돌아오면 아이들이 불쌍해진다. 애들을 껴안고 울 때도 많았다. 그러던 중 진실로 내 마음을 이해하는 사람을 만났다. 극장에도 함께 갔었고 식당에서 식사도 같이 하면서 많은 대화를 나누었다. 그도 역시 5년 전에 부인이 세상을 떠났다고 한다. 몇 년 동안 부인의 병 수발을 하였으나 보람도 없이 떠났다고 한다.

부인이 사망한 후 그 많은 세월 동안 학교에 다니는 아이를 위해서 새벽이면 밥도 짓고 학교에 가지고 갈 도시락을 싸 주기도 하고 빨래도 하면서 뒷바라지를 해주어 세칭 일류대학에 합격하였다. 그런데 그 사람이 갑자기 나에게 청혼을 했다. 처음엔 매우 당황하였다. 수많은 날을 고민했다. 먼저 가신 남편을 천상에서 만날 때까지 재혼하지 않겠다고 그렇게 다짐하던 내가 아니었던가?

우리 두 사람은 본래 동병상련(同病相憐)의 아픔을 간직한 사람들이다. 그 사람의 끈질긴 설득을 이기지 못하여 결국 우리 두 사람은 결혼하기로 하였다. 공원묘지에 있는 먼저 가신 남편을 찾아가 그 사실을 고백하기가 차마 어려운 일이었지만 그 동안의 내 입장을 하늘에서 지켜보고 있을 그이는 이해해 줄 것 같아 용기를 얻었다. 하얀 백합꽃 한 묶음을 사들고 갔다.

그날 따라 부슬비는 하염없이 내리고 있었다. 내 마음의 빗물일까? 그이의 슬픔이었을까? 묘지에 가서 잔디를 살펴본 뒤 잠시 앉았다. 하염없이 흘러내리는 눈물이 볼을 타고 내린다.

—여보, 당신이 간 뒤에 정말 힘들었어. 얼마나 많은 밤을 지새웠는지 몰라. 이제 아이들도 많이 컸어. 애들도 공부를 열심히 하여 이제 대학에 들어갔어. 당신도 잘 알지? 모두 당신이 하늘나라에서 보살펴 준 덕이라고 생각해. 여보! 오늘 고백할 게 있어 이렇게 찾아왔는데 말이 안나오네. 평생 당신을 두고 떠날 수 없다는 걸 알고 있지만 새로 사귀고 있는 사람이 꼭 옛날 당신 같애. 그 사람도 5년 전에 상처를 했대. 두 집이 합치자는 거야. 많이 망설였어. 그러나 애들도 아빠처럼 따르는 걸 보고 결심하게 된 거야. 당신이 이해해 줬으면 정말 감사하겠어. 당신 자주 찾아올게.—

하소연에도 불구하고 남편은 아무 말이 없다. 찬성이나 반대 의견도 전혀 없다. 모든 것을 내 판단에 맡기라는 표현인 것인지도 모른다. 야속한 게 사람의 인정인 것 같다. 묘지를 뒤로 하고 힘없이 뒤돌아서는 발걸음이 천근만근 되는 것처럼 느껴진다.

비는 아직도 계속해서 내리고 있다. 이까짓 비쯤이야 우산 없이 걸어도 되겠다는 듯 우산을 접는다. 사랑과 이별, 그리고 또 사랑, 우리는 알 수 없는 인연의 긴 끈 앞에서 때로는 내 의지와 다른 숙명적인 만남을 운명으로 받아들일 수밖에 없는 경우도 있는 것이다.

금슬 좋은 부부

부부간에 사이가 좋은 것을 두고 금슬(琴瑟)이 좋다고 말한다. 거문고와 비파가 서로 잘 어울리는데서 비롯된 말로서 이를 비유하여 만들어낸 말이다. 가정이 행복하기 위해서는 우선 부부간에 애정이 있어야만 다복한 가정을 이룰 수 있는 것이다.

결혼식 때 주례선생이 "원앙의 한 쌍이 되고 검은 머리 파뿌리 되도록 살라."는 말을 하고 있는데 원앙이라는 새는 본래 일부일처제를 유지하는 동물로서 "한번 짝을 맺으면 평생토록 배우자를 바꾸지 않는다."는 뜻에서 유래된 말이다. "검은 머리 파뿌리 되도록 살라."는 말은 파뿌리처럼 하얗게 흰머리가 되도록 오래 오래 살라는 말이다.

나이가 40세 이상이 되는 사람은 잘 알겠지만 결혼 풍습도 옛날과는 많이 달라진 것 같아서 몇 마디 적고자 한다.

세월이 흐른 만큼 결혼식 풍습도 많이 바뀌어져 있다. 우선 현대식 결혼식부터 살펴보자. 일반적으로 결혼식은 예식장에서 하는 것이 90% 이상이 되고 생활형편이 넉넉한 사람은 호텔 등을 이용한다. 그리고 향교 등을 이용하여 구식 결혼식을 올리는 사람도 있다.

일단 결혼식을 올리는 세태도 많이 달라졌는데 최근에는 결혼식이 거의 끝날 무렵 사전에 무비 카메라로 신랑 신부의 다정한 모습을 찍은 대형화면을 보여드리는 예식장도 생겼다.

신랑 신부는 마치 탤런트가 된 듯이 화면에 등장한다. 보기 좋은 장면들이 연출되고 하객들은 모두 즐거워한다. 결혼식이 끝난 후 시댁 식구들에게 인사를 드리는 폐백을 드린 다음 형편에 맞추어 제주도나 동남아 등으로 신혼여행을 떠난다.

나이도 옛날에는 20세 전후에 결혼을 올렸으나 요즘에는 보통 30이 가까이 되어야 결혼을 하는 것 같다.

그런데 옛날 결혼식은 오늘날과 매우 달랐다. 우선 결혼식에 대해 말씀 드리기 전에 결혼 풍습은 지방에 따라 다르기 때문에 내가 보았던 전라남도 영광 지방의 결혼 풍습을 말씀드린다는 전제 하에 이 글을 쓴다.

신랑은 말을 타고 온다. 말이 없으면 신랑도 가마를 타고 온다. 그리고 신부도 떠날 때는 가마를 타는데 보통 네 명의 장정이 가마를 맨다. 그리고 그 뒤에는 선물을 짊어지고 따라간다. 결혼식에서 특이한 것은 신랑이 절을 한번 하면 신부는 두 번 절하는 것이다. 남녀 차별이 나타난다.

요즘 신부는 결혼식장에서 웃지만 옛날에는 웃지를 못했다. 웃으면 딸을 낳는다는 말이 있었다. 결혼식이 끝나고 나면 신부는 목을 놓고 우는 것을 보았다. 어머니도 울고 아버지도 운다. 나이 어린 딸이 시집가는데 울지 않을 부모가 없지 않겠지만 여자의 운명인 것을 또 어떻게 할 방도가 없었다.

가마 위에는 요강이 들어 있었는데 원거리를 가기 때문에 요강을 들여놓았던 것 같다. 요강은 소변을 보는 용기이다. 그러나 아무리 소변이 마렵다고 해도 네 명의 장정이 매고 가는 가마 위에서 소변을 본다는 것은 대단히 어려운 일이었을 것으로 생각된다. 요즘과 달리 폐백도 시가집에 가서 인사를 올렸다.

신부의 뒤에는 이불을 짊어지고 가는 사람, 떡이라든지, 옷가지 등 시가집에 줄 선물을 짊어지고 가는 사람이 뒤따라갔다.

영광 지방에서는 대부분의 살림을 신부집에서 해가지고 갔다. 또 가난한 신부집을 배려하기 위해 신랑집에서 결혼식 전에 쌀 등을 보내는 경우도 있었으나 이를 받는 것은 자존심이 상하는 것으로 생각하는 가정에서는 이를 거절하였다.

요즘에는 신부집에서 살림도구와 생활 필수품 등을 사고 시가댁 식구들을 주기 위해 선물을 사고 간다. 또 신랑 댁에서는 신랑 신부가 살아갈 아파트 등을 구입해 주던지 형편이 어려운 집에서는 아파트 등을 임대하여 주기도 한다.

신부는 시집 가는 첫날밤 신랑집에서 첫날밤을 맞이한다. 그러면 온 동네 사람들이 신부를 보기 위해 모여든다. 이윽고 밤중이 되어 신랑과 신부가 방에 들어간다. 그러면 얄궂은 아낙네들이 창문을 뚫고 방안을 구경한다. 철부지 아이들도 방안에 무슨 일이 벌어지고 있는지를 보고 싶어 창문에 눈을 대고 방안을 살핀다.

옛날 창문은 창호지를 발랐기 때문에 손에다 침을 발라 손가락으로 조심조심 뚫으면 소리 없이 창문이 뚫리는 것이다. 그리고 신랑이 신부의 머리 위에 얹어 있는 족두리를 내리고 저고리를 벗길 즈음 속없는 아낙네들은 웃음을 참지 못하고 소리내어 웃어버린다. 그렇게 되면 방안에 있는 신랑과 신부는 놀랄 수밖에 없다. 새벽이 되면 방의 창호지 문은 여기저기 구멍이 뚫려 있었다. 그렇게 첫날밤은 끝이 난다.

그리고 신부의 고통은 시작된다. 새벽녘에 일어나 시부모님에게 아침 문안을 드린다. 그러기를 꼭 3년 동안 행한다. 고통스러운 일이 아닐 수 없었다. 시집살이가 보통 어려운 일이 아니었다. 집안이 넉넉하여 시가댁 선물이라도 넉넉히 가져온 집은 별 문제가 없으나 집안이 가난하여 이불 하나 제대로 가져오지 못한 신부는 그것이 평생 동안 죄인으로 남게 되고 시댁으로부터 구박을 받게 마련이다.

결혼 후 신랑집에서 며칠 묵은 신부는 신랑과 함께 신부집에 신행을 가게 된다. 신부집에 다니러 온 신랑은 저녁이면 큰 봉변을 당하는데 동네 아주머니들과 청년들이 신부집에 모여들어 "신부를 훔쳐갔다."며 신랑을 거꾸로 매달고 빨래 방망이로 발바닥을 두들겨 팬다. 그렇게 되면 신랑은 많은 고통을 받게 마련이다.

신부는 "신랑을 때리지 말라."고 동네 아주머니나 청년들이 시키는 대로 음식도 내오고 선물도 내온다. 이렇게 동네 사람들로부터 매를 맞은 신랑 중에는 아침에 걷기가 힘들 정도로 맞은 사람도 보았다.

이렇게 시집을 가게 되면 시집살이가 이만저만이 아니었다. 벙어리 3년, 귀머거리 3년, 장님 3년이라 하였듯이 3년 동안은 벙어리처럼 생활하고 3년 동안은 귀머거리처럼 들어도 못 들은 척 살아야 했으며, 나머지 3년은 보아도 못 본 것처럼 그저 죽어지내는 것이 상책이었다. 도합 9년이 되는 셈이다. 그것만이 아니었다.

칠거지악(七去之惡)이라고 하는 악습이 또 있었다. 신부에게 7가지 중에 하나라도 잘못이 있을 경우에는 시집에서 쫓아낼 수도 있었다.

시부모를 잘 섬기지 못하는 것, 아들을 낳지 못할 때, 음탕한 경우, 질투심, 남의 집 물건을 훔치는 도벽, 말이 많은 경우, 못된 병에 걸린 경우가 그것이다.

시집살이가 너무 심하여 견디다 못해 신부가 짐을 싸들고 친정에 온다. 그래도 친정 어머니는 딸의 시집살이가 너무도 가슴 아파 딸의 이야기를 귀담아 들어준다.

아버지는 딸이 친정집에 다니러 온 줄만 알고 있다가 딸아이가 돌아갈 시기가 되어도 돌아갈 기미를 보이지 않게 되면 그 이유를 캔다. 그리고 나서 딸아이가 시가에서 나왔다는 이야기를 들으면 딸에 대한 태도가 달라진다.

출가외인(出嫁外人)이라 하여 절대 받아들이지 않는다. 하는 수 없이 떡이라도 해서 친정어머니와 함께 시가댁에 가서 죽을 죄를 지었다며 빌고 온다. 딸 가진 사람은 언제나 죄인으로 살아야 했으며, 이래저래 여성의 고통이 이만저만한 것이 아니었다.

농사를 짓는 곳에서는 벼농사도 지어야 했고 겨울철에는 목화를 따서 실을 만들고 옷감을 짜야 했다. 정말 고통스러운 일이 아닐 수 없었다. 칠거지악(七去之惡) 중에서 제일 나쁜 것은 아들을 낳지 못하는 점이다.

여기서 알아야 할 점은 아들 딸 구분이 아니라 아들이라는 단서이다. 반드시 아들을 낳아야 한다는 사실이다. 아들을 낳지 못하면 남편이나 시가댁 태도에 따라 쫓겨날 수 있었으며, 남편은 아들을 낳기 위해 재취를 들여올 수 있는 명분이 생기는 것이다.

그런데 "금슬이 너무 좋으면 아기가 없다."는 말은 무슨 근거일까? 이것은 과학적인 근거가 충분히 있다. 금슬이 너무 좋은 부부는 대개 밤일을 자주 하게 되는데 가끔 밤일을 하는 사람보다 정자수가 적을 수밖에 없다.

아이가 수태하기 위해서는 우수한 정자가 산성이 많은 질을 통과하여 배란에 착상하여야 하는데 금슬이 너무 좋아 횟수가 잦으면 정자의 숫자가 줄어들어 정자가 살아서 배란에 착상할 가능성이 그만큼 줄어들어서 아이가 태어날 수가 없는 것이다. 물론 최근에는 무정자증인 남자가 의외로 많아서 선천적으로 아이를 가질 수 없는 사람도 있고 여성에게 문제가 있는 경우도 있다는 점을 알고 있다.

자녀가 없는 경우에 이혼할 수 있는 사례는 비단 우리 나라만이 아니고 이스라엘에도 그런 율법이 있었다고 한다.

이스라엘에 결혼하여 10년이 지나도록 아이를 낳지 못한 부부가 있었다. 두 사람은 매우 금슬이 좋은 부부로서 남들이 부러워할 만큼 금슬이 좋았다. 아이가 없는 것이 흠이었다.

두 사람은 비록 아이가 없다하더라도 헤어질 수 없다는 단호한 입장을 갖고 있었지만 율법을 지키지 않으면 안되었다. 아이가 없으므로 율법에 따라 이혼을 하라는 요구가 가족과 친지들로부터 거세가 몰아치고 있었기 때문이다. 그러나 남편은 아내와 이혼하는 것을 도저히 참을 수가 없었다. 하는 수 없이 랍비에게 달려가서 이혼을 하지 않았으면 좋겠다고 호소했다.

사실 랍비는 될 수 있으면 이혼을 하지 않기를 원하는 입장이라고 한다. 남편은 랍비의 권유에 따라 성대한 잔치를 열었다. 비록 율법에 따라 이혼하지만 아내가 잘못이 있어 헤어지는 것이 아님을 모든 사람에게 밝히고 싶었다.

일단 율법에 정한대로 두 사람은 헤어졌다. 그리고 아내의 자존심을 상하지 않기 위해 최선을 다했다. 잔치를 성대하게 마련한 남편은 많은 사람 앞에서 10년 동안 아내가 얼마나 훌륭한 일을 했으며 가정을 위해 희생 봉사했는지를 설명하였다.

참석한 모든 사람들도 그의 아내가 착하게 살았다는 점을 인정하였다. 분위기가 무르익자 남편은 "아내가 원하는 가장 귀한 선물을 주고 싶다."고 말했으며, 랍비도 모든 사람이 보는 앞에서 전 남편의 제안을 흔쾌히 승낙하였다.

　랍비는 아내에게도 "원하는 선물을 고를 수 있다." 고 말하였다. 다음 날 동네 사람들이 모인 가운데 율법회의가 열린 자리에서 아내에게 선물을 고르도록 하였다. 아내는 흔쾌히 "전 남편을 선물로 달라."고 요구하였으며 랍비는 아내의 요구대로 남편을 선물로 주었다. 그래서 두 사람은 행복하게 살았다고 한다.

님 그리워 우는 상사화

전라남도 영광군 불갑사(佛甲寺)가 자리잡고 있는 불갑산(佛甲山) 산자락에는 그리운 사람을 못 잊어서 청초한 자태로 자생하고 있는 아름다운 꽃들이 무리지어 자생하고 있다.

절을 찾는 많은 사람들은 이 아름다운 꽃을 보고 무심코 지나가다가도 그 꽃이 님 그리다 지쳐 눈물 짓는 상사화(相思花)라는 설명을 듣고는 다시 한번 뒤돌아서서 그 꽃을 감상하게 된다.

상사화는 "이룰 수 없는 사랑"이란 꽃말을 갖고 있다.

수많은 꽃 중에 무슨 꽃이 못 되어 그리도 사연 많은 상사화가 되었는지 숙연해지는 마음을 금할 길 없다. 사찰 앞의 상사화는 불교의 윤회사상과 어우러져 전생에 있을지 모르는 인연에 대한 생각을 더듬어 보게 된다.

바람결에 금방이라도 쓰러질 것 같은 꽃대가 긴 목을 내밀고 꽃망울을 터뜨리며 서 있는 모습 속에서 떠나간 님을 그리는 여인의 모습이 눈에 선하여 상사화가 갖고 있는 애틋한 사연에 한동안 넋을 놓고 서 있는 자신을 발견하게 된다.

상사화는 우리 나라, 일본, 대만 등에 많이 분포한다. 우리 나라에는 백양꽃, 석산, 상상화, 개상사화, 흰 상사화 등 5개종이 중부 이남에 자생하고 있으며 종류에 따라 피는 시기는 다르지만 보통 7~10월까지 4개월 동안 빨강, 노랑, 주황, 흰색, 분홍색 등 5가지의 화려한 색으로 핀다. 잎이 다 진 다음에 꽃이 피고, 꽃이 진 다음에 잎이 나는 상사화는 꽃과 잎이 영원히 만날 수 없는 기구한 운명이다.

봄에 선명한 녹색 잎이 구근의 중앙을 중심으로 양쪽에 마주 붙어 나지만 꽃을 보지 못하고 6월경에 말라버린다. 꽃은 잎이 말라 없어진 다음 7~8월경에 피어난다. 이처럼 상사화는 마치 숨바꼭질을 하는 연인처럼 잎이 나오면 꽃이 지고, 꽃이 피면 잎이 말라버리는, 서로를 그리워하지만 만나지 못하는 슬픈 연인을 보는 듯하다. 그래서 사람들은 이 꽃 이름을 상사화라고 불렀다.

상사화는 지방에 따라서 개난초라고 부르기도 하며 한방에서는 상사화의 비늘줄기를 약재로 쓰는데 소아마비에 진통 효과가 있다고 한다.

상사화와 이름과 뜻이 비슷한 상사병(相思病)이라는 것이 있다. 상사병은 소위 남자는 여자를 짝사랑하고 여자는 남자를 짝사랑하는 경우와 상대방은 자기를 별로 좋아하지 않음에도 불구하고 자기 홀로 상대 이성을 짝사랑하는 사례가 있다.

이성을 그리워하는 정도가 너무 심하여 앓게 되는 상사병은 마음에서 얻은 병으로서 육체적인 병 이상으로 치료에 많은 어려움을 겪는다고 한다.

사춘기 때는 누구나 한 번쯤 사랑의 열병을 앓는다. 특히 옛날 사람들은 자기가 좋아하는 상대방에게 차마 좋아한다는 말을 하지 못하고 평생 동안 마음 속에 품고 살다가 처녀가 시집가거나 총각이 장가갈 때쯤 "그 사람을 사랑했다."고 고백한다.

사람이 진정으로 어떤 이성을 사랑하게 되면 그 사람의 앞에서는 혀가 떨려 말을 제대로 잇지 못한다. 평상시에는 말을 잘 하는 사람도 좋아하는 사람 앞에서는 바보가 되어 말을 더듬게 된다. 심지어 자기가 좋아하는 여성의 신발 소리까지도 알아들을 만큼 매우 민감하다.

상사병에 관한 최초의 이야기는 춘추전국시대 송(宋)나라 말기 강왕(康王)과 관련있는 사연이다. 강왕은 주색에서 헤어나지 못할 정도로 광적으로 탐닉하였으며 심지어 부하의 부인까지도 넘보았다.

강왕의 시종 한빙(韓憑)에게는 절세미인의 부인 하씨가 있었다. 강왕은 하씨를 강제로 능욕한 뒤 후궁으로 삼았다. 한빙이 자기 곁에 있는 것이 불편하자 강왕은 한빙에게 없는 죄를 뒤집어 씌워 변방 지역으로 보내 낮에는 변방을 지키고 밤에는 성을 쌓는 무거운 형벌에 처하였다.

이때 하씨는 남편을 그리워하는 편지를 몰래 보냈으나 이 편지 전달이 잘못되어 강왕의 손에 들어갔다. 강왕에게 들어간 편지를 소하(蘇賀)라는 사람이 "당신을 그리는 마음을 어찌할 수 없고 방해물이 많아 만날 수 없으니 그저 죽고만 싶을 따름입니다."라고 해석하였다.

그 후 한빙은 아내를 너무 그리워한 나머지 자살하였다. 이 소식을 들은 아내 하씨도 성 위에서 투신하였는데, "임금은 사는 것을 다행으로 생각하지만 저는 죽는 것을 다행으로 여깁니다. 제 남편과 합장해 주십시오." 라는 유언을 남겼다.

화가 난 강왕은 하씨의 유언을 받아줄 리가 없었으며, 의도적으로 두 사람의 무덤을 서로 떨어지게 하였다. 그러자 그날 밤부터 나무 두 그루가 자라기 시작하더니 얼마 후에 큰 아름드리 나무가 되었다. 나무 위에서는 한 쌍의 원앙새가 서로 목을 안고 슬피 울었다.

이것을 본 사람들은 원앙새를 죽은 부부의 넋이라고 보았고, 그 나무를 상사수(相思樹)라고 불렀으며, 이때부터 상사병이라는 말이 퍼졌다. 상사병은 서로를 그리워하지만 맺지 못한 사랑을 말할 때 쓰이는데, 지금은 괴롭고 견디기 힘든 혼자만의 짝사랑을 말할 때 상사병에 걸렸다고 한다.

젊었을 때는 사랑하는 사람을 위하여 목숨이라도 걸고 자기의 사람으로 만들어야 하겠다는 강한 집념 때문에 물과 불을 가리지 않음으로써 간혹 죽음이라는 불상사를 가져오기도 한다.

또한 상사병은 양반과 상놈이라는 신분사회에서도 종종 발생하였다.

사람은 본래 왕후장상이 따로 있는 것이 아니다. 그러나 신분사회에서는 양반과 상놈이라는 제도를 만들어 그 틀 속에서 계급을 형성하고 이를 토대로 사람을 지배하고 있었던 것이다. 그러나 신분만 달랐지 인간이기는 마찬가지여서 상전집 처녀를 은근히 짝사랑하는 하인도 있었다.

어렸을 때부터 같이 소꿉장난하고 자란 터여서 비록 신분이 달라 말도 제대로 하지 못하지만 언제나 마음 속에는 그 처녀를 그리면서 살아간다. 어린 시절에는 신분이 무엇인지를 모르고 살다가 철이 들어 신분제도의 굴레에 얽매여 거역할 수 없는 불행한 삶이 운명의 장난처럼 펼쳐진다.

양반집 여자와 하인간에 얽힌 상사병의 대표적인 고사가 있는데 그것은 진주 남강 용다리에 얽힌 전설인 것 같다. 상놈인 돌쇠는 고을을 다스리고 있던 군수의 둘째 딸을 은근히 흠모하였으며 열심히 심부름도 해주었다. 그런데 돌쇠가 흠모하던 군수의 딸이 출가 후 불행하게도 남편이 사망하자 친정으로 돌아와 수절을 하게 되었다. 군수딸이 돌아온 뒤 돌쇠는 눈에 핏발이 서고 심신이 피곤하였으며 잘 때나 누워 있을 때나 홀로 수절하는 군수의 딸이 몹시도 보고 싶어 견딜 수가 없었다. 그녀의 시중을 들고 난 후에는 정신을 놓고 멍하게 서서 하늘을 바라보는 날이 많아졌다.

겉으로는 시중을 열심히 들고 있지만 마음 속에는 항상 그리움이 날이 갈수록 쌓여만 갔다. 돌쇠 뿐만이 아니었다. 군수의 딸도 비록 신분은 천하지만 날마다 자기의 시중을 들어주는 돌쇠가 고맙기는 마찬가지였다. 사랑 앞에는 계급도 신분도 체면도 별 도움이 되지 않았다. 자기를 돌봐주는 돌쇠가 은근히 그리웠지만 속내를 밖으로 표현할 수 없는 것이 신분사회의 특징이었다.

날마다 지척에서 바라보고 사는 두 남녀는 신분상의 제약 때문에 만리보다 더 멀게 느껴졌다. 벙어리 냉가슴 앓듯 속만 태우고 있었으며 손목 한 번 잡아볼 수 없었다. 그 후 군수의 딸은 시름시름 앓다가 죽었다. 돌쇠는 사모하는 사람이 이 세상에서 떠났지만 양반과 상놈은 하늘과 땅 차이이어서 차마 울지도 못하고 장례가 지나가는 길목 용다리 위에서 장례 행렬을 바라볼 수밖에 없었다.

다리 위에서 강물을 바라보던 돌쇠의 눈에는 그녀의 모습이 강물 위에 아련히 떠있는 것을 발견하였다. 아씨! 를 부르던 돌쇠는 그 자리에서 미쳐 버렸으며 얼마 후 고목나무에 목을 매어 자살하고 말았다.

군수가 충청도로 전보발령이 나서 떠나는 날 용다리 밑 개천가에는 수천 마리나 될 것 같은 개구리 떼가 모여 구슬프게 울었다고 한다.

사람들은 두사람의 영혼이 개구리가 되어 군수가 떠날 때 구슬프게 울었다고 전한다.

우리는 위에서 두 가지 상황을 살펴보았다. 상사화가 결국 자신이 피운 꽃과 잎이 동시에 피지 못해서 꽃은 잎을 그리워하고 잎은 꽃을 그리워하다가 잎이 지고 꽃이 피는 양상을 드러내듯이 상사병은 서로가 그리워하거나 일방이 다른 이성을 그리워하다가 자살이라는 극한 상황에 처한 사례를 살펴보았다. 특히 상사병은 상대방 이성을 그리워하여 생긴 병인만큼 두 당사자를 만나도록 주선하는 것이 가장 현명한 선택이었을 것이다.

그렇기 때문에 옛날 사람들도 그와 같은 처방을 가장 설득력 있게 받아들이고 실천하여야 할 것으로 생각하였다. 그러나 이들의 신분상의 제약이나 피치 못할 여러 가지 사정으로 두 남녀를 만나도록 하는 것이 불가능한 경우가 많았다.

신분이 낮은 사람이나 신분이 높은 양반이나 괴롭기는 마찬가지였을 것이다. 동의보감을 지은 허균과 같이 신분을 뛰어넘어 사랑의 결실을 맺은 경우도 있었고 때로는 얼굴을 알지 못하는 먼 지역으로 눈이 맞아 도망친 사례도 있었다.

때로는 과부가 되어 평생 동안 홀로 수절하며 살아가는 딸이 너무나 애처롭게 생각되어 하인과 함께 도망가는 딸아이를 눈감아 주는 어머니도 있었다. 봉건주의 사회의 엄격한 틀 속에서도 인생이란 신분과 제도 이상으로 두 남녀간의 사랑이 더 크고 중하다는 점을 깨달은 사람도 있었던 것 같다.

인간의 정은 무한하다. 그리고 사람마다 자기가 좋아하는 스타일이 있게 마련이다. 다른 사람이 볼 때는 별로 예쁘지도 않은데 특정인이 볼 때 아주 예쁘게 보이고 상대방이 하는 일마다 좋아 보이는 사람도 있다. 이러한 경우를 눈에 씌었다고 한다.

사람마다 개성이 달라서 상대 이성에 대해서 얼굴이 예뻐서 접근하는 사람이 있는가 하면 상대방의 학식이 특출한 것에 대한 매력을 느끼는 사람이 있다. 또 머리는 완전히 빵점인데 돈이 많아서 돈을 보고 접근하는 사람도 있다.

자본주의나 경제주의 국가나 모두 돈을 무시할 수 없기 때문에 돈을 보고 사람의 능력을 평가하는 경우도 있다. 아마 돈을 보고 접근했던 사람은 돈이 떨어지면 결국 헤어지게 될 것이다. 최소한 인간적인 정이란 돈이나 재물보다는 상대방이 갖고 있는 인품에 의해 사람을 평가하여야 할 것이다.

들장미 사랑

　꽃 중의 꽃, 아름다운 장미는 이 세상 꽃의 여왕으로서의 지위를 차지하고 있으며 수천 년의 세월이 흐르는 동안에도 많은 사람들로부터 사랑을 듬뿍 받아 왔다.

　화중왕(花中王)이라는 모란꽃이 탐스럽고 비교적 키가 커서 남성다운 점이 있다면 장미꽃은 향기가 강하고 다양한 색상과 현란함에 있어서 여성스러운 점이 돋보인다고 할 수 있다. 미인을 말할 때는 장미꽃을 상상할 만큼 장미꽃과 미인은 서로 불가분의 관계에 있었고 사랑과 미의 상징으로 회자(膾炙) 되었다.

　해마다 마를린 몬로와 엘비스프레슬리의 기일(忌日)이 되면 그들을 기리는 추모객들의 행렬은 줄을 이어 저마다 장미 꽃다발을 안고 그들의 묘지에 찾아와 지난날을 회고하고 추모하고 있다.

정열의 무희 칼멘의 요염한 아름다움도 그녀의 미모와 진홍빛 장미가 더욱 조화를 이루었기 때문이었고, 절세의 미인 클레오파트라가 애인 안토니우스를 위해 마루에 깔아둔 꽃도 나폴레옹이 사랑하는 연인 죠세핀을 위해 뿌린 꽃잎도 모두 장미꽃이었다.

2000년도 아카데미 작품상, 남우주연상, 감독, 각본, 촬영상을 휩쓸었으며, 골든 글로브상 등을 수상한 '아메리칸 뷰티'에서도 포스터 표지 모델의 배꼽 위에 장미꽃을 곁들였으며 목욕탕에 장미꽃으로 가득찬 장면과 장미꽃 위에 누워 있는 소녀의 모습을 볼 수 있다.

이 영화는 한 중년 남자가 딸의 친구인 안젤라를 만난 이후 혼수상태에서 깨어난 사람처럼 장미빛 환상을 꿈꾸며 다른 사람들이 자신에게 기대하는 삶을 거부한다.

지긋지긋하던 회사를 때려치우고 70년대 유행하던 스포츠카를 사고, 젊었을 때 피웠던 대마초도 다시 피우면서 안젤라가 원하는 멋진 근육질 몸매를 만들기 위해 운동을 시작한다.

체육관에 가서 근육단련 운동을 하고 거울 앞에 서서 옷의 매무새에 신경 쓰는 등 평상시 보이지 않던 이상한 행동 양상을 보여 준다. 한국인의 사고(思考)로 판단하면 그 남자 주인공의 태도는 분명히 도덕적으로 용납될 수 없는 일이며, 비난 받아 마땅하다.

그럼에도 불구하고 이 영화가 아카데미 수상작으로 선정된 것은 인간이 살고 있는 사회 속에서 현실적으로 있을 수 있는 가능성을 염두에 두거나 그러한 경험을 바탕으로 제작되었으며 중년 남자의 인간적 고뇌를 심리적으로 잘 분석하고 이를 예술적으로 잘 승화시킨 작품이었기 때문에 심사위원들의 높은 평가를 받아 아카데미 수상작으로 선정되었을 것으로 생각된다.

잘 알고 있는 바와 같이 장미꽃은 북반구의 한대(寒帶), 온대(溫帶),

아열대(亞熱帶) 지방에 이르기까지 폭 넓게 분포되어 있으며, 아름다움과 독특한 향기 때문에 많은 사람의 사랑을 받고 있다.

현재 전 세계적으로 200여 종의 장미꽃이 있다고 하며 장미꽃의 아름다움과 향에 도취된 과학자들은 더 다양한 종류의 장미꽃을 개발하기 위하여 노력하고 있으나 아직도 완전한 청색 장미는 개발하지 못했다고 한다.

우리 나라에서 자생하고 있는 장미꽃은 극히 소수에 지나지 않으며 대부분 서양에서 들어온 장미가 많다. 장미는 국화, 카네이션과 더불어 우리 나라 사람들에게 가장 사랑 받는 3대(三大) 꽃으로서 그 수요가 날로 증가하고 있는 것 같다.

전라남도에서 개발한 향장미도 일본에 수출하고 있으나 수출단가가 낮아 한때 수출에 어려움을 겪었으며, 장미 재배 농가로부터 많은 항의를 받기도 하였다.

장미는 한줄기에 한 송이만 피는 장미에서부터 가지마다 송이 송이 꽃을 맺는 장미도 있으며, 미니장미에서부터 담장을 따라 기어 올라가면서 덩굴을 맺으며 피는 덩굴장미 등 종류도 매우 다양해졌다.

2002년 7월 우리 나라 농촌진흥청에서는 장미꽃의 분말을 첨가한 아이스크림을 개발하여 이미 특허 출원을 마쳤다고 한다. 이 아이스크림에는 장미꽃의 천연향이 그대로 배어 있어서 앞으로 매우 인기 있는 식품으로 등장할 것으로 보인다. 드디어 인간이 장미꽃을 먹게 되었으며, 장미가 우리의 구미를 맞추는 시대가 도래하였음을 의미하는 것이다.

"아름다운 장미에는 가시가 있다."고 말한다. 이 격언의 의미는 "아름다운 여성을 조심하라."는 뜻으로 곧잘 인용된다. 아마 예로부터 얼굴이 아름다운 여성은 주의할 만한 요소가 있는 것으로 본 것 같다. 장미꽃의 가시와 관련된 퍽 재미있고 현대인의 사고로는 황당한 전설이 있다.

어느 날 큐피드가 장미꽃의 아름다움에 반해 장미꽃에 키스를 하려는 순간, 꽃에서 벌이 나와 큐피드의 입술을 쏘아 버렸다.

이에 화가 난 큐피드의 어머니인 사랑의 신 비너스가 많은 벌들의 침을 장미의 줄기에 붙였는데 이것이 장미의 가시가 되었다고 한다. 자식을 사랑하는 어머니의 모성애를 보는 것 같다. 그러나 과학적으로 볼 때 해충이 아래쪽에서 위로 올라와 꽃에 피해를 입히는 것을 방어하기 위해 가시가 생겼다고 한다.

우리는 살아가면서 사랑하는 연인이나 친구로부터 장미꽃을 받아본 경험이 있을 것이다. 그런가하면 장미꽃을 사들고 사랑을 고백한 분도 있을 것이다. 아름다운 장미를 받고 기뻐하지 않는 사람은 아무도 없을 것이다.

여성은 더욱 감성적이어서 조그만 장미꽃 한 송이에도 감동을 받으며 기뻐한다. 어떤 청년이 미녀에게 매 주마다 꽃을 바치고 있었다. 퍽 센스 있는 청년으로서 여성의 심리를 잘 이해하는 것으로 생각되었다.

장미꽃이 시들 즈음에 또다시 새로운 장미가 배달되었다. 그러나 그러한 정성에도 불구하고 결혼 후 가족을 부양하고 책임질 수 있는 능력을 갖지 못한 사람이 주는 장미라면 오히려 정신적 부담이 될 수 있을 것이다. 따라서 상대방이 주는 아름다운 장미도 받는 사람의 마음에 따라 기쁠 수도 있고 불쾌할 수도 있다.

다시 말하면 장미꽃을 주는 사람과 받는 사람의 마음과 마음이 서로 상통할 때 그 의미가 더욱 커질 수 있는 것이다.

사람들은 활짝 피어버린 장미와 약간 덜 핀 장미 중 어느 것을 더 좋아할까? 활짝 핀 장미를 좋아하는 사람들은 마음의 여유가 있고 물질이 풍요한 사람들이라고 한다. 반면에 약간 덜 핀 장미를 좋아하는 사람들은 좀더 오래 볼 수 있기를 원하는 사람들이며 절약하는 품성을 가진 사람이라고 한다.

　마음이 풍요로운 것과 풍요롭지 않은 것은 큰 차이가 없다. 왜냐하면 그것은 객관적인 기준이 없기 때문이다. 100억원을 가지고 있는 사람이 1,000억원을 가진 사람을 부러워한다면 그 사람은 풍요로운 마음을 가진 사람이 아니다. 그러나 싯가 5천만원의 집 한 채만을 갖고 살지만 1,000억원의 재산을 가진 사람을 부러워하지 않고 세상을 낙천적으로 사는 사람은 풍요로운 사람이다. 있는 것과 없는 것은 다 마음에서 우러나오는 것이며 있는 것과 없는 것은 다 같은 철학적 이치이다.

　어떤 장미꽃을 보내든 그 안에 정성과 사랑이 깃들어 있다면 그것은 퍽 좋은 선물이다. 날마다 직장에 나가 지쳐 들어오는 아내에게 장미꽃 한 송이를 사들고 집에 들어오고 찌는 듯 무더운 여름날 수박 한 통이나 아이스크림을 사들고 오는 여유 있는 사람이 풍요로운 삶을 사는 사람이다.

　장미꽃은 아름다움에 걸맞게 꽃말도 많다. 우리가 너무나 잘 알고 있는 상식이지만 기억을 더듬는 의미에서 대표적인 몇 가지만 간추려보고자 한다.

　장미의 대표적인 꽃말은 ‘사랑’ 이다. 그러나 좀더 구체적으로 말하자면 빨간색 꽃은 신실하고 정열적이며, 열렬한 사랑을 뜻한다. 빨간색 꽃봉오리는 순수한 사랑으로서 “사랑을 고백한다.”는 의미다. 흰색 장미는 “나는 당신을 존경하고 있으며 나는 당신과 어울린다.”는 내용이고 분홍색은 사랑을 맹세하는 것이라고 한다.

　노란색 장미는 사랑의 질투를 상징한다. 질투와 사랑은 같은 말의 다른 표현에 불과하다. 사랑하지 않으면 질투가 있을 수 없기 때문이다. 결국 질투의 의미는 자기 이외는 다른 사람을 사랑하지 말라는 경고성 표현이 아닐까 생각한다.

결혼식 때 주는 장미는 '행복한 사람'이라는 뜻을 가지며, 들장미는 '고독하지만 소박한 아름다움'을 상징한다. 장미 꽃다발은 '조화롭게 하자는 뜻과 비밀을 간직하자는 뜻'이다.

마지막으로 미니장미를 받았을 때는 '끝없는 사랑'을 뜻하므로 꽃을 받으신 분들은 그 의미하는 바가 무엇인지에 대하여 깊이 생각하고 이에 대처하는 마음의 자세가 필요할 것 같다.

여기, 드넓은 정원에 아름다운 장미꽃이 만발한 저택이 있다고 하자. 울타리를 따라 덩굴장미가 피어 있다. 장미를 보고 사람들은 제각기 다른 생각을 할 수 있다. 미인(美人)은 장미 한 송이를 꺾어 머리에 꽂고 아름다움을 더욱 뽐내고 싶어할 것이다.

짝사랑하고 있는 청년은 사랑하는 소녀에게 그 장미를 바치면서 사랑을 고백하고 싶을 것이다. 한의사는 그 장미를 달여 먹으면 사람의 건강에 어떤 도움이 될 것인가에 대하여 골똘이 연구할 것이다.

식물학자는 그 아름다운 장미를 빨강, 파랑, 노랑, 분홍, 흰장미 등 가지각색의 다양하고 탐스러운 품종으로 개량하려고 시도할 것이다. 그러나 화훼를 전문으로 재배하는 농부는 그 꽃을 가꾸어 팔았을 때 소득이 얼마나 발생할 것인가를 먼저 생각할 것이다.

이와 같이 똑같은 사물일지라도 직업이나 사고(思考), 각 개인의 감성이나 남녀의 차이에 따라 각기 달리 해석될 수 있다. 나는 한 개의 사물을 한 가지의 편협된 시각으로 보지 않으려고 노력하고 있다.

세상살이도 다양한 계층이 다양한 생각을 갖고 살아가기 때문에 여러 가지 다른 의견이 표출될 수 있다는 판단 아래 남과 나 사이에서 초래될 수 있는 일을 머릿속에 그리면서 살고 있다.

더구나 공무원은 그 직업적 특성 때문에 일반적으로 사고가 굳어져 있다고들 한다. 법령과 제도 때문에 민원인이 요구하는 바를 들어줄 수 없을 때도 있다. 그러나 가능하면 역지사지(易地思之)의 심정으로 나와 그 민원인의 입장을 서로 바꾸어 생각하고 민원인의 입장에서 일을 처리한다면 더없이 좋은 결과를 초래할 것이다.

법령과 제도를 앞세워 될 수 있는 일도 되지 않는 방향으로 처리해서는 안 된다. 되는 방향으로 검토하되 만일 불가능한 일이라면 그 이유를 상대방이 납득할 수 있도록 충분히 설명하고 이해시켜야 한다.

우리는 세상을 살아가면서 사랑하는 연인에게 한 송이 장미꽃을 바치는 자세로 살아가야 한다. 인간의 아름다움과 진실이 그 안에서 묻어나야 한다. 샤넬과 같은 인조 향수가 아니라 장미꽃 향처럼 순수한 천연 향이어야 한다. 거짓이 없고 권모술수가 없는 삶이 우리가 바라는 인간 세상이다.

눈만 뜨면 싸우고 눈만 뜨면 헐뜯는 그런 세상이 아니다. 자기의 잘못은 접어 두고 남의 잘못이나 캐는 그런 자세가 아니다. 남을 탓하기 전에 내 잘못을 먼저 되짚어 보아야 한다.

내 눈 안에 들보는 보지 못하고 남의 눈에 티끌만 보는 행태는 없어져야한다. 비록 작은 남의 장점이라도 찾아 칭찬하고 격려하면서 아름다운 장미를 가꾸는 심정으로 서로 돕고 서로 사랑하는 아름다운 세상을 만들어 가는 것이다.

몸에서는 땀 냄새가 물씬 묻어나고 부지런히 움직이는 사람은 매력적인 삶을 살아가는 사람이다. 땀 냄새가 난다는 것은 살아 있다는 증거이기 때문이다. 우리는 마음 속에 항상 장미를 가꾸며 살아야 한다. 이렇게 마음 속에 정성스럽게 키운 장미를 매력적인 삶을 살아가는 사람에게 선물하는 것도 매우 뜻있는 일이라고 생각한다.

돈도 돌고 사람도 돌고

요즈음 돈 때문에 세태가 날이 갈수록 험악해지는 것 같다. 돈도 돌고 사람도 돈다. 돈 때문에 벌어지고 있는 현상이다. "돈은 돌고 돈다고 하여 돈이라고 하였다."고 한다. 예전에 엽전 열 닢을 한 돈으로 부른 화폐 단위에서 유래되었다는 설과 약이나 귀금속의 무게를 재는 중량 단위인 '돈쭝'에서 나왔다는 설도 있는 것 같다.

화폐가 등장하게 된 배경은 이렇다.

처음에는 물물교환 방식으로 거래하였으나 무거워서 대단히 번잡하였다. 그래서 매개 단위로서 가치가 있는 것이 무엇일까 생각하다가 만들어 낸 것이 돈이다. 조개껍질을 사용하여 화폐로 사용하기도 했는데 이를 패각화폐라고 한다.

우리 나라의 화폐에 관한 기록은 멀리 고조선 시대까지 올라간다. 일화전(一化錢)이라는 돈이 있었고 또 명화전(明化錢)이라는 돈이 있었다. 신라시대에도 상공업이 발달하고 중국과의 교역이 활발하게 전개되었기 때문에 화폐 사용이 많았을 것으로 보인다.

우리 나라 화폐는 구리로 만든 동전이 있었고 점차 엽전형태로 발전하게 되었다. 엽전은 제작 초에 돈의 형태가 나무잎사귀의 모양으로 만든 데서 유래한 말이다. 나중에 엽전의 가운데에 구멍을 뚫어 줄에 끼울 수 있도록 만들었다.

고려시대에는 대외 무역이 매우 활발하였으며 예성강 하구 벽란도에서 국제무역이 활달하게 전개되었다고 기록하고 있다. 특히 아라비아 상인도 고려까지 와서 무역을 하였다는 것은 매우 특기할 만한 사실이다.

고려 성종 15년 서기 996년에 화폐가 주조되었으며 숙종 때인 1097년 은병을 제작하여 사용하였으나 은병은 일반인이 사용하기보다는 뇌물용으로 많이 활용하였다고 한다. 그후, 삼한통보, 해동통보, 해동중보 등이 만들어져 사용되었다.

저화(楮貨)라는 종이돈이 있었으나 크게 활용되었다고 한다. 조선시대에 들어와서 상평통보라는 돈이 유통되었다. 또 재망매가를 지은 월명사가 기록한 바에 의하면 '저승 갈 노자 돈으로 종이돈을 태워 날려 보냈다.' 는 말이 있는데 이는 요즈음에도 그 잔재가 남아 있는 것 같다.

시골에서 고인(故人)의 상여가 나갈 때 상여소리를 하는 사람이 "못 가겠네. 못 가겠네. 노자 없어 못 가겠네."하고 소리를 하면 상주와 그 가족이 나와 상여에 쳐놓은 새끼줄에 돈을 끼워 주는 것을 볼 수 있으며 이 돈을 가지고 수고한 사람이 나누어 가지거나 술을 사다 마시거나 하는 풍습이 남아 있다.

돈을 모르는 사람이 없겠지만 돈의 기능에 대해 생각해 본 사람은 경제학을 전공한 사람을 제외하고는 많지 않을 것이다. 돈은 대체적으로 4가지 기능을 갖고 있다는 것이 정설이다. 가치척도·교환수단·지급수단·가치의 보장수단이다. 앞의 둘은 화폐의 본원적(기본적) 직능, 뒤의 둘은 기본적 직능에서 파생된 부차적 직능이다.

가치척도로서의 화폐는 개개의 상품의 가치를 통일적으로 나타내는 가치표현의 척도의 기준이 된다. 즉, 갖가지 화폐의 단위에 의해서 모든 재화와 서비스의 가치를 가격으로 표시할 수 있는 역할을 말한다.

화폐의 교환수단은 화폐의 존재에 의하여, 사람은 팔고자 하는 재화와 교환으로 화폐를 획득하고, 그 화폐로 자신이 원하는 다른 임의의 재화를 구할 수 있음을 말한다. 따라서 화폐가 일반적 교환수단으로 되기 위해서는 자기가 원하는 재화를 마음대로 골라 살 수 있어야 한다. 이러한 화폐의 기능을 일반적 구매력이라고도 한다.

지급수단은 화폐가 가치의 척도나 교환수단으로서 사용되면 그것은 곧 장래의 지급을 표시하는 수단으로 이용될 수 있음을 뜻한다. 그렇게 되면 화폐는 확정된 재무의 변제에 유용하게 사용할 수 있어야 한다.

가치보장수단은 화폐 그 자체가 일반적 구매력이므로 화폐 보유자는 화폐가 언제, 어떤 재화나 서비스에 대해서도 그 대가로서 가치를 기대할 수 있다. 이것이 곧 가치보장수단으로서의 직능이며, 화폐가 자산의 한 형태로써 보유되는 사실을 가리키는 것이다.

물론 화폐만이 유일한 가치보장수단은 아니다. 공사채, 주식 등의 금융자산이나 내구소비재, 토지 등의 실물자산도 가치의 보장수단일 수 있다. 게다가 이들 자산은 이자, 배당, 지대 또는 그 유용성이라는 형태로 수익을 가져온다.

그러나 화폐는 이들 자산에 비해서 저장과 보관을 위한 비용이 적게 들고, 그 명목가치는 불변이며 또 유동성이 높다는 등의 점에서 뛰어나다.

자산 보유자가 그 자산을 어떤 형태로 보존하는가는 자산의 수익성, 안전성, 유동성의 세 가지에 의존하고 있으며, 이들의 구성의 변화는 이자율의 변화를 통하여 경제활동과 밀접하게 관련되어 있다. 그런데 화폐가 위에서 말한 4개의 기능을 수행하는 데는 어느 경우에 있어서도 화폐의 구매력이 안정되어 있음을 전제로 한다.

　　미국에 유학 다녀온 아들이 친구들과 어울려 압구정동에 가서 술을 마시고 흥청망청 돈을 사용하다가 카드도 바닥나자 마지막으로 생각한 것이 아버지의 유산을 상속받기 위해 아버지를 살해하는 것이었다. 우리 민법은 이러한 패륜아에 대하여 재산 상속을 할 수 없도록 제도화하고 있다. 또한 성인인 아들이 용돈을 주지 않는다고 어머니를 살해한 사람도 있었다.

　　서울 강남 지역이 한참 개발되던 1970년대 후반에는 강동구 잠실 지역은 모래바람만 나부끼고 모래밭 둑에는 뽕나무가 자라고 있었다. 밭 옆으로는 실개천이 흐르고 있었던 시골에 어느 날 갑자기 불어닥친 부동산 투기붐으로 인하여 별로 쓸모 없었던 것으로 여겨졌던 잠실벌이 한 평에 수백만원으로 치솟음에 따라 농사만 짓고 살던 촌사람이 갑자기 벼락부자가 되었다. 호주머니에 돈이 두둑하게 되자 머리에 기름을 바르고 엉뚱한 생각을 하게 되었다.

　　술집을 기웃거리기 시작하였고, 나중에는 여자들과 어울리게 되었다. 본래 돈으로 만난 사람은 돈이 떨어지게 되면 헤어지기 마련이다. 자가용을 굴리고 호화롭게 살던 생활도 얼마 가지 않아 빈털터리가 되고 말았으며, 결국 땅만 날린 채 패가망신한 사례를 우리는 얼마든지 볼 수 있다.

　　농사를 짓는 사람들이 하는 말이 "송충이는 솔잎을 먹고 살아야지 갈잎을 먹으면 죽는다."고 한다. 그래도 묵묵히 시골에서 살면서 부모가 주신 재산을 잘 관리하며 살았던 사람들은 나중에 빌딩도 짓고 빌딩에서 나온 임대료를 받으며 편히 살고 있는 사람도 있다.

지난번 한 40대 가장이 65억원의 로또 복권에 당첨됨으로써 로또복권 붐이 일어나 온 나라가 떠들썩하다. 그는 한 방송국에 출연하여 "돈이 생기게 됨에 따라 이것저것 생각하게 되고 한 달도 안되어 몸무게가 5킬로그램이 줄었다."고 술회했다.

지금 시중에는 인생을 역전시킬 수 있는 유일한 희망은 로또복권에 당첨되는 일이라며 복권 구입에 열중하는 젊은이들도 있고 '일확천금 꿈꾸는 세태'를 규탄하는 노인들의 데모도 잇따르고 있다. 로또복권의 하루 매출액이 200억원에 이르렀다는 보도도 있었다.

사실 노인들이 오죽하면 거리에 나와 플래카드를 들고 데모하겠는가? 돈 나오는 것도 아닌데 말이다. 요는 시대 조류에 따라 복권발행 허가를 해준 것인데 너무 많은 당첨금을 내거는 것은 무리가 있는 것으로 보인다. 자칫 잘못하면 사행심을 크게 불러올 수도 있기 때문이다. 나중에는 도박 중독증처럼 '복권 중독증 치료센터'도 등장할지 모르며, 이미 그 상태에 진입하게 되었는지도 모르겠다.

로또복권을 구입하는 것이 장난 삼아 가끔 한두 번 구입하는 것은 별 문제가 될 것 같지 않으나 월 급여의 상당액을 투입하면서까지 여기에 매달리는 것은 큰 문제가 될 것으로 보인다.

사실 돈은 필요하다. 그래서 자녀들에게 돈의 중요성에 대해 명심하도록 지도한 유명 인사들이 많다. 세계 최대의 갑부였던 록펠러는 돈을 벌어 자선사업기관에 기부도 하고 학교재단에 투자도 하면서 가장 건전하게 돈을 사용하였던 사람으로 정평이 나 있으며, 지금도 전 세계인으로부터 존경을 받고 있다. 사후에는 록펠러 재단을 설립하였다.

미국 뉴욕에 소재하고 있는 록펠러 센터는 지상 70층이며 옥상 철탑까지의 높이는 약 259미터에 이르고 13동의 건물이 있다. 상근하는 직원은 약 65,000여 명에 이르고 하루 이용객 수는 25만 명에서 30만 명에 이를 뿐만 아니라 승용차 주차 700여 대, 화물트럭 약 1,000대가 물품을 수송하고 있다고 한다. 이렇게 돈이 많았던 록펠러 1세는 자녀의 돈에 대해서는 꽤 엄격했던 것으로 보인다.

록펠러 2세는 현재 약 30억달러(한화 약 3조 7,500억원)를 가지고 있는데 아버지가 살아 계실 때 입버릇처럼 하는 말이 "아버지가 소유한 재산은 아버지의 재산일 뿐이라고 하였다."고 한다. 물론 부자 아버지 밑에서 태어났기 때문에 오늘날 그의 재산도 30억달러에 이르는 것은 부인할 수 없을 것이다.

작가 헤밍웨이는 아들 그레고리가 너무 많은 용돈을 쓰는 것에 대해 항상 불만이었다. 그래서 아들에게 용돈을 적게 쓰도록 타일렀으며, 아버지의 가르침에 따라 그레고리는 "용돈을 적게 사용하도록 노력하였다."고 한다.

영화 스타워즈의 감독 조지 루카스 2세의 아버지 루카스 1세는 비교적 성공한 상인이었는데 아들에게 용돈을 주는 대가로 반드시 허드렛일을 시켰다고 한다. 이렇게 함으로써 돈의 소중함을 깨닫게 하려는 것이었다.

어느날 루카스 2세는 아버지가 주신 용돈 35달러와 나중에 심부름을 하기로 하고 어머니에게서 빌린 25달러를 합하여 60달러짜리 잔디 깎는 기계를 샀다. 이는 아버지를 퍽 당황스럽게 하였으나 아버지의 기분은 크게 나쁘지 않았으며 매우 만족스럽고 대견스럽게 생각하였다고 회고하고 있다. 이렇게 많은 사람들은 자녀들을 교육시킴에 있어서 돈의 소중함을 깨닫도록 하였으며, 돈을 버는 것이 얼마나 어려운 일인가를 보여 주기 위하여 노력하였던 것으로 보인다.

사회생활을 하는데 있어서 호주머니에 돈이 한 푼도 없을 때와 돈이 있을 때와는 기분부터가 다르다. 나는 친구를 만날 때 돈이 없으면 만나질 않는다. 남에게 폐를 끼치기 싫기 때문이다. 돈을 벌었다고 으스대고 다니는 사람도 많다.

　머리에 든 것은 아무 것도 없는 사람이 돈 버는 데는 일가견을 갖고 있는 사람도 많다. 그래서 세상살이가 공평한지 모른다. 공부를 잘했던 사람은 기껏해야 공무원을 하거나 교사를 하는 사람이 많다. 학교 다닐 때 멍청한 사람이 돈 버는 재주가 많아 돈을 벌어서 나중에 정치가가 된 사람도 많다.

　속으로는 배가 아프지만 현실을 인정하지 않을 수 없는 것이 자본주의 사회의 특징이기도 하다. 머리는 텅 빈 사람에게 돈이 많다는 이유로 특정 모임의 회장을 시키는 경우도 많다. 한때는 국회의원 공천 한 장 얻는데 20억원 이상을 당에 헌금해야 했다. 과거에는 정당에 대한 국고 보조금 제도가 없어서 야당이 정치를 하는데 애로사항이 컸으므로 선거 때가 되면 공천 헌금에 의존하지 않을 수 없었다.

　20억원 이상을 당비로 낸 국회의원은 또 그 돈을 충당하고 본전을 뽑기 위해 시도의원이나 자치단체장 공천을 주면서 또 불법 헌금을 받음에 따라 말썽을 일으킨 사례가 많았다. 과거 도의회의 의원들 가운데 재임 7년 동안 본회의장에서 도정질문을 한 번도 안한 사람이 19명이나 되었다는 것은 무엇을 의미하고 있는지 짐작이 간다.

　최근에 들어 이러한 공천장사가 없어졌을 것으로 믿고 싶으나 이런 일이 지금도 횡횡한다면 마땅히 없어져야한다고 생각하며 그래야만 정치가 정화될 수 있다.

　이렇게 돈이 잘못 돌아감에 따라 사람도 돌고 있다. 사람이 도는 것은 돈에 미쳐 버렸기 때문이다. 로또복권의 유행에는 최근 은행금리도 한

못 하는 것이 아닌지 모르겠다.

그래도 과거에는 은행에 저축을 하게 되면 이자가 불어나는 재미로 은행에 저축을 하였으나 최근 금리는 5% 내외로 떨어짐에 따라 은행에 저축을 기피하는 경향마저 있는 것 같아서 마음 아프다. 정부의 방침은 국민들이 낮은 금리로 저축한 돈을 가지고 기업가에게 낮은 금리로 대부하게 함으로써 공장이 가동하게 하기 위한 방법인 것 같은데 이와 같은 추세가 얼마나 지속될지 모르겠다.

은행들은 고객들의 낮은 금리의 저축을 기업가를 위해 사용하는 것이 아니라 이 돈을 20%가 넘는 카드 대출로 톡톡히 재미를 보고 있는 것이다. 한편으로는 기업에 대출해 주기보다는 높은 이율을 받고 가계대출을 해주고 있어서 이래저래 서민들만 골탕을 먹고 있다. 이 카드들의 대부분은 외국계 카드로서 많은 수수료가 나가게 되고 외화가 해외로 유출되고 있는 심각성을 내포하고 있다.

돈에 대한 명언 중에 우리 나라의 속담에는 '돈이 있으면 금수강산, 돈 없으면 적막강산' 이라든가 '돈 앞에는 웃음이 한 말, 돈 뒤에는 눈물이 한섬' '남의 돈 천냥이 내 돈 한푼만 못하다.' 라는 말이 그것이다. 또 외국의 저명인사의 말 중에는 '돈의 가치를 알고 싶으면 돈을 꾸러 가보라.' 는 프랭클린의 말이 있고 쇼펜하우어는 "돈은 바닷물과 같다. 그것을 마시면 마실수록 목이 말라진다."고 하였다.

우리가 사회생활을 하는데 있어서 돈은 필요한 것이다. 그래서 돈을 소중하게 생각해야 한다. 그리고 그 소중한 돈을 한푼 두푼 저축하여 자기 손으로 가문을 일으키는 것도 매우 중요하다.

그러나 허황된 방법으로 돈을 소유해 보고자 하는 생각은 버리는 것이 좋다. 건전한 사고와 건전한 판단으로 생활하는 것이 바람직한 현상이며, 이 사회가 건전한 방향으로 가는 지름길이라고 생각한다.

동백꽃 내 사랑 언제 오려나

　전라남도의 도(道) 꽃은 동백꽃이다. 동백꽃을 연상하면 우리들의 머릿속에 가장 먼저 떠오르는 곳이 여수 오동도일 것이다. 오동도에는 많은 동백나무 숲이 우거져 있으며 경관이 아름답기로 소문이 자자하다.

　오동도에는 횟집도 있고 거기서 멍게에다 소주 한 잔 마시는 재미는 퍽 낭만적이다. 주변의 숲도 매우 아름답다. 수정동에 자리한 오동도는 약 10만평 규모의 작은 섬이다. 오동도는 한려해상국립공원에 속해 있으며 여수의 상징이기도 하다.

　오동도에서 바라다 보이는 돌산대교, 멀리 떨어져 있는 향일암도 유서 깊은 곳이다. 방파제에서 배를 타고 향일암까지 가는 코스에서 바라다 보는 여수시의 전경은 퍽 아름답고 섬 주변에는 기암절벽이 많다.

　여수는 충무공 이순신 장군이 활동하신 주무대로서 여수 진남관이 있는 곳이기도 하다.

전라남도에는 동백꽃이 유달리 많다. 동백꽃은 동백나무에서 피어나는 꽃이다. 동백꽃은 11월부터 이듬해 4월까지 다시 말하면, 겨울부터 초봄에 이르기까지 아름답게 피는 특이한 꽃으로서 기후가 따뜻하고 수분이 많은 곳에서 잘 자란다.

동백꽃은 울릉도와 전라북도 고창군 선운사에도 자생하고 있다고 하는데, 내가 생각하기엔 전라남도만큼 동백꽃이 많은 곳은 드물 것이라고 생각한다.

전라남도 남부 해안지방 가는 곳마다 이 동백꽃이 많이 자생하고 있다. 특히, 완도군 생일면에는 이 동백꽃이 넓은 지역에 군락을 지어 숲을 이루고 있다. 나는 이 완도군 생일면에서 1년 3개월 동안 면장으로 재직하였다.

생일도에서는 3월에 집중적으로 동백꽃이 피는데 어찌나 아름답게 피는지 정말 장관이었다. 동백나무는 분재로도 매우 활용가치가 높으며, 이 때문에 동백나무는 일부 분재원에서 이를 불법채취하고 있다. 비싼 것은 300만원~500만원이 홋가할 정도로 매우 희귀한 것도 있다.

동백나무는 매우 더디게 크는 나무이며 분재로서 활용가치가 높은 것은 적어도 50년 이상 된 나무일 것이다. 나는 이 아름다운 동백꽃이 분재로 훼손되는 것을 막기 위해 노력하였다. 동백꽃나무가 우거진 금곡리 바닷가에서 동백을 채취한다는 이야기를 듣고 직원과 함께 불법채취 현장을 잡기로 하였다.

산림 업무를 담당하는 공무원은 단속권이 있기 때문에 그 직원과 함께 현장을 갔다. 한참을 기다렸더니 바닷가에 배를 대고 분재를 캐가는 사람들이 나타났다. 톱과 괭이를 들고 온 사람들이 분재를 캐기 시작할 무렵 불법채취자를 붙잡았다. 이 사람들을 혼낼 목적으로 광주 지방검찰

청 해남지청에 고발하여 벌금을 물도록 하였다.

그 다음에도 불법채취자를 현장에서 붙잡아 고발한 후 벌금을 물도록 하였다. 이렇게 두 번을 고발하였더니 다시는 불법채취하는 사람이 나타나지 않았다. 물론 인간적으로 그 사람들에 대해 미안한 생각이 없는 것은 아니었지만 생일도의 아름다운 경관을 보존하고 이곳을 찾는 관광객들에게 동백꽃이 우거진 아름다운 현장을 보여 주기 위해서 불가피한 조치였다.

내가 재직하는 동안 동백나무뿐만 아니라 일반 분재도 배를 통하여 육지로 반출되는 것을 엄격히 통제하였다. 일부 몰지각한 사람들이 자연을 훼손하면서 분재를 캐가는 것은 옳지 못한 행동이다.

동백꽃은 '기다림, 애타는 사랑'이라는 꽃말을 갖고 있다. 이 동백꽃에 대한 전설이 한국이나 일본이 거의 비슷한 내용을 담고 있으며, 일본의 전설이 보다 구체적으로 되어 있어서 여기서 소개하고자 한다.

일본 아오모리현 쓰가루에 있는 동백산의 전설이다.

옛날 남국의 청년 한 사람이 두메산골에 머물고 있었는데, 그 마을의 어느 소녀를 알게 되었다. 그들은 서로 사랑을 나누고 장래를 약속하였으나 얼마 되지 않아 이 청년이 그 고을을 멀리 떠나야 했다. 두 사람은 달 밝은 봄날 저녁 가까이 있는 동산에 올라가서 눈물을 흘리며 가슴이 미어지는 이별의 슬픔을 나누었다. 소녀는 청년의 옷깃을 잡고 슬픔을 억누르면서 속삭였다.

"당신에게 부탁이 하나 있습니다. 당신의 고향은 남쪽 나라 따뜻한 곳이라고 알고 있는데, 이 다음에 오실 때는 동백나무의 열매를 꼭 갖다 주세요. 그 나무의 열매 기름으로 나는 머리를 예쁘게 치장하여 당신에게 보여드리고 싶습니다."

그러자 청년이 소녀의 손을 꼭 잡으며 대답했다.

"그것은 과히 어려운 일이 아니오. 많이 가져다가 당신에게 드리겠소." 하고 굳은 약속을 남긴 청년은 무거운 발걸음을 옮겼다. 그는 몇 번이나 뒤를 돌아보면서 그곳을 떠나 바다 건너 멀리 남쪽 나라로 떠나버렸다.

날이 가고 달이 가고 가을 바람이 일고 기러기가 날기 시작했다. 소녀는 혹시나 청년에게 소식이 있을까 하여 매일 문 앞에서 먼 바다 쪽만 바라볼 뿐이었다. 소녀는 한숨과 눈물로 세월을 보냈다. 손을 꼽아 헤아려 보니 떠난 지 어느 새 만 1년이 지났다.

봄날의 달빛은 헤어지던 그 날과 다름없이 비쳐오건만 한 번 떠나간 님은 소식조차 없는 것이었다. 소녀는 지나간 날들의 회포를 가슴 속에 새기면서 그 동산을 거닐며 돌아오지 않는 청년을 그리다 지쳐 숨을 거두고 말았다.

얼마 지나지 않아 소녀가 죽은 줄도 모르고 청년은 그리움에 부푼 가슴을 안고, 이 산골로 소녀를 찾아왔다. 그러나 청년의 부푼 가슴은 산산이 조각나고 말았다. 소녀의 죽음을 알게 된 청년은 미친 듯이 소녀의 무덤 앞으로 달려가 땅을 치고 통곡을 했다. 그러나 한번 간 소녀는 대답이 없었다.

청년은 인생의 무상함을 절감하면서 소녀를 위해 갖고 온 동백나무 열매를 무덤 주위에 뿌리고 다시 멀리 떠나버렸다. 그 이후 청년에 의해서 뿌려진 동백나무 열매는 싹이 트고 줄기가 나서 마침내 꽃이 피고 열매를 맺었다.

얼마 지나지 않아서 동산 전체가 동백꽃으로 불타는 듯이 빨갛게 덮였다. 죽은 소녀의 넋이 한이 되어 그 한이라도 푸는 듯이 봄이면 동백꽃으로 동산을 붉게 물들이는 것이었다.

아래 수록하는 노래는 잘 아시는 바와 같이 이미자 선생의 '동백아가씨' 이다. 위에 든 전설을 읽고 노래 가사를 읽으면 퍽 내용이 흡사하다는 것을 알 수 있다.

이 노래의 작사자가 정말 동백아가씨와 같은 사연을 보고 가사를 썼는지는 알 수 없는 일이지만 일본의 동백꽃에 얽힌 아가씨의 사연과 비슷하다는 점을 느낄 수 있을 것이다. 또 작자 미상의 '동백꽃'도 감상해 주시기 바란다.

헤일수 없이 수많은 밤을
내 가슴 도려내는 아픔에 겨워
얼마나 울었던가 동백아가씨
그리움에 지쳐서 울다 지쳐서
꽃잎은 빨갛게 멍이 들었소
동백꽃 잎에 새겨진 사연
말못할 그 사연을 가슴에 안고
오늘도 기다리는 동백아가씨
가신 님은 그 언제 그 어느 날에
외로운 동백꽃 찾아오려나

동백꽃

작가 미상

사는 일이 가끔 눈물난다면
동백꽃 보러 살짝 오세요
그리고 제발
성난 얼굴로는 오지 마세요
하루도 어김없이
지어미 사랑하는 지아비처럼
아주 넉넉한 휘파람으로
그렇게 한달음으로 달려오세요
당신 팍팍한 가슴도
한점 불꽃으로 살아난다면
나는 개동백으로 피어 있지요
벼랑 위에 둥지를 틀고 사는
물총새 한 쌍처럼
질긴 그리움 하나쯤은 장만하고
수평선 울음 타는 노을로 서서
모든 것 다 비울 때쯤 오세요
미움도 눈물도 죄다 버리고
살금살금 그렇게 오세요
거친 파도 아름다운 섬으로 떠서
나는 오직 붉게 물들고 있을 테니까요

마차와 강아지

　달리는 마차에 매달린 강아지는 어느 방향으로 가야 할까? 그 강아지는 당연히 마차가 달리는 방향을 따라 가야 자기의 몸을 다치지 않을 것이다. 그러나 마차를 따라가지 않으려고 발버둥을 친다.

　발에 피멍이 들고 가랑이가 찢어지는 아픔을 감내하면서 고통을 이겨내려고 노력하고 있다. 최후까지 버텨보지만 결국 힘이 떨어진 강아지는 마차가 가는 데로 끌려가고 만다. 스스로 길을 선택하기에는 지쳐 버렸다. 살아남기 위해서는 자기의 의사(意思)와는 관계없이 마차가 가는 방향으로 갈 수밖에 없다.

　독재정권을 지지하던 많은 식자들은 '마차와 강아지'에 대한 비유를 예로 들면서 "마차에 매달린 강아지는 마차가 가는 방향으로 가야 한다.

그렇지 않으면 강아지만 다칠 수밖에 없다. 마차가 가는 방향으로 가면 살아갈 수 있지만 반대방향으로 가려고 노력하면 할수록 많은 상처를 내고 결국 죽음에 이를 수 있다."는 논리를 전개하면서 독재정권의 정당성을 변호하였다.

사람이 살아가는데 있어서 좋건 싫건간에 시대 조류에 따라 가야만 다치지 않고 살아갈 수 있음을 강조했다. 독재정권의 정당성을 강조하고 옹호하면서 이를 합리화하기 위해 이와 같은 논리를 개발하고 주장해 왔다. 그들의 주장은 큰 설득력을 얻어 침묵하는 다수를 만들어 냈다.

결국 그들이 예견하였던 바와 같이 시대 조류에 편승하지 않고 독재정권에 반기를 들었던 많은 사람들이 때로는 감옥에서, 혹은 분신자살을 택하기도 하고, 어떤 사람은 스스로를 절제할 수 없어 술로 세상을 한탄하다가 저 세상으로 갔다.

많은 민주투사들은 불의에 항거하였고 조국의 민주화를 위해 헌신하였으며 바르지 못한 시대 흐름에 정면으로 거역하다가 산화하였다.

조국 근대화라는 미명하에 민주주의는 짓밟혀도 좋다는 독재자들의 논리에 자기의 목숨을 초개와 같이 던지고 자기 한몸을 불사르면서 조국의 민주화를 위해 싸웠다.

민주주의는 많은 피를 불러왔으며 결국 광주에서 세계 민주주의 역사상 유래를 찾아보기 힘든 불행한 사태를 초래하였고 많은 희생자를 내고 말았다. 최근 의문사 진상위원회에서는 '인혁당 사건은 유신정권의 조작'이라고 밝힌 바 있다.

그 사건의 내용에 대해 아는 바가 없어 이 사건에 대해 평가할 위치에 있지 않다. 그러나 의문사 진상위원회에서 철저한 조사과정을 거쳐 '인혁당 사건은 조작'이라고 밝힌 내용에 대해 늦게나마 그 진상이 밝혀지고 그들과 그 가족의 명예가 회복된 데 대해 기쁘게 생각하며 경의를 표하면서 진실은 언젠가 역사 앞에 모습을 드러낸다는 점을 새삼스럽게 느꼈다.

우리는 이 사건을 바라보면서 유신정권이 사형선고 즉시 "사형을 집행하였다."는 점에 대해 매우 불행한 일로 받아들이고 싶다. 현재 세계 각국의 많은 선진국들은 사형제도를 폐지하고 있다. 죄인들의 인격을 존중한다는 인권적 차원도 있을 것이다.

그러나 이 가운데 가장 큰 이유 중의 하나는 판사의 오판으로 인하여 무고한 인명이 희생될 수도 있다는 점을 사형제도의 폐지 이유로 들고 있다. 판사도 신이 아니기 때문에 때로는 오판을 할 수도 있으며 법에 의한 합법적인 살인을 면할 수 있기 때문이다.

'사형제도 존치'를 주장하는 측에서는 사형제도를 존치함으로써 '사람을 살해할 경우 사형선고를 받을 수 있다.'는 점을 보여줌으로써 범죄를 자제할 수 있으며, '예방적 기능이 크기 때문에 사형제도를 존치해야 한다.'고 주장한다.

두 가지 모두 일리 있는 논리라고 생각되나 후진국이고 정치상황이 불안한 국가일수록 사형제도의 폐지는 설득력을 얻고 있는 것 같다.

정치적으로 불안한 국가에서는 법이라는 이름을 빌려 정치적으로 반대하는 사람들에게 '합법적인 살인'을 자행하고 있다. 그러한 위험을 막기 위해서도 사형제도는 폐지되어야 할 것으로 생각된다. 이러한 논리에 따라 우리 나라 국회의원들 중에도 사형제도의 폐지를 주장하는 분들도 있는 것 같다.

아무리 솔로몬의 지혜를 갖고 있는 명 판사라고 하더라도 그도 역시 사람이기 때문에 실수로 판결을 할 수 있는 것이다. 만일 우리 나라에서도 사형제도가 폐지되었다면 인혁당 사건과 같은 불행한 일은 없었을 것이며 무고한 생명이 형장의 이슬로 사라지는 것을 예방할 수 있었을 것이다.

'민주주의는 피를 먹고 자라는 나무.' 라고 한다. 아직도 기억에 생생한 박관현, 이한열, 박종철, 이철규 등 수많은 민주열사들의 희생 위에 우리 나라도 민주주의가 성숙되었다.

언론이 자기의 목소리를 내고 있다. 그 나라의 민주주의 척도는 '언론의 자유가 얼마나 보장 되느냐?'에 달려 있다. 그러한 척도에서 판단해 볼 때 우리 나라는 세계 선진국에 비해 조금도 손색없는 언론의 자유를 누리고 있다고 생각한다.

과거 우리 나라에서는 신문사에 '검열통제 제도'가 있어, 언론의 검열을 받아야만 그 기사를 신문에 보도할 수 있었던 암울한 시대도 있었다. 옛날 같으면 권력 핵심부에서 일어나고 있는 일, 국익에 저해되는 많은 부분이 삭제되거나 보도 통제되었을 것으로 판단된다.

청와대 홈페이지를 들러본 사람들은 상상할 수도 없는 욕설들이 게재된 것을 보고 깜짝 놀랄 것이다. 정부의 입장과 반대되는 의견을 주장하거나 신문에 투고해도 잡아가는 사람도 없다. 주장한 데로 여과 없이 신문에 보도되고 있다. 이것은 분명 한국의 민주주의가 비약적으로 발전하고 있음을 반증하는 것이다.

그러나 민주주의라는 말 속에는 '책임과 의무'가 따라야 한다. 민주주의 국가에서 자유를 누릴 수 있는 사람은 그에 상응하여 책임과 의무를 다해야 한다. 미국이나 일본 경찰의 권위는 대단한 것 같다. 국민들은 경찰관의 권위에 절대 복종하며 그들을 존경하고 신뢰하고 있다고 한다.

최근 우리 나라에서 일어나고 있는 불행한 일 중의 하나는 범죄를 예방하고 범인을 체포하는 권한을 갖고 있는 경찰서나 파출소에서 무기를 탈취당하는 일이다. 이러한 사태를 바라보는 국민들의 심경은 착잡하기 이를 데 없으며 불행한 일이 아닐 수 없다.

이는 공권력이 땅에 떨어져 있음을 반증하는 것이다. 우리 나라가 선진국이 되고 법과 질서가 제대로 확립된 국가가 되기 위해서는 경찰 등 공권력의 권위가 조속히 회복되어야 한다고 생각한다.

만추의 독백

코스모스가 만발한 아름다운 가을날 오솔길을 걸으며 조용히 자신을 되돌아보면 고독한 느낌을 받을 때가 많다. 더구나 만추가 되어 무등산 봉우리에서부터 서서히 물들어 산 아래쪽으로 내려오는 단풍을 바라보면서 느끼는 상념은 제각각일 것으로 생각된다. 젊은이의 감정은 '아름다움' 그 자체일 것이다.

그러나 나이가 든 사람은 세월의 변화만큼 스스로에게 조여오는 고독에 가슴 아파오게 마련이다. 바람이 세차게 불고 낙엽이 우수수 떨어지는 공원 벤치에 홀로 앉아 있을 때 마치 내 자신에게 다가온 인생의 황혼이라는 느낌 때문에 고독은 더욱 큰 아픔으로 다가온다. 늦가을이 지나고 초겨울 문턱에 들어섰을 때 자신에 대해 깊이 생각하게 되고 삶의 무상함을 새삼스럽게 되새겨 보게 된다.

경험이 많은 사람일수록 세상에 대하여 평가하고, 상대방과 대화할 때 매우 신중하게 접근한다. 그러나 일반적으로 젊은이들은 앞 뒤 가리지 않고 아무렇게나 이야기하거나 생각나는 대로 상대방에게 쏘아댄다. 어쩌면 그것은 젊은 혈기와 자신감의 표출이기도 하고 의협심일 수도 있다. 그러나 행동한 뒤의 생각은 어쩐지 찜찜하고 후회하기도 하는 게 인생인 것 같다.

사람은 살아가면서 적어도 1개월에 한 번 정도라도 진지하게 자신을 되돌아보는 것도 뜻있는 일이 아닌가 싶다. 종교를 믿는 사람들은 대체적으로 자신을 되돌아보는 기회가 많은 것 같다. 좋은 일이다. 사람은 때때로 자기 자신을 반성하면서 살아가는 것이 필요하다고 생각한다.

내 주위 사람들도 종교를 믿는 사람들이 많다. 종교는 필요하다. 사람은 언제나 나약한 존재이기 때문에 신에 의지하고 싶은 것은 너무나 당연한 일이다. 종교는 절대자인 신에게 자기의 마음을 의지하는 것이며 마음이 갈피를 잡지 못할 때나 너무 허전하여 고독할 때 우리는 종교에 대해 생각하게 된다. 때로는 몸이 아프다든지 고민이 많을 때 종교를 찾게 된다.

사람들 중에는 어려운 여건에 있을 때는 종교를 찾지만 자기가 편안하게 되고 살기가 넉넉하게 되면 종교를 찾지 않는 경향이 있는 것 같다. 많은 사람들은 종교인에 대해 비판적으로 말한다. 교회의 건물은 올라가는데 가난한 사람에 대해서는 전혀 고려하지 않는다는 것이 그것이다. 일면 타당성이 있는 이야기로서 종교를 믿는 사람들이 반성해야 할 대목이다.

내가 생각하기엔 그래도 종교인들이 일반인에 비하여 가난하고 불쌍한 사람들에 대해 많은 동정을 표시하고 실천에 옮기고 있다고 본다. 사실 종교라는 단체가 아니면 일반인들이 선뜻 나서서 불우한 이웃을 위해라면 한 상자를 사들고 가기가 힘들다. 나는 가끔 텔레비전을 통하여 목사님들의 설교와 스님들의 설법에 대해 강의를 듣고 있다. 어느 종교를 막론하고 깊은 철학이 담겨 있어서 어느 종교가 더 나은 종교라고 말하는 것은 옳지 못하다.

최근에는 대만의 불광사의 스님이신 성운대사의 강의를 즐겨 시청한다. 대만의 불광사는 신도가 800만 명이고 스님만 1,300여 명이라고 한다. 매우 유익하고 좋은 내용으로 구성되어 있어서 우리들의 수양에 큰 도움이 되었으며 매우 감명 깊었다.

누구나 한 번쯤 자신을 되돌아보면서 내가 하고 있는 일이 남에게 어떤 피해가 되고 어떤 영향을 미칠 것인지에 대해 판단하면서 스스로 평가하는 것은 좋은 일이다. 물론 내 자신도 사람이기 때문에 울화통이 터지고 타인을 원망하기도 하며, 괴로워서 마음 아파하기도 한다. 그래서 자신의 인격수양을 위해 노력하지만 쉽게 고쳐지는 것은 아닌 것 같다.

벌써 강원도 지방에는 초겨울 날씨가 되어 수은주가 뚝 떨어졌다고 한다. 무등산 자락 산등성이로부터 서서히 아래쪽 방향으로 내려오는 빨강, 노랑, 연분홍색 등 단풍잎이 아름답고 다양하게 채색되어지고 있는 장면을 바라보면서 그것은 어쩌면 우리 인생을 말하고 있는 것인지도 모른다.

얼마 전 집안 동생을 저 세상으로 보내고 경기도 벽제에 있는 화장터에서 화장을 하고 돌아왔다. 평생 동안 객지에서 온갖 고생을 하면서 살았던 그가 마지막 남긴 말은 "화장하여 뼛가루를 영광군 법성포 고향 앞 바다에 뿌려달라."는 내용이었다. 어떻게 보면 짧은 인생이었다.

유복자로 태어나서 아버지도 보지 못하고 살아가다가 어머니마저 재가(再嫁)한 뒤 그가 겪었던 삶의 무게는 우리가 상상하는 그 이상의 버거운 짐이었을 것이다. 그래서 한평생 동안 세월을 한하다가 눈을 감았다.

밑으로는 딸 하나를 두고 가는 사람의 마음은 천갈래 만갈래로 찢어지는 것 같았겠지만 어차피 인생은 가야 되는 길이고 뒤에 남아 있는 싹들이 다시 새순을 길러 아름다운 꽃을 피우기도 하고 열매도 맺을 것이다.

돌이켜 생각하면 어차피 인생은 한 줌의 재로 변할 것일 텐데 별것도 아닌 것을 가지고 싸우고, 필요 이상의 돈을 탐하고, 권력에 집착하면서 살아가야 하는지에 대해 한번쯤 생각해 보아야 한다.

고뇌하고 번뇌하는 사람들, 그것이 비단 내 자신만의 일이 아니면서도 혼자 느끼는 고독이며, 번뇌인 것으로 착각한다. 우리가 번뇌하는 것은 살아 있다는 증거이다. 번뇌는 모두에게 있는 것이므로 살아왔던 날들이 행복했고 지금 이렇게 살아가고 있음을 큰 기쁨으로 알아야 한다.

우리들의 마음 속에는 번뇌가 가득하고, 마음은 구름을 타고 노는 것처럼 마음 한구석은 텅 빈 허전함뿐이다. 민선 자치시대가 되면서 도청에도 많은 변화가 생겼다. 과거에는 특정 실과만 바빴으나 민선시대에 들어와서는 대부분의 실과가 바쁘다.

밤 10시가 넘어도 사무실마다 대낮처럼 환하게 불이 켜져 있다. 정말 많은 분들이 고생하고 있다. 도의회 종합감사, 감사원감사, 국정감사, 행정자치부 감사 등 수많은 자료 제출에 시달린다.

이와 같은 현상은 시군도 동일하다. 과거에는 타 실과에 가서 차도 한잔하고 의견도 교환하다가 자기 사무실로 되돌아 왔으나 요즘에는 그런 인정마저 사라졌다고 안타까워하고 있다. 다른 실과에 가면 일이 없어 한가한 사람으로 착각할 수도 있기 때문에 조심하고 있을 정도이다.

이렇게 모두 바쁘다보니 자기 자신은 물론 가족들을 돌보는 시간이 없어졌다. 그러나 일도 중요하지만 가족을 돌보고 가족과 오순도순 마주 앉아 대화하는 것은 더없이 중요한 일이다. 자신이 이렇게 고생하는 것은 국가를 위해 일하고, 도민을 위해 일하는 면도 있겠으나 사랑하는 가족을 위해 일하는 면이 더 클 수도 있기 때문이다.

직장생활을 하는 여성들은 그래도 좀 낫겠으나 하루 종일 가정이라는 좁은 공간에서 소일하고 있는 분들은 여러 가지 상념에 젖게 될 것이다. 이제 아무리 바쁘시더라도 퇴근시간 후에 막걸리 한 잔이라도 하면서 우리들에게 쌓인 응어리도 털어 버리고 열린 마음으로 대화하는 시간을 갖는 것도 뜻있는 일이라고 생각한다.

비바람이 치고, 그 바람에 낙엽이 흩날리는 거리만을 생각하지 말고 푸른 대지, 우리들에게 희망이 넘치는 세상을 바라보면서 너무 과분한 욕심을 갖지 말고 기회가 오면 남들의 중간쯤에 승진도 하는 것이 좋다.

가을의 문턱에 서서 본인이나 가족이 병상에 누워 계시는 분에게는 건강을, 자녀의 대학 입학을 앞두고 있는 분에게는 합격을, 대학을 졸업하여 취업을 준비하는 분에게는 취업을, 또 다른 희망이 있는 분들에게는 뜻하시는 바 소원이 모두 이루어지시길 기원한다.

버릇 없는 아이들

옛날 어느 곳에 소금장수를 하는 아들과 우산장수를 둔 아들을 두고 있는 어머니가 있었다. 큰아들은 소금장수였고 작은 아들은 우산장수였다. 어머니는 하루도 마음 편할 날이 없었다.

비가 오면 소금장수를 하는 큰아들이 걱정이었고 햇볕이 쨍쨍 쬐는 날이면 우산장수를 하는 작은아들이 걱정이었다. 아들이 70이 되어도 어머니는 항상 걱정이다. 길을 떠나는 아들에게 "아범아, 길 조심해서 잘 다녀오너라." 하고 당부한다. 이렇게 우리들의 부모님들은 자식에 대한 애정이 예로부터 남달랐다.

가정 형편에 따라 사는 것도 가지가지였지만 우리들의 어머니는 자식을 끔찍이 사랑하였다. 특히 교육에 대한 열정은 대단해서 세계 어느 나라에 뒤지지 않는 교육열을 가지고 있다. 이러한 극성은 때로 치맛바람이라는 말로 치부되기도 하였으나 이 모든 것이 자식 사랑의 한 표현이라고 생각한다.

요즈음에도 어린이가 3살만 되면 영어를 가르치기 위해 무척 고생들 하신다. 때로는 신(新) 맹모삼천지교(孟母三遷之敎)라 하여 소위 대한민국 1학군이라고 불리우는 강남 지역으로 이사 가는 일도 흔히 볼 수 있다. 맹모삼천지교(孟母三遷之敎)란 맹자의 어머니가 맹자를 가르치기 위해 시장, 화장터, 그리고 학교 근처 등을 전전하면서 교육환경이 가장 좋은 곳으로 이사를 다닌 데서 비롯된 말이다.

요즈음 부모들은 자녀를 학원에 보냄에 있어서 한 두개 과외로는 양이 차지 않아 3군데 이상 다니게 하는 극성스런 분들도 있는 것 같다. 이는 우리 어렸을 때와는 상당히 격세지감(隔世之感)이 있는 것으로 보인다.

이러한 자녀교육에 대한 열정은 너도나도 덩달아 하고 있는 현상이어서 딱히 좋다, 나쁘다는 이야기를 할 일은 아닌 것 같으나 아이들을 너무 혹사시키고 있는 것은 사실인 것 같아서 한심스러울 때가 많다. 어렸을 때부터 고생시키면서 공부를 시키기 때문에 애들의 머릿속에는 공부는 머리 아픈 것으로 생각하기 쉽다.

이스라엘에서는 어린이가 초등학교에 입학하면 알파벳으로 만든 과자를 준다든지, 알파벳이 쓰여진 케익을 먹게 함으로써 "배우는 것은 달다."는 인상을 심어주고 있다고 한다.

너무 어렸을 때부터 학원을 보냄에 따라 공부에 진절머리가 나게 하는 교육과는 다른 것으로 느껴진다. 우리 나라 대학생들이 유치원, 초, 중, 고등학교에서 너무 심적 고통이 심한 나머지 대학에 가서는 해방감에 사로잡혀 대학공부를 소홀히 하고 있지는 않은지 반성해 볼 대목이다.

또한 외아들이나 외동딸을 둔 가정이 많아져서 아이들에 대한 과잉보호가 크게 문제되고 있다. 사내아이는 사내답지 않고 여성화되며 커서도 엄마의 그늘에서 벗어나지 못하는 경향이 있어 안타까움을 더해주고 있으며, 먹고 싶은 대로 먹어서 비만형 체질이 많아지고 있다.

우선 사랑의 종류에 대해 살펴본 뒤에 이야기를 이어가고자 한다.

사랑에는 크게 세 종류로 나뉜다고 한다. 아가페의 사랑, 에로스의 사랑, 그리고 에피투미아 사랑이 그것이다.

첫째, 아가페의 사랑은 "절대적이고 조건 없는 사랑이다."

부모가 자식을 사랑하는 것, 신이 사람을 사랑하는 것 등은 아무런 조건이 붙지 않는 사랑이다. 그러므로 부모는 항상 자식이 잘 되기를 기원하고 있다. 못난 자식도 부모에게는 소중하다. 병신 자식을 두고도 부모는 항상 따뜻한 사랑을 주시는 것이다. 남들이 손가락질 할까 봐 걱정하면서 행여 남들이 내 자식을 욕할까 봐 걱정하신다.

신은 항상 모든 사람을 평등하게 대한다. 심지어 신을 모독하고 있는 사람조차도 사랑과 자비로 대하는데 이와 같은 것을 아가페의 사랑이라고 한다.

둘째, 에로스(큐피트)의 사랑은 조건 있는 사랑이다.

본래 에로스는 정신적인 사랑을 뜻하였으나 점차 육체적 사랑을 뜻하는 것으로 변모하였으며, 문화적 세계를 지향하는 자타공영의 사랑이다. 네가 나를 사랑하기 때문에 이루어지는 사랑이다. 이기적인 사랑을 뜻한다. 상대방이 예쁘고 사랑스럽고 귀엽기 때문에 사랑하는 것이기 때문에 타산적이다.

에로스는 철학자 플라톤에 의해 학문적으로 사용하기 시작하였다. 사랑의 신이었던 에로스(큐피트)는 사랑과 미의 여신 비너스(아프로디테)의 아들이었다. 그는 어머니와 함께 있었다. 그는 활로 신과 인간의 가슴에 사랑의 화살을 쏘는 역할을 담당하였다.

조그마한 화살을 비웃던 아폴로에게 사랑의 화살을 쏘아 다프네와 사랑에 빠지게 하였지만 결국 그 사랑은 비극적인 사랑의 결말을 야기했다.

옛날 어느 왕에게 세 딸이 있었는데, 그중 셋째 딸이 너무 아름다워 사랑과 미의 여신 비너스를 위협할 정도였다. 비너스는 자신의 권리를 빼앗긴데 분개하여 아들인 에로스로 하여금, 프시케를 가장 추한 생물과 사랑에 빠지도록 명하였다.

그러나 어머니의 명을 수행하러 갔던 에로스는 프시케의 아름다움에 빠져 사랑하게 된다. 에로스와 프시케는 서로 사랑하였으나 조건이 붙었다. 절대로 에로스의 얼굴을 보지 말라는 것이었다. 그래서 프시케는 에로스의 얼굴을 볼 수 없었다.

언니들은 "에로스가 괴물일지도 모른다."고 하였으므로 프시케는 에로스에 대하여 의심이 생겨 그가 잠든 사이 램프를 들고 에로스의 얼굴을 보았다.

불빛에 비친 에로스의 얼굴은 참으로 잘 생긴 미남이었다. 놀란 프시케는 에로스의 얼굴과 어깨에 기름을 떨어뜨렸고, 깨어난 에로스는 실망하여 아래와 같이 한 마디를 하고 떠난다.

"의심이 있는 곳에 사랑은 없다."

그렇기 때문에 아무리 깊이 사랑하는 사이라 할지라도 일단 의심하면 그 사랑은 금이 가기 마련이다. 진실된 사랑은 믿음에서 출발하며 부부간에도 신뢰가 있어야 사랑이 돈독해지는 것이다.

셋째, 에피투미아(Epitumia)로서 그리스어로 욕망이라는 뜻이다.

육체적인 욕망으로, 오로지 쾌감만을 추구하는 욕망을 일컫는다. 인간이 육체적 존재로서 자기 본위의 삶만 산다면 이 세상은 무자비한 투쟁의 장이 될 것이다.

인간이 이러한 육체적 존재로서의 생활을 할 때 에피투미아 생활이라고 한다. 그러나 이러한 동물적인 사랑은 많은 문제점을 야기할 뿐이다.

지난번 한 TV 방송사에서 방영된 바 있는 "솔로몬의 명 판결"인지 잘 기억은 나지 않지만 고승덕 변호사 등 유명 변호사들이 출연한 재미있는 내용을 소개하고자 한다.

부모는 자식을 사랑함에 있어서 비록 모든 자식에게 평등하게 대하려고 하지만 그래도 인간이기 때문에 자식 중에서 더 애착이 가는 아이들이 있기 마련이다. 때로는 못된 자식이 이러한 자식 사랑의 마음을 이용하여 부모의 눈을 흐리게 하는 경우도 있다.

두 형제가 있었다. 부모에게는 많은 재산이 있었는데 형은 온순하고 단순하였다. 그러나 동생은 매우 약삭빨랐다. 동생도 결혼하여 아버지를 모시고 형과 같은 집에 살고 있었다.

하루는 형님을 졸라 300만원을 얻어서 그 돈으로 병석에 누워 있는 아버지의 옥돌장판을 사드렸다. 아버지는 매우 기뻐하였다. 큰아들놈은 도대체 융통성이 없어서 아버지를 편히 모시지도 못하고 동생처럼 옥돌장판하나 변변이 사오는 법도 없었다.

아버지는 옥돌장판을 사온 작은아들이 기특하기만 하였다. 동생이 이렇게 아버지께 옥돌장판을 사드린 이유는 얼마 후 탄로 나게 되었다. 형이 집에 퇴근하고 있을 때 동생이 제수와 이야기하는 것을 우연히 들었기 때문이다.

동생이 제수에게 말하길 "이제 아버지께서 형보다 나를 더 사랑하시므로 형님이 문중옥답을 탐내는 것으로 꾸미자."고 하였다. 너무 놀란 형은 이 사실을 아버지께 일러바치고 싶었으나 아버지는 큰아들이 자기 방에 들어오는 것조차 꺼렸다. 아버지는 큰아들이 불효자식이라고 생각하고 있기 때문이었다. 큰아들이 아버지 방에 들어가 있는 동안 느닷없이 복덕방에서 전화가 왔다.

"문중 답을 팔기 위하여 내놓았느냐?"고 물었다. "아버지가 누가 판다고 했느냐?"고 물었더니 "큰아들이 그랬다."고 답변하였다. 물론 이것은 동생과 복덕방 주인이 꾸민 계략이었다.

아버지는 화가 극도에 올랐다. 아버지는 화가 나서 큰아들만 나무랐다. 그 사건이 발생한 지 얼마 되지 않아 아버지가 사망하였다. 장례를 치르고 우연히 장롱 속에서 아버지의 유언장을 발견하였다. "문중옥답을 작은아들에게 상속한다."는 내용이었다.

깜짝 놀란 장남은 그 서류를 위조하여 자신에게 재산을 주는 것으로 기재하여 바꿔치기 하였다. 그러나 작은아들이 그 재산을 아버지가 물려주신다는 이야기를 하셨다며, 유언은 위조된 것이라고 이의를 제기하였다.

이 사건에 있어서 누구에게 상속이 돌아가게 되었을까? 많은 논란이 오갔다. 비록 형이 유언장을 위조했다 해도 형에게 상속을 시켜야 한다는 내용과 당초 아버지가 유언하신 대로 동생에게 상속권이 넘어가야 한다는 의견이 있었다.

이 사건은 우리 민법 제1004조(상속결격사유) 제5호 "상속인의 양자 기타 상속에 관한 유언서를 위조, 변조, 파기, 은익한 자는 상속결격 사유가 되므로 문중옥답은 동생에게 돌아가야 한다."는 결론에 도달하였다.

아무튼 재산 때문에 일어나는 각종 분쟁이 많다. 돈 때문에 형제간의 사이가 나빠지고 돈 때문에 친한 친구 사이도 벌어지게 마련이다. 친한 친구에게 돈을 빌리지 말고 형제간에 돈 거래를 할 때는 정확히 해야만 우애가 지속될 수 있는 것이다.

부모는 자식들에게 무엇일까? 무엇을 해주어야 할까? 재산일까? 지혜일까? 물론 일정액의 재산을 줄 수 있으면 주는 것이 부모의 도리일 것이다.

탈무드에서 보면 "아이들 밥상에 생선을 차려주는 것보다는 물고기를 잡는 방법을 가르치는 것이 중요하다."고 한다. 다시 말하면 자녀에게 지혜를 가르치는 것이 사회생활에 더 중요하다고 생각한다. 학교 공부는 물론이지만 예절교육도 제대로 시켜야 한다.

또한 바른 길로 갈 수 있도록 항상 독려하고 인생의 목표를 올바로 설정할 수 있도록 방향 제시를 잘 해주어야 한다. 내 자식이 중요한 만큼 남의 자식도 중요하다는 것을 깨닫게 하고 전체 속에서 공중도덕을 지키며 살아갈 수 있도록 해야 한다. 돈 좀 있다고 자랑할 일이 아니라 어떻게 올바로 살아가게 할 것인지 사회를 위해서 무엇을 봉사할 것인지를 살펴보아야 한다.

세계적으로 유명한 인사들 가운데 아버지로부터 많은 교훈을 받고 성장하였는데 이를 평생 동안 좌우명으로 삼아 성공한 사례가 많아 여기에 소개하고자 한다.

미국의 대통령을 지낸 지미카터의 아버지 얼 카터는 자녀에게 "담배를 피우지 말라."고 하였다. 지미카터는 평생 동안 이를 실천하였다.

문학가 헤밍웨이는 자녀에게 "돈을 소중하게 하라."고 하였다. 체스필드 백작은 "인격과 덕을 쌓으라."고 했다. 이밖에도 "예의 바르게 말하라. 목표를 세우고 정진하라. 정직하게 살라. 겸손하라. 근검 절약하라. 진실하게 살라. 책임감이 있어야 한다. 배우는 것은 중요하다. 도전과 끈기가 있어야 한다. 강인한 정신력이 있어야 한다." 등 다양하다.

부모가 자식을 가르침에 있어서 한두 마디 말로 다 표현할 수 없을 것이다. 2002년 중순부터 2003년 1월까지 우리 과에는 3명의 아르바이트

대학생이 와서 근무하였다. 그들은 하나 같이 인사를 하는 법이 없었다. 2명이 끝나고 이미 돌아갔다. 세 번째 학생이 왔다. 조심스럽게 지켜보았더니 이번에도 마찬가지였다. 하는 수 없이 불러 놓고 이야기하였다.

"학생에게 이 말을 하는 게 옳은 일인지는 모르겠으나 앞으로 학생이 직장생활을 할 때 상사나 직원에게 반드시 인사를 해야 하듯이 아침에 출근하면 인사를 하도록 하게."하고 충고하였다.

본인이 이를 어떻게 받아들였는지는 알 수 없다. 실제로 변화가 있어 인사도 하는 것으로 보아 좋은 뜻으로 받아들인 것 같다. 잘못하는 학생들에게 충고를 하는 것은 인생을 조금이라고 더 산 선배로서 당연히 해야 할 이야기라고 생각한다. 젊은이는 이 나라의 주인이기 때문이다.

또 며칠 전 풍암동 뒤에 있는 금당산(일명 옥녀봉)에 등산을 갔다 오던 중 점심시간이 되어 한 식당에 들렀을 때의 일이다. 식당에 어머니와 아버지 그리고 대학생으로 보이는 딸이 들어왔다.

어머니가 딸에게 "아버지께 방석 가져다 드려라."라고 말하자 딸은 방석을 발끝으로 눌러 주욱 밀어다가 아버지께 드리고 있었다. 아버지는 한 마디도 하지 않은 채 방석을 손으로 가져다 깔고 앉았다. 공손하게 손으로 가져다 드렸으면 얼마나 좋을까 생각했다. 결국 부모가 제대로 자식을 가르치지 않았기 때문에 부모 대접을 받지 못하고 있는 것이다.

우리는 사소한 일이라 할지라도 자식이 간과하기 쉬운 예절에 대해서는 꾸짖고 올바른 태도와 자세로 살아갈 수 있도록 지도해야 한다. 그것이 세상을 살아가는데 도움이 되는 것이라고 생각한다. 부모와 자식간의 사랑, 그것은 뗄 수 없는 인연이다. 자식이 부모를 공경하고 부모는 또 자식을 사랑하는 것은 또한 인륜이다.

사회에서는 겸손한 사람에게 이를 탓하지 않는다. 또한 웃는 낯으로 사람을 대할 때 상대방의 표정도 밝아진다. 사회생활의 시작은 가정에서

부터 시작된다고 할 수 있다. 자녀와의 대화 시간을 갖고 때로는 우리가 배워야 할 예절이 무엇인지도 생각해야 한다. 공부만 잘한다고 되는 것이 아니다. 자유롭게 하되 반드시 알아야 할 기본적인 예절은 가르쳐야 한다.

하루 종일 무표정한 얼굴, 한 마디 말도 없이 사무실에 앉아 있을 때 본인도 피곤하고 옆 사람도 피곤하다. 또한 진자리 마른자리 갈아 뉘시면서 길러주신 부모님에 대한 효에 대해 때때로 생각해 보는 것도 중요하다.

옛말에 부모님의 은혜를 갚는데 있어서 "머리로 신을 삼아 드려도 모자란다."는 말로 대신하고 있다. 우리 조상들은 부모를 모시는데 다른 어느 나라보다 특이했는데 삼년 동안 산소 옆에 초막을 쳐놓고 기거를 했던 효자들도 있었다. 효도하는 자녀, 존경받는 부모가 되는 길이 무엇인지 다시 한번 되새겨 볼 생각이다.

제2장 건강하고 명랑한 사회

건강은 소중한 자산

건강이 소중한 자산이라는 걸 모르는 사람은 없을 것이다. 신외무물 (身外無物)이라고 하여 건강의 중요성을 말하고 있다. 이 말의 뜻은 몸 이외는 아무 것도 없다는 표현이므로 '건강이 제일'이라는 말을 극단적 으로 표현하고 있는 것이다.

성경에도 "천하를 다 준다 해도 건강을 잃으면 무슨 소용이냐?"고 기 록되어 있다. 나는 공교롭게도 어려운 시절에 태어나서 우리 나라 3대 전염병인 홍역과 이질, 그리고 폐결핵을 골고루 앓아본 적이 있다. 우리 또래 사람들의 공통적인 사항이지만 어렸을 적에는 제대로 먹지도 못하 고 자랐다. 점심을 거를 때가 대부분이었다.

너무 배가 고파서 파리한 얼굴에 배가 올챙이배처럼 불쑥 튀어나온 모습이 우리들의 자화상이었다. 가난한 집안에 형제들이 많은 것도 못

먹고 살았던 원인 중의 하나였다. 이러한 여러 가지 이유로 인하여 우리들의 어린 시절은 고난의 기록이었으며 많은 병과 싸워야 했다.

나이가 들어서는 비만과 고혈압 증세가 있다. 이중에는 스스로 절제하지 못하여 생긴 병도 있고 내 자신으로서는 어쩔 수 없었던 시대가 만들어낸 병도 있다. 비만과 혈압관리가 전자의 경우라면 전염병은 후자일 것이다. 홍역과 이질은 초등학교 시절에 걸렸었다.

우리 어렸을 적에는 홍역 예방주사가 없었고 사람으로 태어나면 반드시 한 번쯤 겪어야 했던 병이었다. 그래서 아기가 태어나도 홍역을 치른 후에 호적에 올리는 등의 현상이 있어서 50세 이상의 장년층에 실제 나이보다 적은 사람은 대개 이러한 원인 때문에 호적에 늦게 실리게 된 것이다.

홍역은 전염성이 강해서 한번 전염이 되면 온 동네에 퍼지게 되고 학교에 가면 학생들의 상당수가 학교에 출석하지 못하고 홍역에 시달리곤 했다. 고열이 오르고 갈증이 심하게 나며 온몸은 빨갛게 달아오른다. 한 집에도 여러 형제들이 모두 누워 있었던 가정도 있었다.

그런데 이 홍역보다 훨씬 고통스러웠던 것이 이질이었던 것으로 기억하고 있다. 이질에 걸리면 먹은 것은 모두 설사하거나 심하게 되면 피가 섞여 나오는 증상이 있다. 하루에도 20여 차례 화장실에 들락거렸다. 정말 견디기 어려웠던 병이라고 생각한다.

어렸을 적에는 화장실이 제대로 갖추어져 있지 않았다. 아버지께서 광주 미국 문화원에서 근무하고 있던 내종사촌 형님댁에 다녀오시면 "화장실이 얼마나 깨끗한지 밥풀이 떨어져도 주워 먹을 만큼 깨끗하다."는 말씀을 들었을 때 그런 화장실도 있는지에 대해 무척 궁금했다.

재래식 화장실은 매우 불결하였다. 물론 어느 가정에서는 화장실이 비교적 깨끗한 집도 있었다.

화장실 문을 나무로 만든 집도 있었으나 대개 거적으로 문을 만들어 사용하였다. 화장지라는 것은 거의 구경할 수 없었다. 노트도 제대로 구입할 수 있는 여건이 되지 못해 연습장을 사서 한 곳에 두 번 세 번 연습을 한 뒤에 버릴 정도로 물자를 아껴 썼다. 물자가 그만큼 귀했기 때문이다. 종이가 없어 볏짚을 가지고 밑을 닦았다. 손으로 부드럽게 문지른 후에 사용하였다. 이것이 40년 전의 일이다.

　결핵은 내 나이 24세 때 걸렸는데 세상의 모든 것이 귀찮았다.

　결핵은 소모병이라고도 하고 가난병이라고도 한다. 먹지 못해서 영양실조에 걸려 생기기 쉬운 병이기 때문이다. 결핵에 걸리면 먹기도 싫고 밥맛도 없었다. 몸은 나른하고 도대체 의욕도 없었다. 삶에 대한 애착도 없었다. 그때만 해도 결핵에 걸리면 죽는 줄로만 알았으며, 치료제도 변변하지 못하였다.

　병원이라고는 광주 제중병원(현 기독병원)이 고작이었고 결핵을 관리하는 공공병원이 있었으나 대부분 제중병원을 이용했던 것으로 기억한다.

　제중병원은 외국인 선교사가 근무하였고 선진국으로부터 좋은 약이 들어왔기 때문이다. 커딩톤(한국명 고허번)이라는 분이 '결핵의 아버지'라는 별명을 갖고 있었으며 한국의 결핵퇴치사업에 몸바쳐 일했다. 이분은 무척 청렴하셨던 것으로 정평이 나 있었다.

　어느날 저녁 도둑이 들어 커딩톤 박사에게 돈을 내놓으라고 하자 그는 "오늘 돈이 없으니 다음에 오면 주겠다."고 하여 도둑을 돌려보냈다는 일화도 있었다.

　나는 결핵 진단을 받은 후 커딩톤 박사의 소개로 순천시 조례동 18번지에 소재하고 있는 순천 선교부 요양원에서 치료를 받았다. 투약은 파스라는 약을 아침에 7정, 점심 때 6정, 그리고 저녁에 7정을 먹었는데 한

주먹이나 되는 것 같았다. 그리고 아이나를 아침 저녁으로 각각 2정을 복용하였으므로 하루에 24정을 먹은 셈이다. 그리고 사흘에 한 번씩 스트렙토마이신이라는 주사를 맞았다.

결핵균은 전염성도 강하고 생명력도 길어서 나균이 햇볕 속에서 30초를 채 못 사는데 반해서 결핵균은 30분 이상을 산다. 그늘에서는 6개월 이상을 산다고 한다.

결핵균은 밀납으로 만들어져 있어서 투약을 할 때도 장기적으로 투약을 해야 효과가 있었다. 요양시에는 오전과 점심, 저녁에 각각 약을 복용하고 취침하도록 하고 있었다. 이러한 방법으로 1년 이상을 치료하였는데 결핵 환자가 지켜야 할 엄격한 규칙이 있었다.

자기가 사용하는 숟가락이나 젓가락은 본인의 것만을 사용하여야 하며, 다른 사람이 사용할 수 없다. 그리고 식사시에는 식사도구를 지참하여야 한다.

나는 가끔 사회에 나와서도 내가 쓴 숟가락을 사용할 정도로 철저하게 이 룰을 지켰다. 심지어 세수대야를 사용할 때도 조심스럽게 사용하였다. 당시에는 결핵에 걸려 사망하게 되면 초막에서 사는 사람의 집은 모두 불사를 만큼 기피하는 병이었다. 다행히 건강이 회복되었다.

공무원에 들어온 후 문제가 생겼다. 공무원을 시작할 때만 해도 60킬로그램밖에 나가지 않던 체중이 3년만에 80킬로그램이 나갔다. 키 165센티미터에 지나지 않는 입장에서는 대단히 문제가 되는 비만이었다. 이에 대한 원인을 분석한 결과 주 원인이 술이었다.

그러나 처음에는 술이 비만의 원인이라고는 생각하지 않았다. 그 사실을 알게 된 것은 훨씬 훗날의 일이었다. 아무리 노력해도 체중이 감소되지 않았다. 매일 아침 등산을 1시간 이상 하고 출근도 해보았고 9킬로미터나 되는 곳을 걸어서 직장에 출근하기도 하였으나 효과가 없었다.

등산을 하면 2킬로그램 정도 빠졌다가 다시 체중이 불었다. 그리고 방림동에서 살 때는 집에서 사무실까지 30분 거리이므로 매일 아침 걸어서 출근했으나 그 정도의 운동량으로는 체중이 감소하리라고 기대하는 것은 무리였다. 다행히 건강은 그런대로 잘 유지되어 공무원 생활 23년 동안 병가를 낸 기억이 별로 없다.

1992년부터 2002년 12월까지 11년 동안 병가를 한 번도 낸 일이 없었다. 그런데 2002년 12월에 문제가 생겼다. 출근하려고 했더니 갑자기 어지럽기 시작하였다.

2002년 겨울에는 유난히 추워서 광주 지역의 수은주가 영하 7도 내외로 뚝 떨어지는 날이 계속되었다. 그래도 출근해야 한다는 강박관념에 의해 사무실까지는 출근하였으나 어지럽기는 마찬가지였다. 의무실에서 혈압을 체크하였더니 하강기 혈압이 100이었고 상승기 혈압이 170이나 되었다. 깜짝 놀라 병원에 갔다. 뇌혈류량 검사를 하고 간단한 검사를 받은 후 혈압약을 받아 복용하였으나 며칠간 어지러운 증상이 계속되어 이틀 동안 병가를 냄으로써 기록이 깨졌다.

비만인은 겨울이 다가오기 전에 최소한 평상시의 체중에서 5킬로그램 이상을 빼야만 혈압으로 인한 고생을 덜게 된다. 어지럼 증상이 있은 후 몸무게를 4킬로그램 정도 뺐더니 혈압이 정상으로 근접해 돌아왔다. 다음에는 우선적으로 체중을 줄여야 하겠다는 생각을 갖게 되었고 술을 절주하는 것이 체중을 줄이는 방법이라는 것을 깨닫게 되었다.

내 경험으로는 5킬로그램의 체중을 줄이게 되면 상승기 혈압은 20정도 낮았으며, 하강기 혈압은 5정도 떨어지는 것 같았다. 최근 염색체가 해독되면서 건강은 유전과 밀접한 관련이 있다는 걸 알게 되었다.

위암이 발생한 가족에서는 위암 발생확률이 높고 간암이 생기는 가족에게서는 간암이 발생할 확률이 높게 나타나는 것으로 나타나고 있다.

혈압이 높은 가정이나 비만형의 부모 사이에서 태어난 자녀에게도 혈압이 높거나 비만할 우려가 있으므로 이에 대한 대책을 세워야 하는 것으로 나타났다.

우울증이 있는 가족에서는 그러한 증상이 나타날 확률이 그만큼 높으므로 평소부터 그 방향의 건강관리를 하는 것이 매우 필요하다. 학자들은 건강에 이상이 생겼을 경우 염색체 중 이상이 발견된 염색체를 건강한 염색체로 교체해 줌으로써 건강을 회복할 수 있는 획기적인 조치가 이루어질 수 있다고 주장하고 있다.

'운명(運命)은 재천(在天)'이라고 했다. 이 말은 운명은 하느님께 달려 있다는 말이다. 그러므로 사람이 죽고 사는 것은 여러 가지 원인이 있을 수 있다. 진시황이 오래 살기 위해 불로초를 구하러 한라산까지 원정 보냈다는 이야기는 퍽 재미있는 사실이다.

사람의 운명은 정해져 있다. 무슨 무슨 음식이 몸에 좋다고 하지만 결국 사람이 죽을 때쯤에는 죽는 것이다. 그러나 죽을 때 죽는다해도 건강하게 사는 것이 중요하다. 암으로 죽을 수도 있고 당뇨로 인하여 죽을 수도 있다.

술을 마시는 사람 중에는 간이 나빠 죽을 수도 있지만 어떤 사람은 신장에 이상이 생겨 사망하기도 한다. 그런가 하면 술을 한 방울도 마실 수 없는 사람이 간암으로 사망하는 걸 여러 명 보았다. 그런데 이러한 많은 원인 중에서 혈압과 관련된 사망률이 제일 높다고 한다.

예를 들어 혈압이 높게 되면 심장에 이상을 가져올 수 있다. 혈압이 높기 때문에 심장이 그만큼 일을 많이 하기 때문이다. 또 동맥에 이상이 생기면 동맥경화, 뇌에서 피가 쏟아지면 뇌일혈, 뇌가 막히면 뇌경색이다. 또 말초혈관에도 이상이 생길 수도 있다. 이와 같이 혈압관리는 건강상 대단히 중요하다는 것이 의사들의 이야기다.

그렇다면 혈압을 관리하는 가장 중요한 포인트는 무엇일까? 먼저 음식은 싱겁게 먹어야 한다. 그리고 콜레스테롤이 적은 음식을 섭취해야 한다. 운동을 자주 하여 근육을 튼튼하게 하면 심장이 하는 일의 일부분을 근육이 해주기 때문에 혈압이 낮아진다고 한다. 그래서 꾸준히 운동을 해야 할 이유가 생기며 운동을 통해서 체중을 감소시킬 수 있는 방법이기도 하다.

담배는 피워서는 안 된다. 니코틴은 혈전을 진하게 하기 때문이다. 혈압이 낮은 사람이 뇌경색 등의 사고가 발생하는 것은 대부분 혈전으로 인하여 혈관이 막히기 때문에 발생하므로 조심하여야 한다고 한다.

나는 집에 혈압 체크기를 두고 매일 매일 혈압을 체크한다. 때로는 시험 삼아 소주 한 병을 마시고 2시간 정도 지난 뒤에 혈압을 체크해 보았더니 혈압이 매우 낮게 나왔다. 평상시보다 약 20정도 낮았다. 그런데 이렇게 술을 마신 직후 혈압이 낮게 나온다고 해서 안심하거나 방치해서는 안 된다. 술을 마신 다음날 술을 깰 때 혈압을 재 보았더니 평상시의 혈압보다 약 20정도가 높게 나왔다.

가령 160정도의 혈압을 갖고 있는 사람이 술을 마신 다음날 혈압은 180정도 나온다는 이야기다. 이것은 아세트 알데이드의 원인인지는 모르겠으나 아무튼 혈압이 오르기 때문에 혈압이 높은 사람은 추운 겨울에 술을 마시는 것을 삼가야 한다.

술을 마시고 술을 깨기 위해 곧바로 사우나실이나 뜨거운 목욕탕에 들어가서는 안 된다. 심장에 압박을 주게 되고 사망에 이르는 한 원인이 된다하며, 나는 실제 광주 방림동에서 살 때 목욕탕에서 죽은 사람을 목격하였다.

아무튼 건강은 부모로부터 받고 태어난다고 해도 과언이 아니다. 건강은 모든 것에 우선이다. 내가 건강해야 모든 일을 정상적으로 수행할 수 있는 것이다. 항상 주의하면서 될 수 있으면 화를 내지 않고 스트레스를 받지 않는 방향으로 살아야 한다.

내 건강은 가족의 행복과도 직결되어 있다. 아무리 행복했던 가족이라 할지라도 가장이 없으면 불행의 씨앗을 안게 되는 것이다.

특히 결혼을 한 사람은 아내를 비롯한 자녀들에 대한 행복을 책임지는 사람이다. 우선 자기가 고통을 받는다고 하여 자기 한 사람 없어지면 된다는 무책임한 생각을 가져서는 안 된다.

우리 주위에서도 이러한 잘못된 사고방식으로 인하여 가정을 생각하지 않고 오직 자기 자신만을 생각하면서 목숨을 끊는 사례를 가끔 발견할 수 있는데 이는 대단히 불행한 일이다. 나는 한사람이 아니다. 나를 통해서 부모가 있고 밑으로는 자식이 있으며 수평적으로는 아내가 있고 형제가 있다. 항상 내 자신이 건강을 유지하면서 다른 친인척 그리고 모든 사람을 생각하면서 살아야 한다. 한 사람은 약하다. 그러나 그 한 사람이 있음으로서 사회가 있는 것이다.

우리는 직장생활이 매우 중요하다는 점을 인정하고 있다. 그러나 직장의 중요성만큼 가정의 행복도 매우 중요하다는 점을 깊이 깨닫고 살아가야 한다는 점을 잊지 않아야 할 것이다.

건강하게 살자

　인간이 오래 살고자 하는 욕망은 끝이 없는 것 같다. 100세가 넘은 노인이라도 '이제 사실만큼 사셨습니다.' 라고 이야기하면 '빨리 죽어야 할 텐데.' 하고 말씀하시지만 속내는 섭섭하게 생각한다.

　진시황이 불로초를 구하기 위해 제주도 한라산에 사람을 보냈다는 이야기는 유명한 일화이다. '인간의 지놈의 연구', 다시 말하면 인간의 염색체인 DNA의 배열구조가 밝혀지고 이제 세부 분야의 연구가 한창이다.

　이 연구를 통하여 인간의 병은 선천적인 요인에 의해서 더 영향을 받는다는 것이 밝혀진 셈이다. 사람이 어떤 병에 걸릴 수 있는 확률은 조상으로부터 물려받은 유전적인 요인에 의해 크게 영향을 받게 된다는 것이다. 유전적으로 특정한 병에 더 잘 걸릴 수 있는 가능성이 큰 염색체 구조를 갖고 있다는 것이다.

아버지가 당뇨병이나 고혈압이 있으면 그 자녀 중에도 고혈압이나 당뇨병이 발생할 가능성이 크다는 것이다. 그래서 고혈압이나 당뇨병에 취약한 구조를 가진 염색체를 튼튼한 구조를 가진 염색체로 교체할 수 있다면 사람이 좀더 오래 살 수 있을 것이라는 것이 이 분야를 연구하고 있는 학자들의 의견인 것 같다.

최근 인간복제를 선도하고 있는 2002년 12월 클로네이드사가 발표한 '복제 아기 탄생'은 우리들에게 충격과 경악을 금치 못하게 했다. 잘 알고 있는 바와 같이 클로네이드사는 1997년 "인간은 외계인이 복제를 통해 창조했다."고 주장하는 종교단체 대표자 아엘리안에 의해 설립되었다.

이 회사가 인간복제에 본격적으로 뛰어든 것은 웨스트버지니아주 전 의원 마크 헌트의 전폭적인 지원이라고 한다. 헌트는 10개월된 아들이 심장마비로 사망하자 이를 애석하게 생각한 나머지 아들의 체세포를 냉동시키고 이를 복제하기 위해 클로네이드사에 20만달러를 지원한 것이 큰 힘이 되었다고 한다.

처음 이 회사는 간판만 내세운 정도에 불과했으나 헌트의 지원에 힘입어 이 사업을 본격적으로 시작하였다고 한다. 클로네이드사는 2001년 웨스트버지니아주 니트로의 폐교를 빌려 실험을 시작하였으며 보잘 것 없는 시설과 연구원들은 대학원생들이 전부였다고 한다.

그러나 마크 헌트의 지원에 크게 고무되어 연구가 활발히 이루어졌다고 한다. 아무튼 인간이 체세포를 복제하여 다시 태어난다는 것은 끔찍한 사건이다.

복제양 둘리가 태어나고, 황소와 돼지가 태어날 때부터 인간복제는 시간 문제였으며, 기술적으로는 가능한 일이었음은 예견된 일이었다. 그러나 막상 이러한 발표를 바라보고 있는 우리들의 심경은 여러 가지 착잡한 심경을 금할 수 없다.

여성이 자기의 체세포를 이식하여 아기를 출산한다면 태어난 아기는 외형적으로는 자녀이지만, 이론적으로 자기와 체세포가 같기 때문에 쌍둥이가 되는 셈이다. 또 남편의 세포를 이식하여 태어난다면 외형상으로는 아들이지만 이론적으로는 남편과 쌍둥이인 셈이다.

인간관계의 설정에 많은 모순을 초래하게 된다. 또 어떤 사람이 병이 들어 자기의 병을 고치기 위해 인간을 복제하여 아기가 태어난다고 했을 때, 같은 세포를 가진 아기의 장기를 떼어내 아픈 사람을 치료한다는 것은 아기에게 있어서는 상해요, 살인을 감행하는 것과 같기 때문에 가치관의 혼란을 초래하게 된다.

이러한 여러 가지 도덕적 문제점 때문에 인간복제를 반대하는 의견이 크게 대두되고 있으며, 우리 나라에서도 의원 26명이 이를 반대하는 입법 발의를 했다고 한다. 이에 대한 찬반 양론이 크게 대두될 것으로 예상된다. 과학적인 면에서 본 '인간의 건강증진 기여'라는 측면과 인간의 종교적, 도덕적, 윤리적인 측면이 상호 크게 충돌하면서 이에 대한 활발한 논의가 있을 것으로 보인다.

최근 복제아기 탄생과 밀접한 관련이 있는 웨스트버지니아주 법원도 복제아기 탄생을 주장하는 사건 당사자를 소환하여 조사하기로 했다는 보도가 있었다.

세계에서 유명한 3대 장수촌은 남미 에콰도르의 안데스 산맥에 위치한 빌카밤바 계곡 주민, 파키스탄 캐시미르의 목장이 있는 훈자마을, 코카서스 산맥에 있는 구르지아 공화국이라고 하며, 이밖에도 일본의 오키나와에 장수마을이 있다는 것이 정설이다.

우리들의 주된 관심은 "그들이 어떻게 오래 살았을까?"이다. 다시 말하면 그들의 장수 비결을 알고자 함이다. 이 세상에서 가장 오래 산 사람은 코카서스 지방의 구르지아 공화국 출신으로 168세까지 살았다고 한다.

인구 1,000여만 명인 구르지아 공화국에는 100세 이상의 노인이 약 6,000여 명이 된다고 한다. 과연 그들의 공통된 장수 비결은 무엇일까? 그들이 살고 있는 환경, 먹는 음식, 생활 습관 등일 것이다.

장수촌의 연구로 유명한 일본의 모리시다 자연학회는 회원이 약 38,000여 명으로 구성되어 있으며, 이중 의사가 8,000여 명, 일반인이 30,000여 명이라고 한다. 이들의 자연학회가 체험한 이야기와 기자, 리포터들이 생생하게 체험한 바를 정리하면 다음과 같다.

첫째, 3대 장수촌의 생활 환경은 해발 1,400미터~1,500미터 정도의 고산지대였다는 점이다.

산골마을이다. 인간의 문명이 닿지 않는 곳에서 생활한다. 파키스탄의 훈자마을은 과거에는 90세 이상의 여자가 아이를 낳고 120세까지 사는 사람이 많았다고 한다.

그러나 최근에는 급격히 수명이 짧아졌는데 100세 이상의 노인이 1명으로 줄었다. 원인을 파악한 결과 실크로드에 위치한 이 마을은 최근에 도로가 뚫리고 인간의 발걸음이 잦아지면서 문명의 접촉이 많아졌다는 점이다. 이러한 면을 살펴볼 때 인간 사회와 접촉함으로써 스트레스를 받게 되고 또 자연식이 아닌 인스턴트 식품과도 접촉하면서 인간의 수명을 단축하게 된 것으로 판단했다.

둘째, 그들이 먹는 음식은 대체적으로 자연식이 많았다고 한다.

훈자마을은 살구를 많이 먹었으며, 살구씨 기름도 사용하였으며, 야채와 과일을 많이 먹었다. 코카서스 지방은 신맛이 나는 과일을 먹었다. 이들 장수촌은 공통적으로 잡곡밥을 먹었다.

또한 육류보다는 신선한 야채를 더 즐기는 것으로 조사되었다. 신 것이 건강에 좋다는 것은 널리 알려진 사실이다. 요구르트를 먹으면 위와 장에 좋고 식초 등을 장복하면 피로 물질인 젖산 등을 빨리 분해하여 우리 몸의 피로 요소를 제거하는 것으로 판명되었다.

셋째, 그들의 생활 습관은 조용하게 사는 것이다. 말수도 적고 다른 사람과 다투는 일도 적다. 항상 인간의 주어진 환경에 순응하면서 산다. 다시 말하면 욕심 부리지 않고 사는 것이다.

종교인 중에 오래 사는 분이 많은 것은 이러한 이유인 것으로 보인다. 세계 3대 장수촌 사람들은 일반적으로 육류보다는 야채를 더 즐긴다고 했는데 일본의 오키나와 오기기 마을은 장수촌으로 유명하다고 한다. 100세 이상의 노인이 많기로 소문난 이 동네는 돼지고기를 많이 먹는다고 한다. 이들은 바닷가에 위치하여 해초를 많이 먹기도 하지만 돼지고기 요리가 눈길을 끈다.

먼저 돼지고기를 크게 잘라서 솥에 넣고 6~7시간 정도 삶는데 매 시간마다 물 위에 떠 있는 기름기를 제거한다. 이렇게 삶은 돼지고기는 지방질이 제거되고 단백질만 남기 때문에 건강에 도움이 되는 것 같다.

2003년 1월 1일 중앙일보 홍혜걸 기자의 취재에 의하면 산간오지에 살고 있는 사람뿐만 아니라 도시에서 살고 있는 사람도 오래 살 수 있는 방법이 터득된 것 같다. 그것은 절식이라고 한다. 절식이라 함은 인간이 섭취해야 하는 1일 평균 열량에서 30%를 감한 음식을 제공하는 것이다.

1935년에 미국 코넬대 영양학자인 클라이브 매케이는 열량을 제한한 쥐가 오래 산다는 것을 발견했는데 절식한 쥐는 48개월을 살았고 먹고 싶은 대로 먹은 쥐는 30개월을 살았다고 한다.

그후 1961년 필라델피아의 암 연구소 모리스로스 박사는 절식한 쥐가 59개월 동안 생존하게 되었는데 사람으로 치면 180세까지 산 셈이라고 한다.

2002년도 미국 국립노화연구소에서 조지로스 박사는 15년 동안 원숭이를 대상으로 실험한 결과 쥐와 동일한 결론을 얻었으며, 절식하게 되면 최소한 10년 이상 더 살 수 있다고 한다.

LA. UC 리버사이드대학의 스핀들러 교수는 적게 먹으면 유전자가 생존을 위해 비상사태를 선포하며, 일사불란하게 움직인다고 하였다. 체내 염증 억제, 병들고 늙은 세포의 자살, 독성 배출을 통해서 새로운 전열을 가다듬으며, 이렇게 실천하면 심장병, 뇌졸중, 치매 등을 예방할 수 있다고 한다.

생명단축 요인 가운데 과도한 영양 섭취는 염증을 유발하고 필요 없는 세포까지 그대로 먹여 살리게 되는데 이 불필요한 세포가 말썽을 일으켜 암세포처럼 다른 세포를 공격하여 죽인다는 것이다.

해독 능력이 떨어져 우리 몸속에 들어오는 수백만 가지의 유해성분을 해독하지 못한다. 노인이 되어 절식을 해도 수명연장 효과는 확실하게 나타난다고 한다.

위에서 살펴본 바와 같이 절식은 여러 가지로 건강에 도움을 주는 것 같다. 앞서 예를 든 세계의 3대 장수촌은 스트레스를 전혀 받지 않는 산간벽지라는 지역적 특수성이 있다. 그러나 절식은 산간오지에서 살고 있는 주민뿐만 아니라 도시에서 살고 있는 사람들도 얼마든지 실천 가능하다.

절식 효과는 특히 비만인에게 무엇을 실천해야 할지를 가르쳐 준 것으로 보이며, 하루 빨리 절식을 통하여 비만을 해결하는 것이 건강에 도움이 될 것으로 보인다. 이러한 이론을 통하여 비만인이 고혈압이나 당뇨, 동맥경화 등 성인병에 잘 걸리는 이유가 밝혀진 것이다. 내 자신이 하루라도 빨리 이러한 절식 효과를 알았더라면 하는 아쉬움이 남는다.

그러나 문제는 자명해졌으며 무엇을 해야 할 것인지를 알게 되었다. 금년 한해는 이러한 절식을 통해서 비만해소와 건강한 생활을 할 수 있도록 노력할 계획이다.

눈먼 돈과 정직한 돈

우리는 가끔 눈먼 돈에 대해 이야기한다. 생각지도 않은 돈이 굴러오는 것을 말한다. 자기는 바라지도 않았는데 오는 것을 떡값이라고 말한다. 그리고 대가성이 있을 경우에는 뇌물이라고 한다.

떡값과 관련된 사람들은 대부분 정치가들이다. 많은 경우에는 5천억원의 떡값을 먹은 정치가도 있었고 1천만원의 떡값을 먹고 법원에서 뇌물성으로 인정되어 정치생명이 끝난 정치가도 있다. 이에 반하여 공무원의 신분 있는 자 또는 이에 준하는 신분이 있는 자가 청탁을 받고 일이 성사되도록 하고 사전 또는 사후에 돈을 받는 것을 뇌물이라고 한다.

간혹 이 떡값과 뇌물의 구분이 제대로 되지 않아 판사들도 퍽 고생하고 있는 것 같다. 사실 어느 정도가 되어야 뇌물이 되느냐에 대해서는 특별한 규정이 없으므로 공무원이 직무와 관련하여 돈을 받는 경우 금액의 다과와는 관계없이 뇌물죄가 성립되지만 특별히 5천만원 이상의 뇌물을 수수할 경우에는 특정범죄 가중 처벌법으로 처벌하고 있다.

최근 민원인이 공무원에게 고맙다는 의사표시로 주는 3만원 이하를 받는 것에 대하여 이를 수용하는 것이 타당한지에 대해 논란이 있었다. 그러나 돈 자체를 받지 않도록 하는 것이 공무원 사회를 깨끗하게 하는 데 도움이 될 뿐만 아니라 우리 나라 공무원의 부패지수가 높아서 이를 백지화한 것으로 보인다.

몇 년 전 싱가포르 공무원제도를 시찰하고 돌아온 공무원으로부터 들은 바에 의하면 민원인이 3만원을 주면 자기 호주머니에 넣고, 5만원을 주면 실과 경비로 쓰도록 한다는 것이다.

세계에서 가장 공직사회가 깨끗하다고 하는 싱가포르에서 이런 제도를 도입한 것은 의외의 일이다. 그리고 민원실의 최 일선 창구에는 우리와는 달리 숙련된 공무원이 민원을 본다는 것이다.

공무원에게 "일처리를 잘해주어 고맙다."고 금전을 주는 것과 소위 "좋은 자리에 있기 때문에 돈을 주는 경우가 있다."고 하는데 어느 경우이든 눈먼 돈이다. 돈이 제 주인을 잘못 찾아가게 된 것은 틀림없는 사실이다.

박봉에 시달리는 공무원이 돈의 유혹에 시달리는 약점을 이용하려는 사람도 있고, 권력에 줄을 대서 한 밑천 잡아보려는 사람의 꼬임에 빠져 실수를 하는 경우도 있다. 아무튼 돈의 유혹을 과감히 떨쳐버린다는 것은 대단히 훌륭한 일이다.

최근 우리 도에서는 여러 가지 어려움 속에서도 청렴하게 살아간 공무원 두 분이 부패 추방을 기치를 표방하고 설립된 한 민간단체로부터 청백봉사상을 수상하게 된 것은 매우 뜻깊은 일이며 기쁜 일이 아닐 수 없다. 청렴하다는 말은 옛날처럼 선비가 살고 있는 집의 지붕에서 비가 세는 것을 말하는 것은 아닐 것이다.

공직자로서 살아가는 동안 업무와 관련된 돈을 받지 않고 국가에서 주는 월급을 가지고 깨끗하게 살아가는 것을 말하는 것으로 보인다. 따라서 월급을 한푼이라도 아껴서 저축함으로써 다른 사람의 귀감이 되는 것은 더욱 자랑스러운 일이 아닐 수 없다.

옛날에는 착한 흥부처럼 가난하게 살았던 사람이 존경의 대상이었으나 시대가 바뀌고 인생관이 바뀌어지면서 놀부처럼 생활력이 강하고 욕심도 좀 있고, 때로는 간교하면서 강한 성격의 소유자가 현대 사회에 어울린다는 이야기도 있기는 하나 그래도 흥부처럼 살아가는 사람을 좋아하는 것이 주류를 이루는 것 같다.

가난이라는 것이 자랑스러운 것은 아니다. 주어진 여건 속에서 최선을 다하며 열심히 살아가는 것은 더욱 의미 있는 일이다. 주어진 월급을 쪼개 저축하면서 개미처럼 열심히 살아가는 공무원들도 있다. 그렇게 하여 집도 장만하고 살림도구 장만하며 살아가는 것은 보람된 일이다.

때로는 수십 년 동안 사용하던 가구도 깨끗하게 닦아 쓰면서 생활하는 것이다. 그런데 최근 우리 사회에 우려할 만한 사건이 발생하였다. 젊은이들의 가계빚 때문에 잘못하다가는 IMF와 같은 사태가 다시 발생할지도 모른다는 우려이다.

250여만 명이 가계 빚 때문에 개인 파산을 할지도 모른다고 한다. 2002년 9월말 기준 우리 나라 가계부채는 205조 8천억이 되었으며, 2002년 말 우리 나라의 신용카드 연체액이 9조원에 이른다고 한다. 주의할 것은 가계부채와 신용카드 사용액은 다르다는 점을 알아야 한다.

경제는 항상 이율배반적인 면이 있다. 예를 들어 빚을 내서 물건을 사게 되면 공장이 잘 돌아가게 된다. 다시 말하면 소비는 생산으로 이어진다. 그러나 이러한 소비 행위는 자기가 벌어들인 수입의 한도 내에서 사용해야 되지만 이를 넘어서 소비행위를 하는 것은 여러 가지 문제점을 노정시킨다.

그런데 우리가 한 가지 짚고 넘어가야 할 점은 IMF 이후 정부에서 은행의 저축 이율을 계속해서 내림에 따라 최근 1년 만기 저축이율이 5.5%까지 하락하게 되었으며 대부분의 사람들은 은행에 저축하지 않으려는 경향마저 있다. 이로 인하여 저축률이 사상 최하위에 머무르게 되는 등 문제점도 있다.

물론 이 저축이율을 낮게 책정함으로써 기업체에 싼 이자를 싸게 대출해 줌으로써 공장이 제대로 돌아가게 하겠다는 점은 이해가 간다. 그렇게 해서라도 공장을 제대로 가동시켜보자는 뜻으로 해석된다.

그런데 2003년 1월 2일자 광주일보 등을 살펴보면 우리 나라의 은행들이 기업체 등에 대출을 기피하고 그 대신 이자가 높은 카드대출로 톡톡히 재미를 보는 것 같다. 정부의 의도와는 사뭇 다른 것이다.

예탁고객에게는 이자를 낮게 책정하여 가계 대출자에게는 높은 이자를 받는 현상이 벌어졌다. 이에 맛을 들린 은행들은 저마다 이 카드 발급이 한창이다. 한쪽에서는 카드빚 때문에 국가 경제가 흔들린다고 하고, 한쪽에서는 카드빚 연체가 많은 사람에게 개인파산을 선고할 수밖에 없다고 하면서 은행에서는 경쟁적으로 카드 발급을 남발하고 있는 실정이다. 왜 그럴까? 2002년도에 시중은행에서는 카드대출 이율이 연평균 18.2%였다.

다시 말하면 고객 예탁이자의 약 3배에 이르는 대출이자를 받는 셈이다. 신용대출의 9%에 비교한다해도 약 2배에 이른다. 시중은행 중 가장 높은 이율을 기록한 은행은 한미은행이었으며, 23.6%였다. 그리고 가장 낮은 이율을 기록한 곳은 조흥은행으로서 16.4%였다고 한다. 아무튼 이 카드 대출이자가 장난이 아니라는 것이다.

"외상이면 소도 잡아 먹는다."는 말이 있는데 아무 생각도 없이 무조건 카드빚을 사용하다가 패가 망신할지도 모른다. 이 은행에서 빚을 얻어 쓰고 저 은행에서 카드로 대출하여 빚을 갚다보면 이자만 계속 늘어나게 마련이다.

18%의 이자가 복리로 늘어나게 되면 3년이 되면 약 두배가 된다. 다시 말하면 원금의 두배가 되는 것이다. 나는 카드를 사용하고 있기는 하나 대체적으로 카드이자를 물지 않도록 한다. 무이자로 파는 상품을 산다든지, 마이너스 통장을 이용한다.

먼저 카드로 물건을 사면서 일시불로 사용하면 최장 50여일 이상을 무이자가 될 수 있으며, 다음에는 자동적으로 마이너스 통장과 연결되도록 하는 것이다. 월급이 나오면 이자가 높은 카드빚을 청산하고 있다. 아무튼 돈과 관련하여 돈을 많이 가지고 있는 사람이 너무 인색하게 살면 사람이 너무 짜게 보인다. 또 돈을 버는데 너무 집착하는 경우도 문제가 있다고 생각한다.

돈의 씀씀이에 있어서 돈이 없는 사람이 돈을 적게 쓰는 것에 대해서는 누구도 이를 탓해서는 안 된다. 그러나 돈이 많은 사람은 때로는 베풀면서 살아야 한다. 내가 알고 있는 사람 중에 수백억원의 돈이 있는 사람이 있는데 이 사람이 친구들에게 술을 살 때는 꼭 소주만 산다.

맥주를 사는 것을 거의 본 적이 없다. 돈이 많은 사람이 더욱 돈을 아낀다는 말이 실감난다. 그래서 사람들이 말하길 '저렇게 돈을 아꼈으니 돈을 모았다.' 고 칭찬하는 사람이 있는가 하면 막무가내로 '짠돌이' 라고 비난하는 사람도 있다.

우리말에 자린고비라는 말이 있는데 이는 돈이 아까워 굴비를 사서 먹지는 못하고 굴비는 사되 굴비를 방에 매달아 두고 굴비를 바라보면서 손가락을 빨며 밥을 먹었다는 이야기다. 그런데 최근에는 그 굴비값이 너무 비싸서 이제는 쳐다볼 수도 없는 굴비도 있다. 돈은 아껴서 쓰지 않으면 안되겠으나 경우에 따라서는 적당히 풀어주는 것도 필요하다고 생각한다.

돈을 지독히 아낀 사람의 이야기를 살펴보자. 미국의 나이아가라 폭포에 미국인과 스코틀랜드인이 구경을 하고 있었다. 미국인이 "저 나이아가라 폭포에 1페니짜리 동전을 던지면 행운을 가져다 준다는데."하고 말했다. "그래?" 하고 스코틀랜드 친구는 잔뜩 기대에 부풀어서 미국 친구에게 물었다.

"저, 자네, 긴 끈 가진 게 있나?" 이 스코틀랜드 출신 친구가 한 말을 곰곰이 생각하면 이런 뉘앙스가 들어있다. 동전을 긴 끈에 묶어 나이아가라 폭포에 던진 후 일정 시간이 경과 후에 다시 물 속에서 동전을 꺼내겠다는 이야기다. 대단한 발상이며, 돈에 대한 애착이 강한 것이다. 이 말은 스코틀랜드인이 돈에 너무 인색하여 꾸며진 것 같은데 재미있는 이야기이다.

서양의 어떤 치과병원에서 있었던 일이다. 치과병원에서 치석 제거를 하거나 이를 치료하는 것은 정말 고통스러운 일이다. 이가 아픈 환자가 찾아와 치료를 부탁하였다. 사전에 예약을 하였다. 물론 치료비가 얼마나 드는지에 대해 사전에 의사와 상의하였다. 치료를 다하고 나서 환자가 "치료비가 얼마냐?"고 물었다. "5달러입니다." 의사가 대답하였다. "아니, 선생님은 처음 들어올 때 1달러라고 말했지 않나요?" "그렇습니다."하고 의사는 웃으면서 답변하였다. "그런데 당신이 치료 중에 얼마나 많이 울부짖던지 환자 4명이 나가버렸습니다." 이 의사의 말은 환자가 울부짖는 바람에 환자 4명이 치료를 받지 않고 가버렸으므로 4명의 환자의 치료비까지 물어내라는 이야기였다.

유머이지만 실제 이런 상황이 발생하면 큰 싸움이 벌어졌을 것임에 틀림없다. 이 내용은 의사가 돈에 대한 욕심이 많을뿐만 아니라 돈을 벌기 위해 별 짓을 다한다는 말로 은근히 비꼬는 사례이기도 하다. 요즘 서민들의 생각에는 의사가 너무 돈에 대한 애착이 많은 것 같다는 이야기가 많다.

의사가 치료보다는 돈을 버는데 너무 집착한다는 말이다. 동양에서는 인술(仁術)이라고 하여 병들고 가난한 사람에게 환자를 치료하고 베푸는 것이 인술이다. 의사의 길은 정말 어려운 길이다. 물론 위의 치과 의사처럼 모든 의사가 돈에만 집착하고 사는 것은 아니다. 의사 중에는 환자를 내 몸과 같이 아끼고 사랑하여 많은 사람의 귀감이 된 사례도 얼마든지 있다.

부산에서 병원을 하면서 숱한 어려운 사람을 위해 봉사하다가 돌아가신 장기여 박사도 있고, 아프리카 오지에서 봉사하고 있는 사람도 얼마든지 있다. 그런가 하면 시골에 병원을 세우는 것을 꺼려하는 의사도 있다. 환자가 적어 병원을 운영하는데 지장이 있고 소득이 없을 것이기 때문이다. 그래서 도시에는 병원이 넘쳐나고 시골에는 무의촌이 많다.

어떤 병원에서는 의료수가를 조작하여 보험료를 타다가 적발된 사례도 있다. 의사도 사람이며, 의사가 되기 위해 그동안 숱한 고생을 하며 공부했는데 이제 돈을 좀 벌어야 하지 않겠느냐며 항변할지도 모른다. 다 죽어가는 환자를 뒤로 하고 의료수가 인상이다 뭐다 해서 데모하는 현장을 보았다. 다 돈 때문이다. 아마 위에서 든 유머도 의사의 본분을 망각하고 돈을 벌겠다는 욕심에 사로잡힌 의사를 나무라는 것이라고 생각한다.

그러나 역사적, 사회적 통념상 공무원이 돈이 많다는 것은 존경의 대상이 되지 않는다. 공무원이 셋방살이를 하고 국회의원이 18평 아파트에 살고 있는 것을 자랑스럽게 생각하고 있는 것이 동서고금의 공직관이다.

돈은 적당히 있어서 자녀들 학교 보내고 나중에 퇴직했을 때 퇴직금을 가지고 먹고 살 수 있을 정도면 되지 않을까 생각한다.

돈이라는 요물은 박봉에 시달리는 공무원을 끊임없이 유혹하며 이러한 유혹이 클수록 위험부담이 크다. 모처럼 쌓아올린 공든탑이 무너질까 걱정된다. 돈 이야기를 하다가 엉뚱한 방향으로 흘렀다. 하지 않아야 할 이야기도 한 것 같아 어쩐지 씁쓸한 맛을 버릴 수가 없다. 눈먼 돈을 바라지 말고 주어진 급여속에서 정직하게 벌어들인 돈을 사용하는 것이 항상 마음에 편하다. 그렇게 하는 길만이 자신을 돌보는 것이며, 전체 공무원의 명예를 희생시키지 않는 길이다.

다시 한번 우리 자신을 되돌아보면서 공직자로서 자세를 가다듬는 것이 필요할 것으로 생각하며 돈에 초연하여 살아갈 수 있다면 더욱 세인들의 귀감이 될 것으로 보인다.

도박은 인생의 종착역

　우리 나라 사람들의 '고스톱' 열풍은 좀처럼 사그라질 줄 모르는 것 같다. 모처럼 친구들과 어울려 여행을 가더라도 꼭 이 고스톱판이 벌어지게 마련이다. 화투놀이를 해보면 상대방의 성격을 파악할 수 있다.

　성격이 느긋한 사람, 성격이 급하여 무조건 '고. 고' 하는 사람, 돈을 좀 잃으면 흥분하는 사람 등 가지각색이다. 성격이 느긋하고 손에 패가 어느 정도 들어와야 화투를 치는 사람이 돈을 따기 마련이다. 무턱대고 화투를 치면 무조건 진다.

　화투판의 속성상 돈을 잃은 사람은 있어도 따는 사람은 없다. 돈을 잃고 웃어도 어색하다. 웃는 것도 때와 장소를 가려서 웃어야 하는 것이다. 아무 데서나 웃으면 이상하게 보이기 때문이다.

　그런데 우리 나라 사람 못지 않게 중국인도 세계에서 둘째 가라면 서

러울 정도로 도박을 즐기는 것 같다. 중국에는 우리로 치면 설날 연휴가 약 2주 가량 지속된다.

공무원은 최근에 들어서는 1주일로 단축되었다. 중국의 한 식당에서 구정 연휴 기간 중 주인과 주방장이 마작을 했다. 연휴 기간이 끝난 뒤 손님이 그 식당에 식사를 하기 위하여 들어갔더니 전에 있던 주방장이 주인이 되었고 전 주인은 주방에서 일하고 있더라는 것이다. 알고 보니 두 사람이 도박하여 전 주인이 몽땅 돈을 잃고 결국에는 식당까지 주방장에게 넘겨주게 된 것이다.

필리핀 사람들은 닭싸움 전용경기장까지 차려 놓고 돈을 걸고 닭싸움을 시키는데 발끝에 초승달 같은 면도칼을 채우고 싸움을 시킨다고 한다. 이 닭들이 서로 발로 차면서 공중전을 하기도 하고, 물어뜯고 싸우는데 이 면도칼 때문에 칼에 맞아 죽는 경우도 발생한다고 한다. 도박꾼들은 서로 자기가 돈을 건 닭이 승리하기를 바라며, 응원에 열을 올린다.

러시아에서 유래된 러시아 룰렛이 있다. 영화 '킬링필드' 에서도 비슷한 장면을 볼 수 있다. 권총에 6발짜리 총알을 넣고 머리에 쏘는 게임인데 생각만 해도 등골이 오싹해진다. 잘못하여 실탄이 장전되어 있는 곳에 일치되었을 때 방아쇠를 당기면 죽을 수도 있을 것이다.

모나코는 도박 공인 국가로 유명하다. 미국에는 세계 최대의 도박과 환락도시 라스베가스가 조성되어 있다. 우리 나라 일부 연예인들과 부유층 자제들이 그곳에서 돈을 탕진하고 매스컴에 오르내린바 있다.

일단 도박에 빠지면 우선 가지고 있는 돈을 날리고 두 번째 집문서를 맡기게 되며, 그것도 부족하면 상대방의 요구에 따라 가장 사랑하고 예쁜 자기 부인을 잡히고 노름하는 경우도 있었다는 이야기가 있다. 물론 아내를 맡기고 도박했다는 말은 과장되었으리라고 보고 있으나 도박의 폐단을 단적으로 표현하는 것으로 볼 수 있다.

대개 농촌에서는 여름에는 열심히 일을 하지만 겨울에는 농한기로서 도박이 성행하였다. 한 해 겨울 동안 전답과 집을 날리고 알거지가 되고 고향을 떠난 사람도 많이 발생하였다. 어렸을 적 내 고향 영광 홍농에서 실제 있었던 일화를 하나 소개하고자 한다.

낯선 사람이 100원짜리 담배 한 갑을 사면서 1,000원을 주고 갔다. 담배를 산 뒤 거스름돈을 받을 줄을 모르는 것을 수상하게 생각한 주민이 주재 경찰관에게 신고하였다. 그를 조사하려는 순간 산 너머 바닷가 쪽으로 도망가기 시작하였다.

경찰은 마을 사람과 합세하여 추적하였다. 경찰관이 추적하면서 그 사람의 다리를 향하여 총을 발사하였으며 그는 다리에 부상을 당하고도 도망갔다. 핏자국을 따라갔더니 굴 속에 숨어 있어서 이를 발견한 경찰관이 "여기 있다!"고 소리쳤고 그는 수류탄을 꺼내 경찰에게 던졌으며, 경찰도 이에 응사하여 두 사람이 동시에 죽었는데 간첩임이 판명되었다. 신고한 사람이 신고 보상금을 받았다는 소문이 삽시간에 퍼져나갔다.

이에 도박꾼들이 몰려들었으며 보상금을 탄 사람도 이에 끼어들게 되었다. 결국 보상금은 하룻밤 사이에 모두 날려버리고 짐을 싼 뒤 서울로 상경하였다. 다행히 정부의 배려로 모 정부 부처에서 근무하다가 정년하였다.

도박(賭博)이라 함은 금품을 걸고 승부를 다투는 것을 말하는데 내기 또는 노름이라고도 한다. 도박은 꽤 오랜 역사를 가지고 있다. 도박은 우연성도 많지만 고도의 심리전을 펼치기도 한다.

도박의 종류는 수없이 많다. 기구를 쓰는 것은 윷, 주사위, 장기, 바둑, 체스가 있으며, 패를 쓰는 것은 트럼프, 화투, 골패, 마작이 있고, 기계를 쓰는 것은 룰렛, 슬롯머신, 빙고, 각종 전자오락, 경품오락이 있다. 또 경마, 경견, 자동차 경기, 오토바이 레이스, 권투, 복권, 당구, 골프,

볼링, 사이버 도박, 투우(鬪牛), 투견(鬪犬), 투계(鬪鷄) 등이 있다. 도박은 사행심을 조작하는 것이어서 한번 빠지면 헤어나기가 무척 어렵다.

우리 나라 형법 제246조 (도박, 상습도박) 제1항에서 "재물로써 도박한 자는 500만원이하의 벌금 또는 과료에 처한다. 단 일시 오락 정도에 불과한 때에는 예외로 한다."고 규정하고 있으며, 동조 제2항에서는 "상습으로 제1의 죄를 범한 자는 3년 이하의 징역 또는 2천만원 이하의 벌금에 처한다."라고 규정하고 있다.

여기서 형법 제246조 제1항 단서에 규정된 '일시 오락의 정도'의 해석상 논란이 있다. 학자들은 도박으로 정의를 일률적으로 정할 수 없는 것이며, 금액의 정도, 도박자의 사회적 지위, 도박장소, 재산소유 정도에 따라 달리 평가해야 한다고 한다. 다시 말하면 하루에 5만원을 벌어 그날 그날 생계를 꾸려가고 있는 일용근로자와 하루 100만원을 벌고 있는 사람은 도박에 관한 기준이 다르다는 것이다.

근로자가 자기 분수에 맞게 5천원짜리 점심 사주기는 도박이 아니지만 5만원의 판돈을 걸고 놀면 도박이 된다는 논리이다. 사회적으로 지위가 높고 생활이 윤택한 사람의 경우 일용 근로자보다 오락으로 다소 높은 금액을 걸고 놀이를 해도 도박죄에 해당되지 않는다고 한다.

도박과 관련하여 제주지방법원의 최석문 판사는 "판돈이 적고 일시 오락으로 한 고스톱은 도박으로 보기 어렵다."고 판결을 하였는데, 도박 혐의로 즉심에 회부된 이모씨(61.제주시 연동) 등 4명이 제주시 연동 소재 모 사진관에서 판돈 4만 5천원을 걸고 나이 많은 사람들끼리 "일시 오락성으로 즐긴 행위를 도박으로 간주하는 것은 지나치다."고 무죄를 선고하였다.

도박에는 우연성이 큰 비중을 차지하지만 오랜 경험을 통하여 약간의 기량을 발휘할 여지가 있기 때문에 스릴이 있는데다가 인간 고유의 사행심을 자극해서 예로부터 세계 각처에서 행하여지고 있다. 그런데 도박은 유희성이 있기 때문에 놀이와 범죄의 한계가 매우 모호하고 도박 여부의 판별은 개개의 경우에 따라 다르다.

상습도박죄의 형법상 정의는 '상습으로 재물로써 도박을 하는 범죄' 이다. '상습'을 어떤 기준으로 판단하느냐가 문제인 바 '반복하여 도박 행위를 하는 버릇'이라고 정의하고 있다. 예를 들어 도박 전과, 도박 행위를 반복한 사실 여부가 이에 해당된다.

여기에 도박의 성질 방법 횟수 액수 등 여러 사정을 고려해 법관의 판단으로 이를 인정한다. 때문에 날마다 밤낮으로 도박을 하지 않아도 전과자가 다시 도박을 할 경우 1회만의 도박 행위도 상습범으로 처벌할 수 있을 것이다.

보도에 의하면 최근 해외 원정 도박으로 가산을 탕진하고 해외에서 도피생활을 하던 코메디언 H모씨가 5년만에 TV에 복귀했다고 전해진다. 한때 필리핀 카지노에서 거액을 탕진한 뒤 잠적한 뒤 어려운 생활을 했으며 빚 독촉에 시달리다가 다시 코미디 프로그램에 복귀하게 되었다. "창피하지만 인생 수업료를 낸 셈친다."고 말하고 '몰입하는 순간은 사람을 흥분시키지만 결국 인생의 종점으로 치닫게 하는 지름길'이라고 했다고 한다.

그는 6년 전 도박에 손을 댔는데 운영했던 나이트클럽이 경기 한파로 폐업하게 되자 울적한 마음을 달래려고 필리핀을 찾았고 그곳에서 그만 카지노의 유혹에 빠지게 됐다. 빚을 갚기 위해 시작한 카지노로 인하여 며칠만에 1억원 가량을 탕진하였다고 한다.

그는 "도박에 빠졌다면 일단 주위 사람들에게 소문부터 내라. 그리고 가족과 이웃들로부터 적극적인 도움을 받아야 한다."고도 했다. "수치심이나 자존심 때문에 자신의 처지를 숨기면 영원히 도박의 수렁에서 헤어나지 못할 수 있다는 걸 뼈저리게 느꼈다. 설사 돈을 잃었다 해도 만회할 생각을 하면 더 큰 화를 초래한다."고 말했다.

도박탓에 이혼까지 당한 채 서울 대방동에서 어머니와 누나, 조카들과 한 집에 살고 있으며, "갚아야 할 1억원 정도의 빚이 남았으며, 하루하루 빚 줄여 가는 재미로 산다."며 그 동안의 경험담을 털어 놓았다고 전한다.

도박은 동서양을 막론하고 꽤 오랜 역사를 갖고 있다. 이미 BC 1600년에 타우(Tau), 세나트(Senat)라는 도박이 이집트에 있었고 고대 로마에는 여러 가지 도구가 구비되었다고 한다.

성서에서는 제비뽑기를 하였다는 기록이 있고, 아메리카 대륙의 원시 벽화에는 도박을 하는 사람들이 그려져 있다. 동양에서는 도박에 쓰이는 주사위가 고대 인도에서 발상(發祥)하였다고 하며, 바둑은 요ㆍ순 이래로 전해오고 있다고 할 만큼 역사가 오래 되었다.

백과사전에 의하면 우리 나라의 경우 삼국사기 등에 의하면 백제의 개로왕 때 고구려의 간첩 승(僧) 도림이 개로왕과 바둑을 두어 국사를 돌보지 않게 하여 백제를 망쳤다고 하였다.

신라에서는 738년(효성왕 2년)에 형도가 당에서 바둑을 들여왔다고 한다. 그 후 투호(投壺)라 하여 화살을 병 속에 던져 넣는 놀이와 장기의 전신인 상희(象戲) 등이 당나라에서 들여와 고려, 조선시대에 행해졌다.

"이런 유희는 모두 소일하기 위한 것이나 어떤 자는 너무 즐겨 의지를 상실하는 자도 있고 혹은 도박을 하여 재산을 손해 보는 자도 있었다."라는 기록이 있다. 이밖에 잘 알려진 것으로는 화투(花鬪), 골패(骨牌), 마작(麻雀) 등이 있고 아이의 놀이로는 동전치기가 있다. 소위 기업인들이 도박을 하고 내기골프를 하는 것은 건실하고 성실하게 일하며 임금을 받고 살아가는 시민과 근로자에게 상실감을 안겨 주고 근로의욕을 떨어뜨리게 마련이다. 그렇지 않아도 만연되어가고 있는 도박심리와 한탕주의 등 사회적 병리현상을 더욱 부추기게 될 것도 우려된다.

기업가가 자기 회사의 발전을 위해 때로 골프를 치는 것을 나무랄 수는 없다. 그러나 많은 돈을 걸고 내기 골프를 치는 것은 용납할 수 없는 일이다. 기업인은 사회적 윤리와 책임이 따르기 때문이다. 다만 골프 내기에 있어서는 점심 값을 내는 정도는 괜찮을 것이며, 우리는 이런 것까지 탓할 수는 없을 것이다.

무엇이든 과하면 무리하게 되고 도박으로 발전하게 된다면 결국 그 비용은 회사의 경비로 충당되는 사태로 발전될 가능성이 있기 때문에 이를 반대하는 것이다. 특히 해외에 나가 골프를 치면서 외국의 캐디가 버젓이 보는 앞에서 돈내기를 하고 국가적 망신이나 초래하는 행위는 마땅히 근절되어야 할 것으로 본다.

도박은 한번 빠져들면 헤어나기 어려운 것 같다. 가정주부가 도박에 빠지는 경우도 허다하다. 특히 도박에 빠져 가정을 돌보지 않음으로써 가정이 파괴되는 불행한 일을 우리 주위에서도 볼 수 있다. 도박은 패가망신의 지름길이라는 것을 깊이 느끼고 도박에 빠지는 사람이 없어야 할 것으로 된다.

큰고모부께서 마작을 아주 즐겨하셨다고 한다. 그런데 하루는 절대 마작을 하지 않으시겠다면서 나무 판자 위에 손가락을 얹고 칼로 내리쳐서 손가락이 잘라졌는데 그 손가락이 마당에서 벌떡벌떡 뛰었다고 한다. "한동안 마작을 하지 않으시더니 또다시 마작을 하셨다."고 큰고모님은 말씀하셨다. "손목을 자르면 발로 한다."는 말이 있는데 이는 도박의 속성을 그대로 잘 나타내고 있는 것 같다. 건전한 가정을 위해서 도박은 근절되어야 할 것으로 판단된다.

복권 당첨과 형제간의 우애

경기도 양주시에 사는 한 평범한 전기 회사의 사원이 65억원의 복권에 당첨되었다고 온 나라가 떠들썩하다. 당첨금은 세금을 제외하고 51억원을 수령하였다고 전한다. 그는 월 급여 200만원을 받고 있으며, 24평의 아파트에 살고 있다고 한다.

그는 과거 10여년 전부터 꾸준히 복권을 구입하였으며 문제의 복권도 은행 시간이 마감되어 인근 가계에서 10만원 어치를 구입했다고 하니 그의 경제적 능력으로 보아 상당한 금액을 투자한 셈이다.

우선 복권 당첨을 축하드리고 그 분의 앞날에 행운이 함께 하시길 기원한다. 복권 당첨금을 타기 위해 은행에 나타난 그의 얼굴 사진은 가려져 있었다. 복권에 당첨되고 난 뒤에 있을 수도 있는 불상사를 미연에 방지하기 위한 배려가 아닌가 생각된다.

그 동안 우리 나라에서는 서민들의 주택을 원활히 공급하기 위해서 과거 주택은행에서 주택복권을 발행하였으나 복권 당첨금이 10억원 미만이었다. 그러나 이번 복권은 우리 나라도 65억원이라는 거금의 복권 시대가 도래하였음을 의미하게 되었다.

그렇지 않아도 복권의 열풍이 심한 나라에서 로또복권에 대한 열기가 클 것으로 기대되며 벌써부터 관련 주식도 덩달아 뛰고 있는 것 같다. 복권은 도박과 마찬가지로 사행심과 관련된 것이기 때문에 당국의 허가를 얻고 발행하는 것이다.

다시 말하면 합법적인 방법으로 발행하고 당첨자에게 당첨금을 지급하는 것이다. 당첨자는 그 사실을 알지 못하고 당첨금을 수령한 날에야 신문을 보고 알았다고 했다.

"당첨금을 어디에 쓸것이냐?"는 기자들의 질문에 "어머니를 모시고 있는 막내 동생을 우선 돕고 싶다. 어머니를 모시고 있는 제수(弟嫂)를 볼 때마다 항상 미안하게 생각했다. 그리고 사회복지 시설에도 일정액을 기부할 생각이다."라고 했다. "회사를 계속 다닐 생각이냐?"는 기자들의 질문에 "지금 그 생각은 하지 못했다. 앞으로 차분히 생각해 보겠다."고 했다.

사실, 가난한 사람에게는 복권 당첨이 하나의 꿈일 것이다. 복권이라도 당첨되어서 집도 사고, 쓰고 싶은 돈도 마음껏 써보는 것이 서민들의 희망이다. 복권에 대해서는 사람에 따라 찬반 양론이 있을 것이므로 이에 대해서는 독자들의 판단에 맡기고 싶다. 일이 뜻대로 되지 않을 때는 복권이라도 한 장 사두고 싶은 것이 솔직한 심경일 것이다. 그러나 복권의 당첨은 하늘의 별이라도 따는 것처럼 대단히 어려운 확률을 갖고 있다.

오늘 서두는 복권에 대해 꺼냈지만 사실 내가 이야기하고 싶은 것은 복권 당첨자가 말한 대목이다. 어머니를 모시고 있는 막내 동생을 돕겠다는 이야기라 할 수 있다. 그 동안 장남으로서 어머니를 모시지 못한 점에 대해 항상 마음 아팠음을 표현하고 있는 것이다.

가난할 때는 형제간에 우애할 수도 있다. 그러나 가난할 때는 어머니를 막내가 모시든, 장남이 모시든 이해할 수 있었겠지만 형이 부자가 되면서 자연스럽게 '장남이 어머니를 모셔야 한다.' 는 말이 나오기 마련이다. 갑자기 돈이 생기면 형제간에 우애를 손상시킬 수도 있다. 또 가난한 집에서야 상속권 문제로 싸울 필요도 없지만 돈이 많아 상속권 문제로 다투는 형제들이 얼마나 많은가?

형제간에 우애하는 것은 대단히 중요한 일이다. 형제간에 우애하면서 서로 돕고 살면 다른 사람이 볼 때도 보기 좋다. 그러나 돈 때문에 형제간에 다투는 모습을 보일 때 정말 보기 싫은 일이다. 특히 동서고금을 막론하고 가정이 화목하려면 안주인들이 잘해야 한다는 점이다.

남자 형제들은 서로 핏줄이 섞여 있으므로 그래도 화해하고 우애하고자 하나 안주인이 화합하지 못하면 대부분 허사로 돌아간다.

우리 나라 흥부전(興夫傳)에서는 형 놀부는 욕심이 많고 어렸을 적부터 몹시 나쁜 짓만 하던 사람이었다. 형은 우리 나라 장자 상속제도의 관습에 따라 부모로부터 많은 유산도 받을 수 있었다.

아이들이 많고 가난한 흥부가 형 놀부 집에 가서 어린 자식들과 먹을 식량을 구하러 갔다가 형수로부터 밥주걱으로 뺨을 맞은 것은 형수의 마음이 그대로 잘 나타나 있다. 그러나 동생 흥부는 몹시 착한 사람이었으며, 제비집에서 떨어진 제비의 다리를 고쳐주고 제비가 물어온 박씨를 심었더니 그 속에서 금은 보화가 가득 나와서 큰 부자가 되었다는 이야기다.

동생이 부자가 된 것을 시샘한 놀부는 흥부가 부자가 된 사연을 듣고 본인이 직접 제비의 다리를 부러뜨려 강남으로 보냈는데 이듬해 박씨를 물어와서 심었더니 큰 박이 열렸다. 박 속에는 쇠방망이를 든 귀신들이 나와 패가망신했다.

이 소식을 들은 흥부는 형님 댁 식구들을 모시고 와서 자기 집과 같은 대궐 같은 집을 지어주어 잘 살게 되었는데 고약한 놀부도 흥부의 착한 심성에 감동되어 착한 사람이 되었다는 것이다.

흥부전에서의 놀부는 욕심이 많고 심성이 아주 고약한 사람이었으나 동생 흥부는 심성이 착한 사람이었기 때문에 성공했다는 권선징악(勸善懲惡)적인 내용이다. 현대사회에서는 사람이 착하기만 해서는 안 된다는 말이 있지만 아무튼 착한 사람은 언젠가는 하늘이 감동하여 좋은 결과를 가져온다는 것이다.

흥부전에 있어서 흥부와 놀부는 창(唱)의 내용이지만 우리가 역사적으로 유명한 실화를 더듬어 보고자 한다. 이해를 돕기 위해 중국에서는 우리 나라의 임금에 해당하는 직위가 황제였고 그 밑을 왕이라 칭하였다.

왕은 대개 황제의 아들이거나 동생들에게 작위가 붙여졌다. 자세한 내용은 설명 드리지 않겠으나 우리 나라에서 황제라는 칭호를 사용한 것은 고종황제가 처음이다. 고종황제 이전에는 왕이라는 칭호를 사용했으나 이에 대한 설명은 약하기로 한다.

삼국시대에 이름을 날리던 조조는 무장 출신이었으나 시문을 애호하여 우수한 작품을 많이 남겼으며, 그로 인해 건안문학(建安文學)의 융성을 이루었다.

조조(曹操)에게는 맏아들 조비(曹丕)와 셋째 아들 조식(曹植)이 있었다. 나중에 조조를 이어 위(魏)나라 문제(文帝)가 된 맏아들 조비와 셋째 아들 조식도 글재주가 뛰어났다. 특히 조식의 시재(詩才)는 당대의 대가

들로부터 칭송이 자자할 정도로 출중했다.

조조는 이러한 셋째를 더욱 총애하게 되어 한때는 맏아들 조비를 제쳐두고 셋째 아들로 하여금 후사를 이을 생각까지 했었다. 이렇게 되자 조비는 어릴 때부터 동생 조식의 글재주를 시기해 왔으며, 왕위까지 동생에게 위협받게 되자 동생 조식에 대한 증오심과 질투심은 그 정도가 깊었다.

아버지 조조가 죽은 뒤 조비는 위(魏) 황제를 세습하고 제위에 올랐으며문제(文帝)라 일컬었다. 황제가 된 문제(文帝)는 동아왕으로 책봉된 동생 조식에게, "네가 그토록 글재주가 좋다면 내가 일곱 걸음을 걷는 동안 시를 지어라 그렇지 않으면 황제의 칙명(勅命)을 어긴 죄로 중벌에 처한다."고 말했다.

아래 글이 조식이 일곱 걸음만에 지었다하여 칠보지시(七步之詩)라 하기도 하고 일곱 걸음만에 나온 글재주라는 뜻으로 칠보지재(七步之才)라 하기도 한다. 그 시는 다음과 같다.

煮豆燃豆其(자두연두기)   콩대를 태워서 콩을 삶으니
豆在釜中泣(두재부중읍)   가마솥 속에 있는 콩이 우는구나
本是同根生(본시동근생)   본디 같은 뿌리에서 태어났건만
相煎何太急(상전하태급)   어찌하여 이다지도 급히 삶아대는가

형을 콩대에, 자신을 콩에 비유하여 형제간의 불화를 상징적으로 노래하였다. "콩대를 태워서 콩을 삶으니 가마솥에 콩이 우는구나." 이 말은 "형이 동생을 들볶으며 동생을 삶아대니 동생이 우는구나."의 뜻이

다.

"본시 같은 뿌리에서 태어난, 다시 말하면 부모를 같이하여 태어난 친형제간인데 어째서 이렇게 못살게 구는가?"의 뜻으로 넌지시 읊은 시였다. 비록 동생의 글재주를 시기하고 있는 문제이지만 자기도 본래 글재주가 있는 사람이라서 그 뜻을 모를 리가 없었다. 이 시를 들은 문제는 동생을 들볶은 점에 대해 깊이 반성하였으며, 얼굴을 붉히며 부끄러워했다고 한다.

끝으로 로또복권에 당첨된 분에게 형제간에 우애를 단적으로 나타내는 이스라엘의 좋은 이야기를 하나 들려드리고 마칠까 한다. 이스라엘에 두 형제가 살고 있었다. 형은 동생을 사랑하고 동생은 형을 극진히 존경하고 따랐다.

아버지가 연로하셔서 돌아가시면서 유산으로 두 형제에게 재산을 똑같이 나눠 주셨다. 동생은 아직 독신이었고 형에게는 형수와 많은 아이들이 딸려 있었다. 가을이 되어 추수시기가 되었다. 곳간에는 밤이며 옥수수 등이 가득 찼다.

저녁에 형은 이런 생각을 했다. "앞으로 동생은 결혼도 해야 하고 살림도구도 장만하려면 많은 돈이 들어갈 거야. 그렇다면 동생은 보다 많은 수확이 필요할 텐데."하고 생각한 형은 밤이 되자 자기 곳간에서 밤이며, 옥수수 등 수확한 알곡 등을 동생의 곳간에 퍼 날랐다.

그날 저녁 동생은 또 이런 생각을 했다. "형님은 딸린 식구들이 많이 있지. 아이들 교육도 시켜야 하고 또 형님은 나이도 드셔서 노후 걱정도 해야 될 거야." 이렇게 생각하고 한 밤중에 자기의 곳간에서 알곡을 퍼다 형님 곳간에 옮기기 시작하였다. 날이 밝아 곳간을 열어보았더니 이상하게도 곳간의 알곡은 전날과 똑같았다.

두 형제는 다음날 저녁에도 똑같은 일을 하였다. 3일째 되는 날 저녁

서로 알곡을 가지고 상대방에게 가는 도중 만나게 되었으며 두 형제는 얼싸안았다. 자기 창고에 알곡이 줄어들지 않은 이유가 밝혀진 것이 더욱 기뻤다. 두 사람은 화목하면서 아주 행복하게 살았다는 이야기이다. 서로 화목하고 우애하는 것은 대단히 바람직하다.

돈이 좀 생겼다고 해서 자만을 갖는다든지 형제간에 우애를 깨는 행동을 하는 것은 오히려 복이 화가 될 수도 있다. 당첨금을 수령할 때 "어머니를 모시고 있는 동생을 돕고 싶다."는 말을 오랫동안 마음 속에 간직하면서 우애가 넘치는 형제가 되시길 바란다.

불을 켜고 자면 키가 자라지 않는다

　고등학교 3학년 자녀를 두고 있는 가정에서는 자녀가 좋은 대학에 가기를 희망하면서 자녀와 더불어 많은 고생을 한다.

　대부분의 수험생들은 밤새워 공부를 하게 된다. 열심히 공부할 보람이 있어 더러는 서울대학교나 연세대학교, 고려대학교 등 세칭 일류대학에 진학시키는 경우도 볼 수 있으나 그 대학들은 정원이 한정되어 있어서 모든 학생을 받아들일 수가 없다. 밤잠을 설치면서 공부하고 있는 수험생을 둔 가정의 제일 큰 걱정은 자녀의 건강에 대한 우려이다.

　고등학교 학생들은 보통 새벽 1시나 2시까지 공부하고 새벽에 늦어도 6시까지는 깨어나야 하기 때문에 공부라기보다는 차라리 지옥이라고 표현하는 것이 좋을 것이다. 이렇게 대학가기가 힘들어서 어떻게 할 것인지 참으로 안타까운 일이다.

그래서 학생들 중에는 공부에 중압감이 심하여 자살하는 학생들까지 생겼다. 부모의 입장에서 보면 자식이 공부 잘하여 서울의 일류대학에 진학하는 것은 바람직한 일인데 생활비가 만만하게 드는 것이 아니어서 생활비와 학비마련에 등이 휘어질 정도이다. 빚을 마련하여 공부를 시키는 한이 있더라도 자식이 공부를 잘하여 좋은 대학에 진학하는 것이 부모의 소원이다.

이렇게 밤늦게까지 공부하던 습관이 남아 있어서 대학에 진학한 후에도 밤 1시가 넘어 새벽 2시경에 잠을 자고 아침에는 늦게 일어나는 소위 '올빼미'라는 별명을 얻기도 한다.

심지어 직장생활을 하는 사람 중에도 이런 습관에 시달리는 사람이 많다고 한다. 그런데 밤늦도록 공부하다가 피곤하면 불을 끄지도 않고 자는 학생도 있다. 공부를 좀더 하려다가 깜빡 잠든 학생도 있지만 경우에 따라서는 습관적으로 불을 끄지 않는다. 이렇게 불을 끄지 않고 잠자리에 들면 건강에 매우 나쁘다고 한다.

불을 켜고 자면 아이들의 성장과도 밀접한 관련이 있는 '멜라토닌'이라는 호르몬이 분비되지 않는다고 한다. 멜라토닌은 불빛이 없는 상황에서 잘 분비되고 있으며 멜라토닌이 분비되지 않으면 한참 자라고 있는 청소년들에게는 키가 크지 않는 한 원인이 되기도 한다.

청소년뿐만 아니라 노장년층의 건강과도 밀접한 관련이 있는 물질로서 시중 서점에는 한때 『기적의 멜라토닌』이라는 책자가 잘 팔리기도 했다. 이 멜라토닌을 복용하면 졸리는 증상이 일어나는데 운전중이거나 정신력을 집중하여 일할 때에는 복용해서는 안되고 취침할 때 먹어야 한다.

따라서 공부하기 위해 밤늦게까지 공부하는 것은 이해가 되지만 불을 켜놓고 잠을 자는 것은 수험생에게 매우 해롭다. 성장기 젊은이에게는 키가 자라지 않게 되며, 나이든 사람의 건강에도 크게 관여한다는 것이 정설이다. 가능하면 충분한 휴식을 취하는 것이 바람직하다.

잠을 잘 때는 반드시 불을 끄고 자도록 하는 습관을 기르도록 하고 수면은 가능하면 8시간 이상 수면을 취하고 적어도 7시간 이상 자는 것이 필요하지 않을까 생각된다.

우리가 살아가고 있는 하루 24시간 중 8시간을 수면을 취한다고 가정할 때, 하루의 3분의 1을 잠자는 시간으로 보아야 할 것이다.

『잠자리의 10계명』이라는 자료를 보면 ① 잠을 잘 때 항상 같은 시간에 일어난다. ② 잠자리에 들기 전에 커피 등을 마시지 않는다. ③ 잠을 유도하기 위해 술을 마시지 않는다. ④ 잠자기 전에 과식하지 않는다. ⑤ 수면 전에 격렬한 운동을 하지 않는다. ⑥ 소음, 빛, 높은 실내온도 등을 피한다. ⑦ 자명종은 잠자리에 두지 않는다. ⑧ 낮잠을 피한다. ⑨ 담배를 피우지 않으며 특히 잠자리에서 일어나 담배를 피우지 않는다. ⑩ 잠자리에 들기 전에 가벼운 샤워를 한다.

물론 이보다 더 많은 규율이 있겠으나 위에서 들고 있는 10계명만 잘 지켜도 건강에 도움을 줄 것 같다. 그런데 최근 내가 깊이 느끼고 있는 것은 이러한 잠자는 시간이나 습관 중에서 더욱 지켜야 할 것이 베개와 관계된 이야기를 하고 싶다.

옛날 우리 선인들은 고침단명(高枕短命)이라는 말씀을 하셨다. 정말 옳은 말이라는 것을 나이가 들어가면서 새삼스럽게 느꼈다. 또 옛 선인들은 베개의 높이 뿐만 아니라 베개 속에 벼의 껍질을 넣거나 쌀, 좁쌀 등을 넣어 베개를 만들었던 것 같다.

또 여름에는 대나무로 만든 베개를 만들었는데 이것을 깊이 살펴보면 과학적인 면이 참 많다. 요즘에 기능성 베개라는 것이 있는데 그것도 모두 옛날 어른들의 과학성을 그대로 본받은 것들이다. 참숯으로 만든 베개, 대나무 숯으로 만든 베개, 옥, 실크, 동아씨 등으로 만든 베개 등 다양하다.

이 모든 것은 통풍(通風)과 관련이 있으며, 세균 흡착 등과도 밀접한 관련이 있다. 베개를 낮게 해야 한다는 과학적인 근거는 무엇일까? 그리고 베개를 무조건 낮게 베고 자야 할까? 그렇지 않다. 나 자신도 잠자는 습관이 매우 좋지 않았다.

몸집이 크기 때문에 베개를 높게 하고 옆으로 자는 습관이 있었다. 물론 이러한 습관이 나쁘다는 것을 알고 있었지만 쉽게 고칠 수 있는 습관이 아니었다.

그러나 최근 이러한 잘못된 습관을 고쳤다. 베개의 높이는 자기의 몸집과 관련하여 파악하는 것이 가장 이상적일 것 같으며 일률적으로 높이를 정하는 것은 옳지 않은 것으로 보인다. 반듯하게 누웠을 때 가슴과 일직선이 되고 편하다는 느낌을 갖는 베개가 좋다고 한다. 대개의 학자들은 베개의 높이도 중요하지만 발 밑을 받혀주는 베개가 발의 피로를 풀고 관절에 도움을 준다고 한다.

베개를 낮게 해야 하는 이유는 무엇일까? 잠을 자는 것은 수면을 취하고 하루의 피로를 푸는 데 목적이 있다. 베개를 높이 베고 자는 것은 뇌 속에 혈류를 보내는 데 여러 가지 장애를 초래할 것이다. 제일 중요한 것은 심장이 뇌 속으로 피를 밀어 올리는 데 힘이 들 것이다.

사람이 죽고 사는 것 중에 암을 제외하면 고혈압에 관련된 것이 가장 많다. 그래서 혈압관리에 신경을 써야 한다. 혈압과 관련이 있는 병을 나열하면 고혈압, 동맥경화증, 뇌경색증, 뇌졸증, 심장병 이 모두가 우리 몸 속에 흐르는 피와 관련이 있다.

심장은 우리 몸 속의 피를 온 구석 구석에 보내기 위해 1초도 쉬지 않고 펌프질을 해야 한다. 뇌혈관이 막히면 뇌경색증이 되고 동맥에 피가 흐르지 않으면 동맥경화가 된다. 뇌혈관이 막혀 터지면 뇌일혈이 된다. 우리 몸의 피는 나이가 들어감에 따라 혈관이 좁아지게 됨으로써 혈압은 점점 올라가게 되어있다.

혈압이 높다는 것은 피를 말초혈관까지 밀어주는데 그만큼의 압력이 높아진다는 의미이므로 결국 말초혈관까지 피를 밀어주기 위해서 심장이 무리한 일을 할 수밖에 없다.

그래서 의사가 혈압이 비정상으로 높은 환자를 진찰할 경우에는 반드시 심장에 이상이 있는지를 먼저 체크해 보고 심전도를 조사한다. 심장에 이상이 있는지를 살펴보기 위해서이다.

또 하나 우리 주위에서는 코를 골며 자는 사람이 많다. 코를 고는 것은 코로 숨을 쉬지 않고 입으로 숨을 쉬기 때문에 일어나는 증상이다. 심한 경우에는 코를 골다가 한참 동안 숨을 쉬지 않는 경우도 있었다. 이를 가리켜「수면 무호흡증」이라고 하는데 이는 매우 심각한 것으로 보인다.

만약 이러한 수면 무호흡증을 갖고 있는 사람이 고혈압증세를 겸한다면 매우 심각하지 않을까? 따라서 노후에 오래 살기 위해서는 무엇보다도 혈압을 관리하는 것이 건강에 유익하리라고 생각한다.

아이가 먼저냐, 산모가 먼저냐

출산은 예로부터 대단히 어려운 일이었다. 본 난에서는 산모가 출산 시 난산이 되어 산모와 아기 가운데 어느 한쪽을 희생시킬 수밖에 없는 상황에 처해 있다면 어떻게 슬기롭게 대처할 것인가에 대해 이야기 해 보고자 한다.

요즘에는 그래도 의학기술이 발달하여 출산시 산모들의 불안이 많이 감소된 것 같으나 어렵기는 마찬가지라고 생각한다. 최근 우리 나라 출산율이 선진국보다 오히려 많이 낮아져서 출산 장려책이 강구되고 있는 것 같다.

이와 관련하여 출산 장려비는 우리 도에서 최초로 시행한 것으로 기억하고 있다. 발상 자체는 매우 바람직하였으나 문제는 출산 장려비가 매우 적었다는데 문제점이 있었다. 출산 장려비를 겨우 10만원을 지원한 것이 민선 제3기 전라남도의회 의원으로부터 지적되었다.

도의원들의 질문이 퍽 웃음을 자아내는 대목이 있어서 소개하면 다음과 같은 요지이다. "좀 지나친 표현일지 모르겠으나 10만원을 지원하는 것은 요새 강아지 한 마리 값도 되지 않는다."는 것이었다. 도의원의 말처럼 지나친 비유이기는 하나 너무 적은 출산 장려비라고 본다.

그런데 요즘 신문지상에서 보았더니 전라북도 무주군 등에서 1인당 100만원을 지원한다고 하니 과거와는 다른 점이다. 그러나 100만원의 출산비를 준다하여 출산이 장려될 것 같지 않다. 상징적인 의미에 불과하고 진정으로 출산을 장려하기 위해서는 정부차원의 특단의 장려책이 필요할 것이다. 예컨데 2번째 아이부터는 생계비지원을 한다든가 대학 입학금까지 지원한다든지 하는 방법과 같이 획기적인 것이 아니면 우리나라 출산율이 개선될 것 같지 않다.

아무튼 우리 나라 출산율이 예전 같지 않은 심각한 수준인 것만은 사실인 것으로 보인다. 그렇다면 왜 이러한 출산감소 사태가 심각하게 되었을까?

첫째, 맞벌이 부부가 많아진데서 원인을 찾을 수 있지 않을까 생각한다. 자녀는 두되 아들딸 구분 말고 하나만 두겠다는 의지의 소산이 아닐까 판단된다. 아무래도 자녀가 많으면 맞벌이 부부에게는 많은 지장을 초래할 수 있기 때문이다.

두 사람이 모두 출근하게 되면 마땅히 아이를 키울 수 있는 여건이 되지 못한다. 직장에 탁아시설도 없고 수유시설도 없다. 시부모를 모신 경우나 친정어머니가 있는 경우가 아니면 먼 거리에 있는 친척집에 맡기고 저녁이면 또 아이를 데리러 가는 현상이 반복될 뿐이다.

둘째는 자녀관이다. 옛날에는 자녀는 그 자신의 복을 태어난다고 보았다. 그래서 세상에 나오면 스스로 먹고 살 수 있을 만큼 재산을 가지고 태어난다고 보았던 것이다. 요즘 부모들이 그런 생각을 하는 사람은 드물 것이다.

자녀에게 기대고자 하는 부모도 없다. 노후가 되어도 스스로 자식에게 기대하지 않고 독립해서 살겠다는 사람이 많아졌다. 또 자녀가 많으면 키우기도 어렵지만 부부만의 여가 활용이 그만큼 줄어진다는 우려 때문이라고 생각한다.

셋째는 경제적 문제인 것 같다. 하나를 키워도 제대로 키우겠다는 의지가 강하다. 과거에는 아무렇게나 키웠다. 애들이 초등학교에 입학할 나이가 되도록 발가벗겨서 키웠던 것이다. 아이는 제멋대로 놀고 제멋대로 자라는 것이다. 아이에 대한 부모의 관심도 적을 수밖에 없다. 그도 그럴것이 형제들이 7~8명에 이르는 가정이 많았기 때문에 부모들이 관리하기가 매우 힘들었을 것이다.

넷째는 의료기술의 발달로 산아제한을 효과적으로 할 수 있다는 데도 있는 것 같다. 과거에는 임신조절 능력이 없었다. 비과학적인 방법으로 산아제한을 했으나 자기가 원하지 않는 임신이 되는 경우도 있었기 때문이다. 그러나 지금은 산아제한을 원하는 시기에 원하는 수만큼 마음대로 조절할 수 있게 되었기 때문에 수를 조절할 수 있게 되었다.

다섯째, 결혼은 하되 아이는 갖지 않는다는 사고방식을 갖고 있는 젊은이들이 많이 늘었다는 점이다. 지난번 TV에 나와 당당하게 이야기하는 젊은 여성을 보고 깜짝 놀란 적이 있다.

결혼을 하고 아기를 갖지 않는다면, 또 건강상 이유, 또는 유전적인 이유가 아닌 이유로 자식을 갖지 않는 것은 잘못이 아닐까 생각한다. 이는 어떤 이유로든 다음에 이야기할 독신자 그룹에 비하여 합리적인 이유가 될 것 같지 않다. 차라리 결혼하고 아기를 갖지 않을 바에야 독신자 그룹이 더 낳지 않을까 생각한다.

여섯째, 가임 여성연령층에서 독신자 그룹이 눈에 띄게 늘었다는 점도 하나의 이유가 되지 않을까 생각된다. 복잡하게 생각할 필요도 없이 누구의 간섭을 받지 않게 자유롭게 생활할 수 있는 장점이 있다.

남편에 대한 걱정, 시부모나 시가댁에 대한 걱정, 또 자식이 태어나고 키워야 할 때 겪어야 할 문제점 등을 전혀 걱정하지 않아도 된다. 출근하는 남편을 위해 새벽에 일어나서 밥을 짓는 일도 별로 필요 없다. 일어나고 싶을 때 일어나서 세수하고 먹고 싶을 때 먹고, 출근할 시간이 되면 그때 출근하면 그만이다.

결혼을 하는 것이 좋은지 하지 않는 것이 좋으냐에 대해서 양자간에 장단점이 있기 때문에 딱 어느 쪽이 좋다고 말할 수 없을 것이다. 자식을 키우는 재미도 그 나름대로 장점도 있고 자녀가 크는 재미에 푹 빠져들 수도 있고 그래서 노후에 부모를 찾아주는 피붙이가 있어서 또 좋은 것이 아닌가?

결혼하지 않는 입장에서는 자유스럽고 돈만 있으면 모든 것이 해결될 수 있는 세상이어서 그것도 또 좋을 수 있다는 것으로 생각된다. 본론으로 들어가서 출산의 고통은 당해보지 않은 사람은 상상할 수 없을 것이다. 옛날에는 동서양을 막론하고 출산을 하러 갈 때 친정어머니나 시어머니의 손을 잡은 뒤 출산에 들어갔다.

출산을 잘못하여 사망할지도 모른다는 우려가 있었기 때문이다. 산모의 입에는 부드러운 천이 물려진다. 이것은 진통으로 인해 치아가 상할 수 있기 때문에 미리 예방하자는 것이다. 남편은 밖에서 기다리고 있었다. 그러나 요즘에는 남편이 아내의 손을 잡아준다.

병원에서도 출산하는 것이 대부분이지만 이렇게 남편이 들어와서 산모를 돕도록 하는 산부인과가 많아졌다. 방법도 여러 가지로 늘어났다. 수중분만, 제왕절개, 유도분만, 여왕마취라는 분만 방법으로 마취제를 맞고 아이를 낳는 무통 분만 등 가지각색이다.

아무튼 출산은 대단한 진통을 수반하였다. 실제 난산을 초래하는 경우가 많았다. 진통이 심하여 시간이 너무 경과됨으로써 난산을 하는 경우, 아기가 거꾸로 있어서 정상적으로 출산할 없는 경우 등이다.

난산 시 겪는 문제 중 가장 어려운 문제가 아기와 산모 중 하나를 택하여야 하는 경우인 것 같다. 산모를 살려야 하느냐? 아기를 살려야 하느냐? 는 문제는 우리가 생각하는 것만큼 단순하지 않다는 데 문제가 있는 것이다.

우리의 평범한 상식으로는 산모를 살려야 한다고 간단하게 설명하게 될 것이다. 특히 종교적인 문제와 맞물려서 판단할 때 어려운 점이 있다. 천주교에서는 태아를 이미 사람으로 보기 때문이다.

그래서 산모를 위해서 태아를 희생시키는 것도 살인행위이다. 그러나 유태교는 태아는 완전히 사람으로 태어나기 전까지는 사람으로 보지 않기 때문에 먼저 산모를 구하는 것이 원칙이라고 한다. 비록 산모는 자기를 위해서 어린 자식을 희생시킬 수 없겠지만 유태교인이 아닌 일반인들의 생각도 그러한 방향으로 판단하지 않을까 판단된다. 다시 말하면 산모를 살리고 아기를 희생시키는 것이다.

그렇다면 우리 나라 법에는 어떻게 규정되어 있을까? 우리 나라 민법의 규정을 해석하는데 있어서 학자들의 견해가 서로 다르다. 사람으로 보는 시기에 대하여 진통설과 일부 노출설, 전부노출설 중에서 전부 노출설이 통설이다. 다시 말하면 태아가 어머니의 자궁 밖으로 완전히 노출되었을 때 사람으로 보는 것이다. 그래서 민법상으로 볼 때는 태아가 태어나지 않았기 때문에 산모를 먼저 살리는 것도 무방하다.

그러나 형법에서의 사람의 성립시기에 있어서는 위에서 언급한 것 중 진통설이 통설이다. 태아가 사람이 되는 것은 진통이 시작된 시기부터 사람으로 보기 때문에 출산하기 위해 들어간 것은 이미 사람인 것이다. 형법상으로 볼 때 낙태죄와 살인죄의 명백한 구분이 되는 것이다.

그렇다면 산모를 살리기 위해 아기를 희생시킬 수밖에 없는 행위는 처벌되어야 하는가? 결론부터 말씀드리면 처벌받지 않는다. 물론 진통이 시작된 태아는 사람이기 때문에 살인죄를 구성할 것이다. 그러나 산모를 살리기 위한 행위는 긴급피난으로 보아 위법성이 조각되기 때문에 살인죄는 성립하더라도 처벌할 수 없는 긴급피난행위이다.

천주교의 시각으로 볼 때 산모를 살리기 위해 아기를 희생시키는 행위는 명백히 살인이다. 이 논리에 따르면 우리 나라 산부인과 의사들은 수많은 살인행위를 자행한 사람들이다. 낙태죄를 법률의 규정에 있는 대로 적용했다면 수많은 산부인과 의사들이 교도소에서 생활하고 있을 것이다.

천주교나 유태교나 모두 그 나름대로의 사람을 보는 시각은 그리 큰 것으로 생각하지 않는다. 이것은 어쩔 수 없는 불가피한 상황이었기 때문이다. 그러한 어려움에 직면했던 산모는 그 전에 사망한 아기를 그리워하듯 얼마 되지 않아 또다시 임신하여 튼튼하고 건강한 아이가 태어나 훌륭하게 키우고 있는 경우를 우리는 종종 볼 수 있다.

술 마시는 사람들의 변명

어떤 마을에 술고래가 있었다. 하루는 금주하기로 굳게 결심하였다. 술이 건강에 해롭다는 것을 깨달았기 때문이다. 장을 보러 가던 그는 한 방울의 술도 마시지 않기로 작정하고 길을 걸었다.

어느 주막집 앞을 지나니 많은 사람들이 술을 마시고 있었다. 굳은 결심 때문에 그는 그 집 앞을 달려서 지나갔다. 얼마쯤 또 걸어가니 또 술집이 보였다. 여기에 이르러 생각하기를 "이곳이 내 결심을 시험하는구나."하고 생각하면서 처음에 했던 것처럼 얼른 그 집 앞을 달려 지나갔다. 이와 같이 첫 번째, 두 번째의 금주를 성공하게 되니 자기의 의지를 굽히지 않았다는 뿌듯한 감정이 들어서 매우 기뻤다. 이윽고 자기 집 앞에 거의 당도하였다. 때마침 항상 즐겨 다니던 단골 술집이 눈에 보였다. 그는 이렇게 생각하였다. "오늘은 금주에 성공하였으니 자축하는 의미에서 한 잔 하고 가야지." 하고 그날 저녁 많은 술을 마시고 귀가하였다. 결국 그는 그토록 다짐하고 결심한 의지를 실천하지 못한 것이다. 사람이 술을 끊기가 퍽 어려운 것 같다.

술을 마시는 사람은 여러 가지 변명을 하면서 술을 마신다. 조문에 가서 상주를 위로하기 위해서 한 잔 하고, 결혼식장에서는 즐거워서 한 잔 하고, 또 기분이 나빠서 한 잔 하고, 기뻐서 한 잔 하고, 공휴일이어서 한 잔 하고, 내일은 쉬는 날이니 한 잔 하고, 상사에게 꾸지람을 듣고 한 잔 하고, 동료직원과 말다툼하고 한 잔 하고 등 여러 가지 이유가 있다.

그러나 술을 너무 즐겨하게 되면 건강에 해로울 뿐만 아니라 가정이나 직장에서 많은 피해를 주게 되고 급기야 패가망신하는 경우도 있다. 과다한 술은 결국 알콜중독증이 되어 술로부터 해방될 수 없는 경우도 있다. 미국에서는 술을 마약과 같이 취급하는 지역도 많은 것 같다.

우리 나라처럼 술에 관대한 나라도 없다고들 말한다. 적당히 마시는 술은 여러 가지로 좋은 점도 많다. 사교적으로 마실 때는 좋은 친구도 사귈 수 있게 되고 어려운 난제를 풀 때 술을 한 잔 하고 접근하면 의외로 쉽게 해결되는 경우를 발견할 수 있다.

우리의 뇌는 독성이 있는 물질이 우리 몸에 들어오게 되면 뇌 속으로 들어오지 않도록 방어한다. 독약을 먹었을 때 일단 뇌는 뇌 속으로 들어오지 않도록 명령하고 방어하게 된다. 그런데 뇌가 환영하는 물질이 몇 가지 있는데 대표적인 것이 알콜과 카페인이라고 한다.

카페인은 대개 하루에 90밀리그램 이상이 되면 해롭다고 하는데 우리가 상식적으로 아는 바와 같이 카페인은 각성작용을 한다. 머리가 몽롱할 때 커피나 녹차를 마시게 되면 머리가 맑아지는 것은 이러한 각성작용 때문이다.

그러나 머리가 아플 때 카페인을 복용하게 되면 뇌가 쉴 수 없기 때문에 몸이 피곤하게 되고 머릿속에는 수많은 생각들이 떠올라서 잠을 이룰 수가 없고 피곤하다. 그래서 감기가 들어 머리가 아플 때 졸리는 약을 처방하는 것으로 알고 있다.

기왕에 커피와 녹차 이야기가 나왔으니 한 마디 하고자 한다. 커피와 녹차는 모두 카페인이 들어 있다. 학자들의 조사에 의하면 커피보다는 녹차에 더 카페인이 많다고 한다. 커피는 열매이고 녹차는 잎이다. 커피는 흥분작용이 있고, 녹차에는 진정작용이 있다.

커피에는 비타민 C가 없으나 녹차에는 비타민 C가 있어서 진정작용을 하므로 수험생에게는 커피보다는 녹차가 더 좋다고 한다. 녹차에 떱떠름한 맛이 있는 것은 탄닌이 있기 때문이다.

녹차를 끓일 때는 온도가 70도 전후가 되어야 녹차가 푸른색을 띠게 되는데 온도가 높으면 약간 붉은 색이 나타나게 되고 탄닌이 많이 우러난다. 따라서 손님에게 녹차를 대접할 경우에는 적당한 온도를 맞추는 것이 필요하다. 탄닌은 철분과 결합하여 배설되기 때문에 빈혈이 있는 사람은 녹차를 마시는 것이 나쁜 것이다.

녹차에는 이뇨작용도 있으며 이 탄닌 성분으로 인하여 배가 아픈 증상을 완화시키는 작용도 있는 것으로 나타났으며, 혈압을 정상화시킨다 한다.

차도 한국의 보성에서 생산하는 녹차와 수분이 많고 기온이 높은 중국 절강성 용정차, 일본에서 생산하는 차가 각기 맛이 다르다. 중국의 용정차는 따뜻한 기온과 습기로 인하여 쓴맛이 더하고 잎도 커서 우리나라의 보성 녹차보다는 질이 떨어지지 않나 생각된다.

그러한 의미에서 우리 나라 차는 일본차보다 더 질이 좋은 것 같다. 다만 포장기술에서 우리 나라 기술이 다소 뒤지고 있으므로 이러한 디자인을 개선하는 것이 필요한 것으로 보인다. 또한 차는 따는 시기에 따라서 맛이 다르고 조제하는 방법에 따라서 다르다. 봄에 따는 어린잎차와 햇볕이 쨍쨍 내리쬐는 여름철에 따는 잎은 맛이 다를 수밖에 없다.

봄에는 부드러운 느낌이 있을 것이며, 여름에는 아무래도 쓴맛이 강할 수밖에 없다. 또 조제하는 방법에 따라서 녹차, 홍차, 우롱차 등 여러 가지가 있을 것이며, 그 향기와 맛이 다르다.

우리가 술을 마시면 우리의 뇌는 이를 환영한다. 뇌를 방어하고 있는 문지기가 막지 않고 그대로 통과시키기 때문에 술을 마시면 먼저 뇌가 취하게 된다. 그래서 술을 오래 마시면 중독증상이 일어나게 되고 습관처럼 술을 마시게 된다.

술에 관하여 연구한 많은 사람들은 적당한 양의 술은 건강에 도움이 된다. 적당량의 포도주는 심장병을 예방한다고 한다. 심장병을 예방한다는 이야기는 결국 혈액 순환을 원만하게 한다는 이야기와도 상통한다. 왜냐하면 심장에서 펌프질을 하면서 우리 몸에 피를 공급해 주기 때문이다. 심장은 하루도 쉬지 않고, 아니 1초도 쉬지않고 사람이 살아있는 동안 펌프질을 하며 피를 우리 몸 속에 공급해 주고 있다.

나이가 들면 혈관벽에 노폐물이 끼어서 혈관이 좁아지게 되므로 심장이 무리한 운동을 하게 된다. 예컨데, 우리의 혈관은 마치 수도관과 같다. 수도관이 오래 되면 각종 찌꺼기가 끼게 되고 녹이 슬게 된다. 수도관은 결국 그러한 찌꺼기 때문에 물을 원만하게 공급할 수 없게 된다. 마찬가지로 우리의 몸도 술과 담배, 각종 기름기를 많이 먹게 되면 콜레스테롤이 증가하게 되고, 결국 혈관이 좁아지게 되며, 좁은 혈관에 피를 공급하기 위하여 심장이 무리한 일을 하게 되고 혈압이 상승하게 되는 것이다.

그 원인 중의 하나가 비만인 것 같다. 내 자신도 과체중이어서 유심히 살펴보면 평상시 체중에서 2킬로그램 이상이 늘어나면 확실히 증상이 나타나며 하강기 혈압이 올라가는 것을 경험하였다.

이와 같은 원인들 중에 하나가 술을 마시는 습관에서 비롯된 것이 많다. 술을 마실 때 안주를 먹기 때문이다. 체중이 많이 나감에 따라 술에 대한 열량 측정을 하게 될 때도 있다.

소주 한 병은 밥 두 그릇에 해당하는 열량이 발생한다고 한다. 또 맥주 한 병은 밥 한 그릇과 같은 열량을 낸다. 맥주 세 병을 마신 사람은 결국 밥 세 그릇을 비운 것이나 마찬가지다.

술은 인류문명과 밀접한 관련을 갖으며, 우리 생활 속에 파고 들었다. 수많은 영웅 호걸들이 술을 벗삼으며 살았다. 술을 마시면 사람이 용기를 낸다. 평상시 말이 없이 내성적인 사람도 술 몇 잔이 들어가면 대범해지고 말이 많아진다. 허풍도 많아진다. 여자 있는 곳에는 반드시 술이 있게 마련이다.

말술을 먹었던 장비로부터 술을 마셔야 시상이 떠올랐던 이태백이에 이르기까지 술에 얽힌 사연은 가지가지다. 술의 종류도 많아서 우리 나라 서민들이 즐겨 마시고 있는 막걸리에서부터 부유층이 마시는 발렌타인 30년산, 수백만원을 훗가하는 고급 양주에 이르기까지 다양하다.

각 나라마다 고유한 브랜드가 있다. 한국인이 가장 즐겨 마시는 술은 '진로소주'일 것이다. 중국 북경인을 중심으로 마시고 있는 '이과두주'를 비롯하여 중국 자체 고급술로는 '마오타이주'나 '주귀주' 등이 유명하다.

술을 마실 때는 즐겁게 취하고 술이 깰 때는 머리가 아프지 않고 속이 아프지 않는 술을 술꾼들은 희망하고 있으나 그런 술은 아직 이 세상에 없는 것 같다. 술을 마신 뒤에는 절대 술을 마시지 않겠다고 다짐하던 것이 어디 한두 번인가?

아무튼 건강한 생활을 하기 위해서는 적당한 술을 마시는 것이 바람직한 일이라고 생각한다. 항상 건강하고 즐거운 생활을 하는 것이 필요하다. 연말연시를 맞이하여 하루 빨리 취하되 아침에 일어날 때는 머리가 아프지 않는 좋은 술이 하루속히 발명되기를 기대하면서 모든이의 건강이 차고 넘치시길 기원한다.

스트레스 해소와 건강

　길거리에 지나다 보면 어디선가 "때려주세요, 때려 주세요!"하는 말이 들린다. 뒤돌아보면 상점 앞에 오목하게 생긴 구멍 안에 꼭 사람의 대머리 같은 장난감 앞에서 들리는 소리다.

　대개 5~6개의 대머리가 보이고 옆에는 방망이가 놓여 있다. 지나가는 아이들과 청년들은 동전을 넣고 방망이로 장난감의 머리를 때리면 "왜 때려! 왜 때려!"하면서 항의를 한다. 머리가 밖으로 나오는 놈을 향해서 계속하여 방망이질을 한다. 이렇게 하여 스트레스를 풀며 시간이 되면 또 동전을 넣으라고 한다. 이 장난감이 스트레스 해소에 퍽 유용한 것 같다. 아마 이 기구를 처음 만든 사람은 퍽 많은 돈을 벌었을 것이다.

　직장 생활에서 스트레스가 쌓일 때가 많다. 어떤 사람은 가끔 신문이나 인터넷에 공무원을 반으로 줄이고 그 대신 월급을 더 주어야 한다는 이야기를 한다.

일을 추진하다보면 짜증날 때가 많다. 스트레스를 받으면 우리 몸에 나쁜 영향을 끼치게 되며, 제일 먼저 뇌에 충격을 주고 그 충격은 우리 몸의 구석 구석에 영향을 미쳐 자율신경 실조증이 되고 몸의 취약한 부분부터 아프기 시작한다.

화를 내지 않겠다고 다짐하지만 인간이기 때문에 때로는 화를 내지 않을 수 없는 경우도 가끔 있다. 제7일 안식일 교회 교인 이상구 박사가 소위 NEWSTART 운동을 제창하여 유행한 적이 있다.

사람이 건강하게 살기 위해서는 영양이 풍부한 음식, 운동, 깨끗한 물, 햇볕, 레크리에이션 등이 필요하다는 이론이다. 사람이 많이 웃고 즐겁게 살면 엔돌핀이 생성되는데, 이 엔돌핀은 마약보다 100배 이상의 진통 효과가 있다고 한다. 가능하면 억지로라도 웃기 위해 코미디 프로를 보는 것도 좋다.

쥐와 토끼는 우리 인간의 건강증진을 위해 제일 먼저 실험용으로 사용한다. 쥐를 가지고 실험하거나 토끼를 가지고 실험한 후 개나 원숭이 실험을 거쳐 사람에게 인체 실험을 실시하여 부작용의 여부를 관찰한다.

미국 식품의약국을 신뢰하고 식품의약국이 인정한 식품 등은 안전하다고 믿는 것은 수십회, 수백회의 실험을 거쳐 인체에 아무 문제가 없고 해롭지 않다는 결론에 이르렀을 때 시판할 수 있기 때문이 아닌가 생각된다.

한 연구기관에서 쥐를 가지고 스트레스에 관한 실험을 하였다. 좌우 방 2개에 건강한 쥐 각각 한 마리씩 넣고 한쪽 방에는 전기충격을 주었다. 처음 전기충격을 받은 쥐는 이리 뛰고 저리 뛰면서 찍찍거리고 야단법석이었다.

전기충격을 받지 않은 옆방 쥐도 놀라기는 마찬가지였으나 직접적으로 전기충격을 받지 않았기 때문에 충격을 받은 쥐에 비하여 스트레스를 적게 받았다. 그러나 시간이 흐를수록 계속적인 전기충격을 받은 쥐보다는 오히려 전기충격을 받지 않은 쥐가 더 놀라는 것을 발견하였으며, 급기야는 전기충격을 주지 않은 쥐가 먼저 사망하게 되는 것을 발견하였다.

이 사실로 미루어 보았을 때 간접적인 스트레스가 신체에 상당한 영향을 주는 것 같다. 전기충격을 받은 쥐는 시간이 흐를수록 스트레스에 대한 면역이 생겨 이를 효과적으로 대처하지 않았나 생각된다. 사람도 나이가 들었을 때 이 스트레스에 매우 주의하여야 한다.

연구 결과에 의하면 배우자의 사망, 자녀, 부모, 친지의 사망, 이혼, 자녀의 결혼, 이사 등이 스트레스를 받는다는 것이다. 이해할 수 없는 것은 자녀의 결혼이나 새집을 장만하여 이사를 가는 좋은 일에도 스트레스를 받는다는 것이다. 그래서 이사를 갔을 때 특히 주부의 스트레스가 큰 것 같다.

특히 자녀가 사망했을 경우에는 연로하신 노인에게 이 사실을 숨기는 것도 다 이러한 이유 때문이다. 내가 알고 있는 사람으로서 어느 집 50대 중반의 남자가 사망했는데 그 집안의 사촌형님이 사망소식을 듣고 충격으로 쓰러져서 실어증에 걸린 것을 보았다. 이와 같이 스트레스는 건강에 치명상을 입히게 된다.

스트레스의 해독을 알게 된 일본의 유명 기업에서는 직원들에게 스트레스 해소 방안을 강구했는데 회사의 옆 모퉁이에 회사의 사장 등 중역 등의 이름이 새겨진 인형을 세워두고 방망이로 내리치도록 했다는 것이다. 이를 시행하자 퍽 인기가 높았다고 한다.

나도 그 기사를 읽으면서 우리들의 직장에 "그런 인형을 세우고 이름을 새긴후 방망이로 내리친다면 누가 가장 많이 맞았을까?"하고 혼자 웃은 적이 있다. 기발한 아이디어인 것 같다. 물론 이 제도는 그 회사 직원들로부터 좋은 반응을 얻었다고 한다.

스트레스를 푸는 방법은 여러 가지인 것으로 보인다. 일본에서는 퇴근 후 맥주 한 잔을 한다는 대답이 가장 많았다고 한다. 이밖에도 운동, 등산, 요가, 선체조, 노래방 가기 등이 있다. 오래 사는 사람중에 종교인이나 예술가들이 많다는 것은 모두 이스트레스와 연관이 있지 않나 생각된다.

사람을 만났을 때 기분 좋은 사람이 있다. 화가 날 때도 그 사람을 만나면 유쾌한 마음으로 되돌아온다. 화가 풀리고 표정이 밝아진다. 마음이 바다와 같이 넓은 사람도 있는가하면 또 어떤 사람은 보기만 해도 짜증이 나고 스트레스를 받는 사람도 있다.

우리 자신은 다른 사람에게 스스로 스트레스를 주고 있지 않은지 살펴보는 것도 필요하다. 그래서 누구에게나 호감이 가는 사람이 되도록 노력하는 것이 중요하다. 이렇게 되었을 때 직장과 사회는 건강하고 명랑하게 되며, 이런 마음가짐을 갖고 있을 때 도민들로부터 환영을 받을 것이다. 밝고 명랑한 직장 만들기에 다 같이 힘써야 하지 않을까 생각한다.

가는 자는 멀어지고

　인간이란 크고 작은 많은 인연 속에서 살고 있다. 인간의 인연은 부모로부터 시작된다. 우리는 어머니의 젖을 먹으면서 자라고 걸음마를 배웠으며 말을 배우게 된다. 물론 여러 가지 사정으로 어머니의 젖을 먹이지 않고 우유로 대신하는 경우도 있다.

　어린이들이 우유를 먹고 자람에 따라 사람의 심성보다는 소의 심성을 닮아갈까 무척 걱정스럽게 생각하고 있다. 그러나 최근에는 모유를 먹이자는 운동이 활발하게 전개되고 있어 매우 바람직한 현상으로 보고 있다. 그리고 유치원에서는 부모님과 다른 선생님과의 인연을 맺은 후 초등학교, 중학교, 고등학교, 대학으로 이어진다.

　학교에서는 학교 동창이 생기고 사회에 나온 뒤로는 직장이라는 사회에서 위로는 상사, 수평적으로는 동료, 그리고 부하라는 조직 속에서 크고 작은 인연을 맺으며 살아가고 있다. 이렇게 만남을 통하여 맺어진 인연도 어느 정도 세월이 가면 또 잊혀지게 된다. 이별은 만남을 전제로 하고 있다. 만남이 없으면 이별은 무의미하기 때문이다.

우리들은 언젠가 이별하게 된다. 세상의 모든 만물이 억겁의 세월 속에 태어나고 죽는 것처럼 우리들 인생도 마찬가지다. 사람은 살아가면서 나름대로의 가치관을 가지고 살아가고 있다. 아무리 노력해도 때로는 자기가 바라고 희망한 대로 되지 않는 경우도 있다.

우리가 절망에 빠져 허덕이고 있을 때 원인이 무엇인지에 대해 고찰하고 또 세상을 어떤 방법으로 살아가야 할 것인지에 대한 많은 생각을 하게 된다.

우리는 우리가 해 왔던 사고방식과 생활 철학, 직장에서의 태도, 일하는 방법, 세상을 살아가는 처세 등에 대해서도 많은 고민을 하고 있다. 또한 다른 사람과 경쟁을 통해서 살아가야 하는 길목에 서서 어떤 사고방식으로 살아가는 것이 적절한 것인지에 대한 자기반성의 기회를 갖게 되며 여러 가지 상념에 빠질 때가 많다. 우리는 직업을 통해서 많은 사람과 인연을 맺어 왔으며, 또 만남과 이별이라는 숙명을 갖고 살고 있다.

일반적으로 직장에서 인사철이 되면 동료들이 승진을 하고, 전보 발령을 통해서 영전하기도 하는데 경우에 따라서는 자기가 희망하지 않은 부서로 자리를 옮길 경우도 있다. 인사에 관한 불만은 어느 직장이나 모두 있을 것이다.

직장 동료 중에서 남보다 언제나 빠르게 승진하는 사람도 있는데 일을 잘한다기보다는 처세술이 남보다 월등하게 뛰어난 사람이 많은 것으로 보인다.

한국 사람은 일반적으로 정에 약해서 인사권자에게 여러 차례 찾아다니거나 부탁을 하게 되면 자연히 관심을 갖게 될 수밖에 없다. 욕심을 부리지 않고 초연하게 살아가는 것이 도움이 될 수 있지만 사람은 신이 아니어서 자신이 승진이나 불만스런 자리로 전보발령을 받게 되면 불만을 갖게 된다. 그러나 좀더 넓게 생각하면 출세라는 것이 인생의 중요한 잣대가 되는 것 같지는 않다.

비록 내 자신의 속이 상하게 아플지라도 동료가 승진하면 박수쳐 주고 후배가 자기를 추월해 나가도 박수를 쳐주는 그런 아량이 있으면 좋을 것이다. 그러나 자신이 후배에게 추월 당한 직장인은 어쩐지 인생에 있어서 소외되었다는 마음 때문에 잠을 이루지 못하는 때가 참으로 많다. 당장이라도 그만 두고 싶은 마음이 간절하지만 직장을 그만 두었을 때 가족의 생계에 대한 걱정 때문에 그것도 여의치 않다.

조직사회는 선후배에 대한 일정한 룰이 적용되는 곳이기 때문에 남을 짓밟거나 과속하게 되면 많은 적이 생기게 되는 것은 어쩔 수 없는 것 같다.

한 직장에서 20년이나 30년을 근무하게 되면 많게는 세 번 정도를 같이 근무하게 된다. 다람쥐 쳇바퀴 돌 듯 이리 돌고 저리 도는 것이다. 아무리 큰 직장이라고 해도 결국 만났다 헤어지고 다시 만나는 것이 조직이다.

인생도 이와 마찬가지다. 우리는 이러한 인연을 통해서 종으로 횡으로 맺어지며 살아간다. 이렇게 살아가는 동안 우리는 때때로 인생의 덧없음을 깊이 느끼게 된다. 까닭 없이 우울하고 서글퍼지기도 한다. 아무런 원망도 없는데 까닭 모를 짓누름에 답답한 마음이다. 그 슬픔 뒤에는 내 자신의 못났음에 대한 아픈 마음이 도사려 있다. 그래서 때로는 번민하고 괴로워한다.

철밥통이라고 불리우는 공직사회도 인사철이 되면 사돈의 팔촌까지 동원해 인사청탁을 하는 사례가 빈번하며, 이러한 현상을 바라보면서 공직사회의 자화상을 보는 것 같아 마음 아프다. 인사권자가 말하길 '인사 청탁을 하면 청탁자의 명단을 공개하고 불이익이 되돌아가도록 하겠다.' 는 이야기를 자주 하지만 실제 실천에 옮기는 것은 쉽지 않은 것으로 보인다.

직장에서 치열한 경쟁이 발생하게 된 근본적인 원인은 구조 조정으로 인한 극심한 인사적체 때문으로 보인다. 특히 공직사회에서는 지방자치단체의 인사적체가 더 극심하다. 공직사회도 구조조정을 통해 많은 인원을 감원시켰기 때문이다. 상위직의 자리를 없애면 승진할 기회가 좁아지기 때문에 경쟁이 치열해질 수밖에 없다.

두 번째 지적하고자 하는 것은 지방자치시대가 도래하면서 자기 사람 심기가 노골화되었다는 점이다. 가능하면 내 선거구에 있는 사람, 선거에 기여한 사람을 챙기게 된다. 그래서 자치단체장의 전횡이 생기게 되는 것이다.

인사권자의 입장에서 보면 자리가 많이 비어 있어서 많은 사람에게 승진을 시켜주면 더없이 좋을 것이지만 자리는 한정되어 있고 그에 따라 불만이 쏟아지게 마련일 것이다.

우리도 인사의 승진 소요기간을 살펴보면 예외적인 일이기는 하지만 10년이 넘어도 7급에서 6급으로 승진하지 못한 직원도 있다. 6급에서 5급으로 승진하는 경우도 9년 이상 걸린다. 5급에서 4급의 경우 10년 이상이 소요된다. 이런 추세라면 9급으로 공직에 입문한 사람이 사무관으로 승진할 수 있는 기간이 아무리 빠르다 해도 27년 이상 소요될 것이다. 시군은 이보다 더 어려운 여건이다.

시군은 더욱 더 인사적체가 심하기 때문이다. 이래저래 목마르게 승진을 기대하는 사람에게는 우울한 이야기일 수밖에 없다. 제발 승진의 숨통이 탁 트이는 시기가 하루 빨리 다가와야 한다.

최근 정부에서는 사무관 승진시험 제도를 심사방법과 공개경쟁을 통해서 선발하기로 했다. 다행스러운 일이다. 물론 일장일단(一長一短)이 있어서 과거의 시험제도를 폐지했던 것은 우리가 다 아는 사실이다.

그러나 과거의 승진시험이 선 보직 후 보직시험이어서 혼자 가서 60점 이상만 득점하면 합격되는 것임에 반하여 이번 도입한 경쟁시험은 실질적인 경쟁이 될 것으로 보아 실력 있는 사람이 선발될 것으로 보인다. 시험 응시가 가능한 사람은 일단 승진시험을 볼 수 있는 배수 안에 들어간 사람이 추천 대상이 될 것임은 틀림없다. 아직도 싸늘한 날씨가 지속되는데 겨울인가 싶더니 벌써 봄이 오는 소리가 들려오고 있다.

멀리 섬 지방에 동백꽃이 꽃망울을 터뜨리고 따뜻한 남쪽지방에는 매화도 꽃피울 준비가 한창이다. 따뜻한 봄이 지나면 머지않아 뙤약볕이 내리쬐는 여름 염천(炎天)이 오겠지. 다음에는 또 가을이 오고, 그리고 낙엽이 벤취에 나뒹굴고 하얀 눈이 세상을 뒤덮고 말겠지. 세상에 아무 것도 없었던 것처럼 온 세상이 하얗게 물들여져서 깨끗한 대지를 만들고 말 것이다.

우리 인생도 이와 마찬가지다. 엄마의 젖을 물고 자라던 어린 시절부터 소년기를 거쳐 청장년에 이르기까지 변화와 변화를 거듭하면서 살아간다. '성공한 인생을 살았다.'고 자평하는 사람도 '실패한 인생을 살았다.'고 넋두리하는 사람도 나중에는 큰 바다에서 다시 만나는 것이다. 우리가 좁은 공간에서 서로 경쟁하면서 살아가지만 좀 더 깊이 생각하면 모두가 헛된 생각일 수도 있다.

"마음을 비우면 세상이 보인다."는 달라이라마의 말이 생각난다. 만남과 헤어짐 그것은 우리들의 숙명이다. 이별 뒤에는 새로운 만남이 이어지고 새로운 세상이 또 열리게 된다. 이별 뒤에는 숨겨진 슬픔이 있다. 그러나 세상을 탓하거나 슬픈 노래를 부르지 말자. 또 기회를 만들어 운명 앞에 당당히 서는 세상을 만들어보자. 응어리진 마음이 있다면 깨끗이 씻어내야 한다. 어차피 인생은 새옹지마(塞翁之馬)가 아닌가. 자기가 처해진 환경을 탓할 필요도 없다.

지금 우울하고 슬프다하여 운명을 탓하지 말고, 지금 기쁘다고 우쭐대서도 안 된다. 슬픔과 기쁨은 세월 따라 잊혀져 간다. 우리들의 마음속에 다가오는 시 한 수가 있어 소개드리고자 한다.

중국 육조시대에 소명태자의 문선에 수록된 작자 미상의 시 한 수가 어쩐지 심금(心琴)을 울린다. 성문 밖 묘지를 바라보면서 읊은 시로서 인생의 무상함과 헤어진 사람에 대한 그리움 등을 표현하고 있다. 또 멀리 헤어져 있는 사람은 자연히 잊게 마련이요. 자주 만나는 사람은 더욱 친숙해지기 쉽다는 것을 말하고 있다.

산천을 둘러보니 고분이 여기저기 흩어져 있는데 세월이 가면 그 고분도 파헤쳐져 밭으로 변하고 뒷동산에 소나무도 자라면 베어져 장작으로 만들어져 땔감으로 쓰여지는 것이 아닌가.

허무한 것은 인생이다. 옛 고향으로 돌아가고 싶지만 그 고향은 벌써 기억 속에 사라진 옛 고향이요, 반겨줄 이도 없는 고향이다. 굳이 찾아보면 찾아볼 수 있겠지만 그럴 필요도 없을 것이다. 그것이 인생이다.

한때의 대들보도 세월이 가면 보잘 것 없이 썩게 마련이다. 주어진 운명에 순응하면서 살아가는 것도 매우 중요한 것이 아닌가 생각한다. 이것이 자연 순환의 논법이다.

아래 글을 쓴 사람의 마음이 어디에 있는지 또 무엇을 노래하고 있는지를 살펴보자. 그의 심경은 어디에 비견할 수 없는 착잡한 심경이다. 마지막으로 아래 시를 감상하시면서 글을 맺고자 한다.

去者日以疎(거자일이소)　　헤어져 가는 사람은 하루하루 멀어지고
來者日以親(내자일이친)　　와서 접하는 사람은 날로 친숙해지네.
出郭門直視(출곽문직시)　　성문을 나와 교외로 눈을 돌리면
但見丘與墳(단견구여분)　　오직 보이는 건 언덕과 무덤.
古墓黎爲田(고묘려위전)　　옛 무덤은 갈아엎어 밭이 되고
松柏摧爲薪(송백최위신)　　송백은 베어져 땔감이 되네
白楊多悲風(백양다비풍)　　백양에 부는 구슬픈 바람소리
蕭蕭愁殺人(소소수쇄인)　　몸에 스며들어 마음에 사무치네
思還故里閭(사환고리여)　　옛 고향에 돌아가고 싶으나
欲歸道無人(욕귀도무인)　　돌아갈 수 없는 내 신세 어이할까.

존경 받는 상사

우리들이 리더쉽을 이야기할 때 "양이 이끄는 백 마리의 사자 떼보다 사자 한 마리가 이끄는 백 마리의 양떼가 강하다."는 격언을 예로 드는 일이 많다. 조직이 성공하기 위해서는 강한 리더쉽과 올바른 판단력, 그리고 상황에 따라서 신속하고 단호한 결단력이 있어야 한다.

어느 조직이건 강한 리더쉽은 필요하고 그 리더쉽에 따라 조직의 성패가 달려있다고 해도 과언이 아니다. 그러나 조직이 강하다는 의미는 리더만이 잘하는 것을 의미하는 것은 아니다.

상사는 부하의 주장을 듣고 그 주장이 타당하다고 판단되면 이를 수용하는 자세가 무엇보다 더 중요하다. 직장생활에 있어서 능력이 있고 본받을만한 상사를 만나는 것도 매우 큰복이다.

어떤 조직이 강해지기 위해서는 강한 리더쉽뿐만 아니라 조직이 처한 상황에 따라 능동적으로 적절히 대응하여야 하며, 그러한 이유 때문에 조직과 조직의 행동을 연구하고 있는 많은 학자들은 여러 가지 측면에서 조직을 연구하고 어떻게 하면 가장 바람직한 방향으로 조직을 발전시킬 것인가에 대하여 연구하였다.

우리가 일반 상식처럼 알고 있는 대표적인 리더쉽 유형으로는 권위형 지도자, 민주형지도자, 자유방임형지도유형을 설명하고 있다. 상황에 따라 대처해야 한다는 상황론 등이 있다.

조직이 성공하기 위해서는 조직의 리더도 중요하지만 상하 조직간에 신뢰가 있어야 하고 조직원의 의사도 충분히 반영되어야 한다. 일방 통행이 아니어야 한다. 조직원의 의사가 충분히 발휘되기 위해서는 리더가 너무 권위적이어서는 안된다.

왜냐하면 지도자가 너무 권위적인 경우에는 조직원들이 상사에게 직언하기를 극히 꺼리기 때문이다. 리더는 방향을 올바로 제시해야 하고 그 리더쉽이 조직원이 공감해야 한다.

리더는 부하의 능력에 따라서 권위적인 지도자가 되기도 하고 민주형 지도자가 되어야 한다. 부하의 능력이 뛰어나고 솔선 헌신하는 경우에는 권위적인 리더쉽은 별 효과가 없다. 이런 경우에는 어느 정도 부하에게 재량권을 부여하는 민주형 리더가 훨씬 더 효과적이다.

그러나 부하가 게으르고 무능하고 우유부단하다고 판단될 경우에는 그 집단의 리더는 권위적이어야만 효과를 발휘할 수 있다.

조직사회에서는 상하간의 수직적 조직의 위계질서는 물론 동료간에도 서로 상부상조하고 협조와 조화를 이루는 수평적 인간관계를 형성하는 것이 바람직하다.

최근 어떤 직장에서 설문조사를 했더니 부하직원들이 선호하는 순위가 명계형, 명부형, 멍계형, 멍부형 지도자가 있다는 것이다. 전에 외무

부 장관을 지낸 바 있고 국회의원을 하고 있는 한승수 씨도 「주간 동아」에 청와대에 관한 글을 기고하면서 "명계형 지도자가 좋은 것 같다."는 이야기를 하였다.

명계형(똑게형) 지도자, 명부형(똑부형) 지도자, 멍게형 지도자, 멍부형 지도자란 유행어는 과연 무엇을 말하는 것일까? 알 듯 모를 듯한 이 유행어는 지도자의 유형에 따라 분류하여 설명하고 있는데, 매우 흥미있는 내용이어서 이 말이 의미하는 바에 대해 다 함께 논의하고 이를 소개하고자 한다.

첫째는 명계형 상관이 있다. 명계형이란 머리는 명석하나 게으른 상관이다. 부하 직원들이 가장 선호하는 스타일이다. '방향 설정을 제대로 해주지만 일을 독촉하지 않는 스타일'이다. 이런 리더는 방향 설정은 제대로 해주기 때문에 모시기가 쉽다.

상사가 무슨 일을 할 것인지에 대해 명확히 지시를 하고 부하는 그 지시에 따라 일을 하기 때문에 일하기가 편하다. 또한 지시한 일에 대하여 독촉하지 않기 때문에 부하들이 선호한다.

리더는 때로 알면서도 모르는 체하는 게 좋다. 사사건건 따지는 것은 옳은 태도가 아니다. 마치 하루에도 수십 번씩 손을 씻는 사람이 건강한 사람이 아니듯이 지도자가 마치 세균 검사원이나 되는 것처럼 실무자보다 더 세밀하게 업무를 따지는 것은 좋지 않다고 생각한다.

그러나 실무자의 입장에서는 상사의 의도에 대하여 물셀 틈 없이 준비하는 것이 바람직한 것으로 보인다. 그러한 의미에서 "명석하면서도 다소 게으른 듯한 상사가 좋다."는 상사가 포용력도 있고 방향 설정도 제대로 해주기 때문에 좋다는 의견이 다수를 차지했던 것이 아닌가 생각된다.

다시 말하면 일반적으로 인간성이 좋은 편이다. 상사로부터 웬만큼 터지고서도 절대 아랫사람의 책임으로 돌리지 않고 조용히 불러 타이르는 스타일이다. 따라서 직원들의 입장에서 멍게형 지도자를 모시기 쉬운 스타일로 보고 이를 선호하며 이런 상사와 같이 일을 하고 싶어하는 것으로 보인다.

둘째는 명부형 상관으로서 머리도 명석하고 부지런한 상관이다. 엄밀히 따지자면 이런 스타일의 상관이 바람직하다고 볼 수 있다. 그러나 직장내에서는 멍게형 상관보다 인기가 덜하다. 방향 설정을 제대로 해주고 본인도 부지런하지만 부하에게 밀어붙이는 형이기 때문이다. 일을 시킨 후 바로 챙기는 스타일이다.

그러나 방향 설정만은 올바르고 제대로 해주기 때문에 부하가 어떤 일을 어느 방향으로 할 것인지를 알게 되어 일하기는 쉽다. 지시가 명확하고 부하는 그 지시한 내용에 따라 일하면 된다. 일반적으로 명석한 지도자는 한번 지시한 일에 대해서 번복하는 것은 드물다. 이런 상사는 인간적인 면을 전혀 고려하지 못하는 것으로 평가된다.

사람의 능력이라는 것, 다시 말하면 명석한 것과 다소 명석하지 않은 것은 크게 차이가 없다. 그래서 선호도에서 두 번째의 선호도를 기록한 것 같다.

이런 스타일의 지도자는 부하에게 지시한 일의 양과 일의 난이도에 따라 독촉해야 된다. 시간이 얼마나 걸릴지에 대해 고려해야 하고 그 부하가 그 일을 하는데 얼마만큼의 능력이 있는지도 고려해야 한다. 그렇지 않으면 일이 당초에 의도한 대로 되지 못하기 때문이다. 또한 지시 받은 부하가 우유부단형이거나 능력이 다소 떨어진다고 판단되면 중간 중간에 그 진행도를 파악하여 독촉하는 것이 필요할 것이다.

그러나 그 부하가 부지런한 사람이고 책임감이 강하다면 몰아붙일 필요가 없으므로 적당히 시간적 여유를 주어야 한다. 몰아붙이지 않아도 스스로 잘 해결할 것이기 때문이다.

세 번째는 멍게형이다. 이는 멍청하면서 게으른 상관이다. 머리는 별로 좋지 않으며, 업무를 챙기는 데에도 게으르다. 이런 지도자는 방향 설정을 제대로 해주지 않지만 부하에게 시간을 주고 일을 시키기만 하고 챙기는 것은 게으르기 때문에 최악의 경우는 아니다. 이런 상사 밑에서는 부하가 창의력을 키울 수는 있겠으나 일을 올바로 배울 기회는 적을 것이다. 그래서 부하는 상사를 신뢰하지 않는다.

이런 상사는 똑똑한 부하를 두면 성공할 수 있다. 그러나 올바른 방향 제시를 해주지 않기 때문에 일을 처리하는데 늦을 뿐만 아니라 부하까지 멍청하게 되면 그 조직은 성공할 수 없다.

똑똑한 부하를 두지 않을 경우 중간 관리층일 경우 상사로부터 터질 가능성이 매우 높다고 할 수 있다. 이런 상사는 대개 성격도 원만하리라고 생각한다. 성격이 모나지 않기 때문에 상사로서 모시기는 편하다. 그러나 사람 좋은 것과 일처리는 다르기 때문에 주의를 요한다.

자기 자신도 일을 모르기 때문에 일을 독촉하지 않을 수 있다. 아무튼 사람 좋다는 이야기는 들을 수 있을 것이다. 이러한 상사를 모실 경우에는 부하가 상사에 대한 강한 애정을 갖고 있어야만 원만한 조직 운영이 될 수 있을 것이다.

최악의 지도자로 꼽히는 형이 멍부형이다. 머리가 멍청하면서 챙기는 데에도 부지런한 형이다. 지도자로서 자질도 없으면서 의욕만 넘치고 부지런한 지도자이다. 방향 설정도 제대로 해주지 않는다. 그러면서 부하들만 들볶는 스타일이다. 방향 설정이 안 되기 때문에 직원들의 불만이 크다. 거기다 일을 제대로 처리하지도 못하면서 자꾸 일을 만들어낸다.

자기 자신은 일을 처리하지도 못하면서 일만 재촉한다. 최악의 지도자이다. 이런 상사를 만나면 괜히 짜증만 나고 일의 능률도 오르지 않는다. 방향 설정도 제대로 못해 주기 때문에 일이 계속 지연된다.

지도자 자신도 무슨 일을 해야 할지를 모르면서 의욕만 앞서기 때문에 부하들의 입장에서는 죽을 맛이다. 의욕만 앞섰지 자기 자신도 일에 대한 확신이 없기 때문에 보고서를 두 번, 세 번씩 여러 차례 고치게 되는 것이다. 이를 수정하고 있는 부하 입장에서는 정말 죽을 지경이다.

제일 싫어하는 스타일의 지도자이다. 이런 스타일의 지도자가 중간 관리층일 경우 대개 상사로부터 질책을 받고 사무실에 돌아와서 하급 직원들에게 화풀이를 하는 경우가 많기 때문에 싫어한다. 성질을 다소 완화하면서 생활하는 것이 바람직스러운 일이라고 생각하며, 직원들을 닦달만 할 것이 아니라 스스로 자기 업무에 대한 꾸준한 연찬이 필요하다고 판단된다.

부하를 거느리고 있는 상사는 항상 자신이 어느 스타일인지를 살펴야 한다. 일을 시킬 때는 부하에게 일을 할 수 있는 충분한 시간을 주어야 한다. 그러나 시간을 다투는 사안에 대해서는 부하들도 신속히 대처할 수 있도록 노력해야 할 것이다.

일을 시키는 사람은 항상 자기가 다른 사람의 부하였을 때를 생각하면서 직원에게 적절한 일과 직급과 능력에 따라 일을 배분하는 마음가짐을 갖는 것이 매우 중요하다.

처세 잘하는 부하가 일도 잘한다

　최근 지방정부에서 너무나 일이 많아 짜증나는 일이 많은 것 같다. 구조조정으로 많은 인력이 감축되고 일은 상대적으로 많아져서 너도 나도 시간에 쫓기기 때문에 자신과 가족을 돌볼 수 있는 시간이 없는 것 같다. 경우에 따라서 담당사무관 밑에 직원 1명을 두고 일하는 부서도 있어서 만일 그 직원이 몸이라도 아프면 정말 난감하게 된다.

　최근 들어, 연말 예산편성, 추가경정예산, 국정감사, 도의회감사, 감사원 감사, 행정자치부 감사 등 수없이 많은 일에 시달리며, 밤 10시가 넘어도 대낮같이 불이 켜져 있는 현상을 볼 수 있다. 이러한 현상은 시군도 마찬가지일 것이다.

　1997년 미국을 방문했을 때 뉴욕의 세계무역센터 각층 사무실마다 대낮처럼 밝게 불이 켜져 있는 것을 볼 수가 있었다. 정말 부지런히 일하는 것 같았다.

어떤 사람들은 그 장면을 바라보면서 미국이 전기가 남아돌기 때문이라는 사람도 있었다. 그 당시 우리 나라는 200볼트였으나 미국은 100볼트의 전압을 사용하고 있었다. 아무튼 미국의 경제를 상징하고 있던 건물이었던 만큼 가장 유능한 사람들이 그 사무실에서 근무하고 있었을 것이다.

세계무역센터 주변에는 월스트리트가 있고 거리에는 바삐 움직이는 모습 속에서 세계의 중심부에 서 있는 자신을 발견할 수 있었다. 미국 경제의 심장부요, 미국 경제의 상징인 무역센터 옥상에서 뉴욕 시내를 바라보면서 느꼈던 감정은 미국이라는 나라가 대단한 나라이라는 점이었다.

뉴욕의 거리에는 왜 그렇게도 흑인이 많았는지 모른다. 그리고 가는 곳마다 거지가 눈에 띄게 많았는데 우리 나라보다 훨씬 많다는 점에 대해 놀라울 따름이었다.

지하철은 주로 흑인들이 이용하고 있었다. 일반적으로 뉴욕에는 시내버스가 거의 없었는데 버스의 토큰과 지하철의 토큰은 동시에 사용할 수 있도록 하였으며, 몇 년이 지난 후에 부산시에서도 이런 제도를 채택하겠다는 신문보도를 보았다. 이러한 추억이 얽혀 있는 무역센터가 9. 11 테러에 의해 사라졌을 때 큰 충격을 받은 것은 비단 내 자신만이 아닐 것이다.

아무튼 엉뚱한 방향의 이야기를 하였다. "미국이 바쁘게 살더라."는 점이다. 상사가 부하를 좋아하는 유형은 시대가 변하고 세월이 가도 변하지 않는 것 같다. 부하의 일하는 모습과 성실성을 가장 높이 평가한다는 점이다.

이 글은 어느 특정인을 지칭하는 것이 아니고, 전부터 많은 분들이 이야기하고 있는 것을 정리하고 있을 뿐이다. 또 직원은 "나중에 계장도 되고 과장도 되고 국장도 된다."는 전제하에서 기록하고 있으므로 재미있게 읽어보면 퍽 유익할 것으로 보인다. 상사가 좋아하는 부하의 유형은 대개 다음과 같다.

첫째는 일도 잘하고 처세도 잘하는 유형이 바람직할 것이다. 상사의 입장에서 보면 이런 부하를 만나는 것도 상사의 복이다. 상사의 입장에서 보면 가장 바람직한 부하이다.

상사에 대해서 올바른 예를 갖추면서 상사가 지시하는 일에 솔선수범하고 있는 부하를 가장 좋아할 것이다. 다시 말하면 일도 잘하고 처세도 잘한다면 직장생활에서 금상첨화(錦上添花)인 것 같다.

이러한 사람은 직장생활에서 매우 희소할 것으로 보이나 처세의 정도에 따라 판단해 볼 때 이런 공무원은 많지 않지만 우리 주위에서 가끔 찾아 볼 수 있다. 관리자들의 말에 따르면 "처세 잘하는 사람이 일도 잘하더라."는 말을 우리 주위에서 들을 수가 있다. 바꾸어 말하면 일 잘하는 사람이 처세도 잘한다는 점이다.

둘째는 일은 잘하지만 처세를 못하는 부하가 있다. 부하는 일을 열심히 하면 상사가 알아주리라고 생각하면서 뼈를 깎는 노력을 한다. 이런 부하가 직장에서 우선되어야 함은 물론이다. 그래서 처세를 잘하는 사람보다 처세는 못하지만 일을 잘하는 사람이 우선되어야 함은 당연한 일이다.

어떤 의미에서 볼 때 직장생활에서 처세가 별 필요성이 없을 것처럼 보이지만 현실은 그렇지 않은 것 같다. 상사에 따라서 처세를 잘하는 사람을 우선하는 경향이 있으며 일은 다소 못하지만 처세를 잘하는 부하를 우선시 하는 상사가 더 많은 것 같다.

이런 것을 가장 잘 알 수 있는 것은 승진이나 전보를 할 때 보면 안다.

일을 시킬 때는 일 잘하는 사람을 찾아 고생을 시키고 승진할 때는 처세 잘하는 사람을 우선시한다. 그래서 직장내에 불만 요인이 될 수가 있다. 일을 잘하는 사람 중에 처세를 못하는 사람이 많다.

일만 열심히 하고 처세는 못하기 때문에 손해 볼 때가 많다. 부려먹을 때는 그때뿐, 표창을 받는다든지 근무평정을 할 때, 승진 인사를 할 때는 일은 뒷전이고 여러 가지 사적인 요인에 의해서 결정되기 마련이다. 대개 이런 일이나 인사행정 등에 있어서 가만히 있으면 절대 알아서 처리해 주지 않는다. 직근 상관에게라도 반드시 이야기해야만 한다. 일은 일이고 처세는 처세이다.

일 할 때는 일 잘하는 부하를 찾고, 일이 끝나고 인사를 할 때는 10중 8~9는 처세 잘하는 사람이 우선하는 것 같다. 그래서 처세 잘하는 사람이 일 잘하는 사람보다 궁극적으로는 출세를 빠르게 한다. 처세, 지연, 학연, 혈연 등 우리 사회에서는 이러한 면이 어느 나라보다 강한 것 같다.

지연, 혈연, 학연 등은 망국병의 원천이다. 그래서 우리 나라는 그 지연 때문에 50년 동안 한 지역에서 정권을 잡고 있었다. 경상도, 전라도, 충청도 등으로 갈라지고 찢어졌다. 국가의 지도자나 자치단체장이 누구냐에 따라 분파가 생겼다.

중국과 미국은 우리 남한 면적의 약 96배의 땅덩어리를 가지고 있다. 한국의 서울에서 미국의 케네디 공항까지 13시간이 걸린다. 그런데 미국의 동부에서 서부까지 비행기로 9시간이 걸린다.

실제로 플로리다주 올랜도 공항에서 로스엔젤레스까지 비행기로 이동하는데 6시간이 걸렸다. 물론 한국의 서울에서 미국으로 가는 항공기는 미국내에서 움직이는 비행기보다 훨씬 성능이 우수하고 빠르다는 점을 감안한다고 하더라도 대단히 큰 나라임에 틀림없다.

사람이 사는 곳에서 다소간의 지역색은 인정한다고 하더라도 너무 지역감정에 얽매이다보면 여러 가지로 국가적 손실이 될 수밖에 없다. 경상도가 되었건 전라도가 되었건 간에 유능한 사람이 빛을 보는 세상을 반드시 만들어야 한다. 혈연도 마찬가지다.

특히 요즘 문제되는 것은 학연인 것 같다. 사람이 사는 사회에서 학연을 전혀 무시할 수 없는 것이라 할지라도 지나치게 학연을 강조하는 것은 문제가 될 수 있다.

이러한 지연, 혈연, 학연 때문에 사기가 떨어지고 조직의 근본이 흔들리는 것을 사전에 충분히 염두에 두고 조직을 움직여야 한다고 생각한다. 그리고 이러한 일을 결정함에 있어서 일 잘하고 못하는 것에 대한 올바른 척도가 없기 때문에 결국 처세를 잘하는 사람이 득이 되게 마련이다. 그러나 처세만 강조하는 사회는 많은 부작용을 초래하게 될 것이다.

세 번째는 처세는 잘하지만 일은 못하는 사람도 있다. 여기서 일을 못한다는 말은 평균보다 약간 못 미친다는 의미이다. 그러나 처세를 잘하기 때문에 일은 다소 못한다하더라도 그 잘못이 덮어진다. 상사는 그 사람을 꾸짖고 싶어도 비록 일은 다소 못한다하더라도 이를 덮어주고 감싸준다. 처세를 잘하기 때문이다.

이는 어쩌면 인간사회에서 느끼는 감정일지도 모른다. 오히려 처세 잘하는 사람이 일은 잘하지만 처세를 못하는 사람보다 더 높은 점수를 받을 수도 있다. 인간사회에서 느끼는 사적인 정이 공적인 면보다 더 우선하는 경향이 있기 때문이다.

이렇게 처세를 잘하는 사람을 우선하고 있는 논리를 살펴보면 일을 잘하고 못하고는 정도의 차에 불과하기 때문에 이를 명확히 구분지어 볼 수 없다는 것이다. 물론 어느 정도 타당성이 있는 말이라고 할 수 있다. 그러나 분명 일처리에는 일정한 기준이 있으며, 직원의 능력을 평가할 수 있는 기준이 있다는 것은 조직에서 일하는 사람은 누구나 알 수 있는 일이다. 또 정도의 차이라고 말하지만 같은 조직내에서 일을 하다보면 토요일, 일요일 없이 밤낮으로 고생하는 직원이 분명히 있기 때문에 이러한 직원에 대한 배려는 필요하다고 보며 성실성의 정도에 따라 충분히 가려낼 수 있는 문제라고 생각한다.

그러나 불행스러운 것은 이렇게 일도 제대로 하지 않고 상사에게 술이나 사고 밥만 사는 사람이 먼저 승진할 때 가장 사기가 떨어진다고 한다.

직원들은 열심히 일하면서 누군가가 자기를 알아주는 것을 일하는 즐거움으로 생각하며, 기회가 되면 승진도 하고 또 그러한 일을 통하여 표창도 받는 것을 보람으로 느끼며, 더욱 분발할 수 있기 때문이다. 또 표창도 적당히 처세하는 사람에게 돌아간다고 불만을 토로하는 경우도 발생한다. 그러나 표창은 일을 못하는 사람에게도 가끔 돌아간다고 한다. 일을 잘하라는 격려의 뜻이 그 가운데 있기 때문이다.

부하의 경우에 최악의 상황도 있다. 일도 못하고 처세도 못하는 사람이 있다. 이런 사람을 상사는 가장 싫어한다. 일을 못하면 처세라도 잘해야 함에도 불구하고 처세도 못하고 일도 못하는 부하도 있을 수 있다. 이런 경우는 최악의 상황이요, 시나리오이다.

이런 유형을 만나게 되면 정말 머리가 아플 수밖에 없다. 또 이런 사람 중에 외부로 돌아다니면서 말을 만들어내는 사람도 많다. 괜히 조직에 대한 불만을 드러내는 것이다. 자기는 일도 제대로 하지 못하면서 남의 흉은 또 잘 본다. "똥 묻은 놈이 재 묻은 놈 나무란다."는 속담이 생각난다.

일단 계급이 9급, 8급, 7급, 6급으로 진급하게 되면서 가장 먼저 깨달아야 할 부분은 일단 6급 이상이 되면 다른 사람에게 물어보기를 꺼려하는 경향이 있는데 이는 잘못이라고 생각한다.

우리는 전통적으로 6급 이상이 되면 업무와 관련, 타인에게 묻는 것을 매우 꺼려했던 것이다. 그러나 개인적인 생각으로는 모르는 것이 있으면 누구에게나 물어서 알아야 한다고 생각한다. 모르는 것을 물어야만 발전이 있다. 알지도 못하면서 아는 체하는 것보다는 훨씬 더 좋은 생각이다.

공무원은 업무에 대해 자기가 가장 최고라는 자부심이 강하며 이러한 자부심과 자존심 때문에 남에게 물어 보는 것을 꺼린다. 그러나 모르고 지내는 것보다는 모르는 것이 있으면 물어보아야 옳다. 이는 계장이나 과장도 마찬가지다. 제대로 업무를 파악하지 못하고 상관으로부터 질책을 당하는 것보다는 훨씬 바람직한 일이기 때문이다.

어떤 사람은 일은 잘하지만 인내심이 부족하여 상사로부터 호감을 받지 못하는 유형도 있다. 예를 들어 일은 100% 잘하지만 때때로 화를 낸다든지 말로 40% 정도 까먹는 경우가 있다.

결국 60%짜리 일을 처리한 꼴이다. 이때 직장내의 상황과 상사에게도 일말의 책임이 있을 수 있다. 그러나 이를 인내하는 것도 필요하다. 이러한 유형의 직원은 상대를 인정하면서 적당히 다독거리며 사기를 진작하면 일의 능률도 오르고 더욱 좋은 효과를 발휘할 수 있을 것으로 판단된다.

대충 공무원 사회에 떠돌고 있는 말을 요약하였다. 이밖에도 공직생활에서 지켜야 할 예의나 도리는 참으로 많다. 모두다 지키면서 살기란 오히려 사회생활보다 더 어려운 점이 많다. 그래서 알면서도 때로는 넘어갈 때가 한두 번이 아니다.

그러나 좀더 세부적인 사항으로 들어가면 공무원사회를 비롯하여 직장생활을 함에 있어서 지켜야 할 룰이 참으로 많아서 이를 모두 지키면서 공직생활을 하기가 대단히 힘들다. 그렇지만 이를 지키기 위해 노력하는 것은 바람직하다고 생각한다.

아무튼 공직생활에 있어서 상사와 직원간의 원만한 융화가 필요하다. 특히 직근 상사와의 관계는 더욱 중요한 것이다. 직원상호간의 관계 설정에 있어서도 서로 이해하는 것이 필수적인 요소인 것 같다. 이렇게 훌륭한 지도자와 능력 있는 부하가 한데 어우러져 서로 돕고 조직의 발전을 위해 최선을 다한다면 그 조직은 바람직한 방향으로 이끌어져 나갈 것으로 판단된다. 아무쪼록 많은 이해를 바라면서 이 글을 맺고자 한다.

빈손

인생은 나그네길
어디서 왔다가 어디로 가는가
구름이 흘러가듯 떠돌다 가는 길에
정일랑 두지 말자 미련일랑 두지 말자
인생은 나그네길
구름이 흘러가듯 정처없이 흘러서 간다

인생은 벌거숭이
빈손으로 왔다가 빈손으로 가는가
강물이 흘러가듯 여울져 가는 길에
정일랑 두지말자 미련일랑 두지 말자

인생은 벌거숭이
강물이 흘러가듯 소리없이 흘러서 간다

위 노래는 우리가 어릴 때부터 즐겨 부르던 최희준 선생의 '하숙생'이라는 노래 가사이다. 그 분은 참으로 특이한 인생을 사셨다. 명문 서울 법대를 졸업하고 가수 생활을 한 것 자체가 놀라운 일이다. 판사나 검사를 해야 할 분이기 때문이다.

과거에는 가수에 대한 인기가 오늘날처럼 높지 않았던 것을 감안하면 그저 노래가 좋아서 가수 생활을 하였을 것이다. 수입도 별로 신통하지 않았을 것으로 추측된다. 요즘에는 방송국 출연은 물론 밤무대도 뛸 수 있으므로 경제적으로도 어려움이 없지만 옛날에는 우리 나라 경제가 크게 신장되지 않았기 때문에 가수 생활이 쉽지만은 않았을 것이다.

처음 가수를 지망했을 때 부모님의 반대가 이만저만이 아니었을 것으로 짐작된다. 예나 지금이나 법관의 인기가 높았기 때문에 아들이 법관이 되기를 바랬을 것이다. 그후 최희준 선생은 가수분과위원회 위원장도 했고, 국회의원도 했으므로 성공적인 삶을 사셨다. 며칠 전 케이블 TV 가요 채널에서 최희준 선생이 '하숙생'을 불렀다.

과거에는 아무 뜻도 모르고 들었던 노래 가사가 그날 따라 더욱 가슴에 와 닿는 것을 느꼈다. 그 분이 살아온 인생의 무게만큼 잔주름이 늘어나고 숱한 세월, 역경을 헤치고 살아온 최선생의 표정과 가사가 한껏 어우러지는 느낌을 받았기 때문이다.

인생은 무엇인가? 우리는 가끔 우리 자신을 되돌아보면서 사람과 삶에 대하여 깊이 생각할 때가 많다. 우리는 어디서 왔다가 어디로 가는가? 노래의 가사처럼 들려오는 드라마 같은 인생살이에서 우리가 남기고 가야 할 것은 또 무엇인가? 때로는 눈물나게도 처절한 삶과 투쟁하며 살아왔던 지난날을 되돌아 보게 된다.

수많은 사람들이 자기의 생의 목표를 일찍 정하고 그 목표를 향해 열심히 살아왔건만 나는 정해진 목표도 없이 그저 세월 가는데로 살아왔던 것을 후회할 때가 많다. 덧없는 세월은 우리들에게 한 번쯤이라도 망상을 깰 수 있도록 일깨워 주었으면 좋았겠으나 우리들 스스로 그것을 깨달을 때까지 그대로 보고만 있었다. 그래도 뒤늦게나마 철이 들었을 때는 이미 다른 사람 훨씬 뒤에 서서히 뒤따라가고 있는 자신을 발견하게 된다.

추운 날씨가 계속되고 온 대지가 움츠려들고 지난날 함께 뛰놀던 친우들이 하나 둘씩 저 세상으로 갈 때 마음 속에는 인생을 그래도 아름답게 정리해야 하겠다는 생각을 하기도 한다. 무엇이 저렇게 하얀 눈송이를 보내서 온 천지를 하얗게 물들게 하고 대지를 떨게 하는 것인지에 대한 생각을 누구나 한 번쯤 해보았을 것이다.

젊은날에는 허황된 꿈도 꿀 수 있을 것이다. 그것은 젊음의 특권이다. 나이가 들어 자기가 해야 할 일이 시간이 없어 마무리 짓지 못한다는 것을 깨달았을 때는 이미 늦은 것이다. 젊은 날의 꿈은 도전과 끈기 속에 이어져야 한다. 그래서 젊은이에게는 무한한 가능성과 희망이 펼쳐 있다.

지난날을 회상하면서 우리는 때로 우리의 어리석은 행동에 대해 쓴웃음을 지을 때가 많다. 세상살이가 그렇게 단순하지 않다는 것을 알게 된 것은 먼 후일의 일이기 때문에 젊은 날에는 그저 밀어붙이면 언젠가 될 것이라는 막연한 회답을 기다리며 산다.

발명가들은 우리가 상상할 수 없는 착상을 통해서 이루어졌던 것을 보았다. 우리가 살고 있는 틀 속에서만 생각할 것이 아니라 좀더 시야를 넓게 보면서 사물을 관찰하는 것이 필요하다고 생각한다. 꿈을 가지고 추진하되 가끔은 하고 있는 일에 대한 반성과 점검이 필요할 때가 있다. 그래서 잘못된 점에 대해서는 수정하고 보완해야 하는 것이다.

사람이 살아가면서 너무 세상을 비관적으로만 볼 것이 아닌 것 같다. 어떤 사람은 인생을 고해라고 표현하였다. 그러나 그 고난이 있기 때문에 살만한 가치가 있는 것이 아닐까?

또 인생을 망망대해(茫茫大海)로 비유할 때도 있다. 때로는 배가 풍랑을 만나 뒤집힐 것 같은 느낌을 받을 때도 있다. 그러나 그러한 풍랑을 잘 헤치고 지나가면 호수처럼 잔잔한 바닷길이 열리게 된다. 풍파는 앞으로 나아가는 사람과 고난 속에 있었던 사람에게 큰 기쁨을 가져다주는 것이다. 그러므로 인생을 비관만 하고 살 일은 아니다.

독일의 시성 괴테는 "아무리 구름 속을 헤매보아도 거기에는 인생이 없다. 정신을 바짝 차리고 주위를 둘러 보라. 자기가 바라는 바를 붙들 수 있을 것이다. 인생 길을 가는데 있어서 귀신이 있든 없든 간에 상관하지 말라. 내가 가는 길에 인생이 있다. 고통도 있고 행복도 있을 것이다. 인간이 살아가는데 완전하게 만족스러운 인생은 없다."고 이야기하였다.

한 선교사가 무거운 책가방을 들고 바쁘게 학교에 가는 학생을 붙들어서 물었다. "학생, 무엇 때문에 그렇게 부지런히 학교에 가는 건가?" "좋은 대학 가려고요" "좋은 대학가서 뭐하게?" "좋은 직장 가려고요" "좋은 직장 가서 뭐하지?" "아름다운 여자와 결혼해서 행복한 가정 이루겠지요" "그리고는?" "자식 낳아 키우겠지요" "그리고는?" "그러다가 늙어지겠지요" 학생은 그 뒷말을 잇지 못했다고 한다.

사람은 만물의 영장인데 더 많이 벌어서 더 많이 쓰는 것 이상의 삶에서 벗어나지 못한다면 어느 때인가 우리는 우리의 삶에 실망하게 될 날이 오게 될 것이다. 우리가 세상을 살아야 되는 좀더 고귀한 의미가 있는

데 우리가 그것을 붙잡지 못하면 어느 순간에서인가 우리의 삶의 기반이 무너져 내릴 때 우리의 삶은 허무할 수밖에 없게 될 것이다.

'공수래공수거(空手來空手去)'라는 말이 있다. "빈손으로 왔다가 빈손으로 가는 것이 인생이다."는 뜻이다. 곧 가진 자나 못 가진 자나 모두가 빈손으로 왔다가 빈손으로 간다. 그래서 죽은 사람이 입는 수의에 주머니가 없는 것은 가지고 갈 것이 없기 때문이다.

세계적인 거부 하워드 휴즈도 빈손으로 월스트리트를 떠났다. 가진 자나 권력을 잡은 자들이 그것을 짊어지고 갈 것처럼 부귀 권력에 더욱 안달하고 있다. 그러나 인생은 모두 한 가지다.

알렉산더 대왕(BC 356~323년)을 살펴보자. 그는 그리스 제국을 건설하고 20대에 세계를 정복하고 33세의 젊은 나이에 모기에 물려서 죽었다고 한다. 그는 계속 정복을 하다가 인더스 강가에 이르렀다. 끝이 보이지 않는 넓은 강을 보고서 거기가 땅의 끝이라고 생각했다. 그래서 그는 땅을 치면서 "더 이상 정복할 데가 없구나."하고 탄식했다. 정복의 한계를 실감한 것이다.

세계를 정복한 알렉산더도 결국 허무하게 생을 마무리했다. 그가 죽을 때에 좀 특이한 유언을 남겼다고 하는데 알려진 바에 따르면 그의 유언은 이렇다. "내가 죽으면 손을 관 밖으로 보이게 하라." 신하들이 어리둥절해 하면서 반문을 했다. "폐하 그것이 무슨 말씀입니까?" 알렉산더는 이렇게 말했다. "세상 사람들에게 천하를 손에 쥐었던 알렉산더도 떠날 때는 올 때와 마찬가지로 빈손으로 간다는 것을 보여 주고 싶다."고 유언했다.

우리는 유한(有限)한 인생을 살아가고 있다. 자기의 이름을 남기고자 하는 것도 물론 중요하다고 생각한다. 그러나 긴 안목에서 보면 부질없는 것인지도 모른다. 가진 자나 못 가진 자나 똑같이 한 평의 무덤 속으로 들어간다. 그것은 누구도 예외일 수 없다. 우리가 너무 세사에 얽매여 서로 헐뜯고 살 필요도 없다. 한때의 일이다.

지난 세월을 되돌아보면 그것이 허망한 것임을 깨닫게 된다. 최희준 선생의 하숙생 노래 가사처럼 우리 인생은 어디서 와서 어디로 가는 것인지 알 수 없다. 구름이 떠돌 듯이 그저 이리저리 흘러 다니다가 생을 마감한다. 정처 없이 흘러가는데 무슨 정을 두거나 미련을 둘 필요도 없다.

돈에 대한 집착, 승진에 대한 집착도 사실 큰 의미가 없는 것이다. 어차피 인생은 잠깐 왔다가는 하숙생인 것을 무슨 미련이 그리도 많고 무슨 욕심이 그리도 많은가? 다 때가 되면 승진도 하고 때가 되면 알아줄 사람도 있겠지 하고 살다보면 다 길이 보이게 마련이다. 너무 서두를 필요도 없다. 먼저 승진한다고 해서 시기하거나 질투할 필요도 없다. 강물이 흘러 바다에서 만나듯 우리도 사회라는 넓은 세계에서 다시 만나게 될 것이다.

모든 것을 조급하게 서두르지 말고 주어진 여건 속에서 당당하게 살자. 먼저 승진한다고 해서 그 사람이 가면 또 얼마나 가겠는가? 강물이 흘러 바다에서 만나듯 우리도 또 거기서 만나려니. 지금 이 순간 우리가 해야 할 일, 그리고 도민을 위해서 무엇을 할 것인가를 걱정하자. 그리고 당당하게 살자. 배경이 있어 나보다 먼저 가면 그대로 두고 축하해 주자. 시기할 필요도 없다. 그것이 인생이니까.

빗방울이 바위를 뚫는다

　우리는 한 방울 두 방울 떨어진 물방울이 모여져 시내를 이루고 그것이 강이 되고 바다가 되는 현상을 본다. 또 등산을 갔을 때 구멍이 뚫린 바위를 쉽게 발견할 수 있다. 그 바위를 뚫었던 것은 강철이 아니라 수천년 동안 빗방울이 쉬지 않고 떨어져 바위에 구멍이 생긴 것이다. 개울쪽 돌은 닳고 닳아서 가지고 놀기에도 좋은 장난감 같은 예쁜 조약돌이 되어 있다.

　강원도의 동굴이나 중국의 계림에 가면 수만년의 세월 동안 빗물에 침식되어 만들어진 동굴 속에서 우리가 상상할 수 없는 자연의 신비로움을 발견할 수가 있다. 신이 만든 최고의 걸작품이라고밖에 달리 표현할 수 없는 형형색색의 아름다운 빛을 발하는 석순, 종유석도 있다.

　꽃처럼 아름다운 석순을 보고 저절로 감탄사가 나오지 않을 수 없으며 억겁의 세월만큼 경이로움에 벌린 입을 다물지 못하는 자신을 발견하게 된다.

하나의 빗방울이 계속하여 한곳에 집중적으로 떨어져 바위를 뚫고 그 빗방울이 모여서 동굴 안에 작은 강을 형성하고 있으며 그 안에서 배를 노 저어 가는 모습을 보았다. 강하지도 않은 물방울이 만들어낸 조화이며 참으로 놀라운 자연현상이다.

사람이 하는 일도 이와 마찬가지로 한 가지 일에 매달려 열심히 노력하면 반드시 성공할 수 있는 것이다. 성공한 사람들은 평범한 사람들과는 다른 면모를 볼 수 있다. 반면에 이것저것 손대는 사람들은 결국 성공하지 못하고 좌절하고 실패했던 것을 알 수 있다.

현대 과학사를 새롭게 쓰고 인류문명 발전에 기여한 대과학자였던 뉴턴, 아인슈타인, 발명가 에디슨도 한 가지 일에 최선을 다하면서 꾸준히 노력하여 성공한 사람들이라고 생각한다. 이들은 공통점이 있는데 하나같이 초등학교 때 공부를 못하는 학생들이었다.

딱딱한 학교 공부보다는 여러 가지 상황을 전제로 연구하고 자유로운 발상을 갖고 살았던 인물들이다. 그들은 어렸을 때부터 공부에 취미가 없었으며 학교생활도 제대로 적응하지 못하는 사람들이었다.

에디슨이 학교생활을 정상적으로 할 수 없었다는 것은 우리가 잘 아는 일이며 어머니의 자식에 대한 믿음과 헌신적인 사랑 때문에 결국 우리 과학사에 영원히 빛나는 업적을 쌓았던 것이다.

그들은 다른 사람과 비교하여 특별히 재주가 뛰어난 사람이 아니었으며 평범하기 이를 데 없었다. 그렇지만 결국 성공적인 삶을 살았는데 한 가지 일에 인내심을 갖고 몰두하면서 자기들의 삶을 개척한 결과라고 생각한다.

뉴턴은 1642년 12월 25일 링컨셔 지방의 울즈도프라는 시골에서 태어났으며, 1727년 3월 20일에 생애를 마쳤으며, 영국의 유명한 사람이 묻힌다는 웨스터민스터 성당에 안치되었다.

가난한 농부의 아들로 태어난 뉴톤은 아버지가 시키는 농사일에는 도무지 맞지 않았는데 몸이 약했기 때문이었다. 초등학교 다닐 때 몸이 허약하여 공부도 제대로 하지 못하고 꼴찌에서 맴돌았다.

어느날 학교에서 친구가 자기의 배를 발로 찼다. 뉴톤은 친구가 자기의 배를 찬 것은 공부를 못하기 때문이라는 것을 깨닫고 열심히 공부하였으며 그때부터 분발하여 학교에서 1등을 하기도 하였다.

그후 뉴톤은 고등학교를 졸업하고 영국의 대학의 명문 케임브리지 대학에서 공부를 하게 되었는데 그의 아버지는 어려운 생활이었지만 아들을 상급학교에 진학시켰으며, 그는 대학에서 수학자 베로우 교수를 만나 학문의 싹을 틔우게 된다.

우리가 잘 알고 있는 바와 같이 뉴톤은 수학, 과학, 천문학 등에서 많은 공적을 남겼다. 수학에서는 지수, 미분학, 적분학을 남겼으며, 물리학에서는 운동의 3법칙과 유명한 만유인력의 법칙을 발견하였다.

만유인력의 법칙은 '사과나무에서 사과가 떨어지는 현상을 보고 사과를 무엇인가 끌어당기는 힘이 있지 않을까? 하는 생각을 갖고 이를 체계화하여 만유인력의 법칙을 발견하게 된 것이다.

운동의 3법칙이라는 것은 "한 물체가 다른 물체에 힘을 작용하면, 다른 물체는 힘을 작용한 물체에게 크기가 같고 방향이 반대인 힘을 작용한다."는 내용으로서 우리가 총을 쏠 때 받는 반동과 로켓을 쏘아 올릴 때 받는 반작용과 같은 원리를 설명하는데 적합한 이론이다.

뉴톤은 한번 일에 매달리면 정신없이 몰두했던 것 같다. 어느 날 그릇에 물을 넣고 계란이 삶아지는 시간을 재기 위하여 한 손에는 시계, 다른 한 손에는 계란을 들고 있었다. 계란이 다 익었을 것으로 생각하고 그릇의 뚜껑을 열어본 결과 그릇에는 계란이 아닌 시계가 삶아졌으며, 한 손에는 계란이 그대로 들려 있었다. 계란을 삶는다는 것이 시계를 삶아 버렸는데 이 사실로 보아 그가 얼마나 일에 열중하였나를 알 수 있다.

또 뉴톤이 과학자로서 명성을 날릴 즈음의 겨울이었다. 그의 사무실에는 난로가 하나 있었는데 허드렛일을 하는 직원에게 난로가 너무 뜨거우니 난로를 옮겨달라는 것이었다. 달려온 직원은 뉴톤에게 이렇게 말했다. "선생님, 난로를 옮길 필요가 없습니다. 난로를 옮기는 대신에 선생님의 의자를 난로에서 떨어지도록 하시면 됩니다."

이렇게 세대와 세대를 넘고, 시대와 시대를 초월하는 영원한 과학자인 뉴톤도 일반인도 생각할 수 있는 사소한 일을 간과하고 있다. 천재라고 하여 모든 것이 완벽한 것이 아님을 우리는 깨닫게 된다. 어릴 때 공부 못한다고 우리들의 자녀들을 탓하거나 나무라지 말고, 자녀의 적성이 무엇인지를 파악하여 그에 맞는 진로를 정해주는 부모님의 따뜻함이 있다면 우리들의 자녀들도 분명히 성공할 수 있다고 확신한다.

자녀들을 지도함에 있어서 자녀의 특기를 살려 교육하는 것이 바람직스러운 일로 보인다. 꼭 공부만을 고집할 필요가 없다. 김병현이나 박찬호처럼 야구를 좋아하는 자녀는 야구를 시키는 것이다.

글을 잘 쓰는 아이는 문학을 시키고 음악에 소질 있는 자녀는 음악을, 미술에 소질이 있는 사람은 미술공부를 시키는 것이 좋다.

세상에는 다양한 직업이 있으며 이름도 알 수 없는 많은 직업들이 생겼다. 홍보관리사도 있고 이미지 메이킹 전문 직업도 생겼다. 적성과 소질에 따른 교육을 시킬 필요성이 그만큼 증가한 것이다. 일단 목표가 정해지면 흔들리지 말고 한 가지 일에 전념하도록 지도하는 것이 바람직하다.

태어나면서부터 천재가 아니라 후천적인 노력에 의하여 천재가 되는 것이다. 에디슨이 말한 바와 같이 "천재는 99%의 땀과 1%의 영감이다." 라는 말을 되새겨볼 필요가 있다.

우리가 보기에 어리석게 보이는 사람에게도 천재가 감히 흉내낼 수 없는 비범함이 발견될 때가 있다. 따라서 조직관리에 있어서도 한 사람의 천재보다는 열 사람의 둔재로부터 더 많은 지혜를 얻을 수 있다.

사랑 받는 분재

우리 집에는 매우 귀중한 분재가 하나 있다. 비싼 것도 아니다. 그러나 그 분재를 가장 사랑하고 아낀다. 꽃집에 가면 흔히 볼 수 있는 분재다. 돈을 주고 산다면 5만원 정도일 것이다. 왜 그렇게 사랑하고 아낄까? 그 분재의 생명력 때문이다.

벌써 20여 년의 세월 동안 우리 가정을 지키며 산다. 학동에서 셋방살이를 할 때부터 지금까지 살고 있으니 정말 끈질긴 녀석이다. 나보다 더 오래 살 수 있을지도 모른다. 비싼 것도 아니어서 누구에게 주어버리고 이사를 했음직도 하건만 이사를 갈 때마다 이 분재를 가지고 다녔다.

학동에서 살 때도 나주에서 방림동으로 다시 상무지구로 이사올 때도 그 분재를 가지고 다녔다. 끈질긴 생명력에서 그 나무는 우리들에게 무엇인가를 가르쳐 주고 있는 것 같아서 더욱 그렇다.

사람이나 나무도 이 세상에 태어나서 굳건하게 살아야 하는 것이다. 우리 집에는 그 분재와 함께 3개가 있었으나 나머지 2개는 죽어버렸고 오직 하나만 유일한 생존자이다.

모두 관리 잘못으로 죽은 것이었으나 하나 남은 것은 주인이 게을러서 물을 줄 시기를 넘겼어도 용하게도 참고 견디면서 살았다. 기특하기도 하다. 방림 2동 5층 꼭대기층 비바람이 불고 한겨울 엄동설한 속에서도 언제나 푸르고 강한 생명력을 지니면서 살아왔다.

나는 본래 분재를 하거나 나무를 가꾸는데 별 취미가 없다. 그렇기 때문에 나무에 대해 크게 신경을 쓰지 않았다. 나무가 얼든 말든, 죽든 말든 상관없다는 심산으로 관리하였다. 그러나 5년, 10년, 20년의 세월이 흘러가는 동안 그 나무에 대해서 깊은 애정을 갖게 되었다. 물론 그 동안 아무렇게나 관리한데 대한 죄책감도 있다. 그래서 2년 전 상무지구에 이사온 뒤로는 나무의 상태와 물을 줄 시기, 영양상태 등을 꼼꼼히 살펴보고 있다. 무기질이 부족하게 되면 나무의 잎이 퇴색하거나 시들 수도 있기 때문이다.

다른 나무처럼 차라리 죽어버렸더라면 별 관심이 없었을 것이다. 금년에는 유달리 추운 날씨가 계속되고 있다. 영하 7도 내외를 오르내리게 됨에 따라 나무가 안쓰러운 생각이 들었다.

그래서 며칠 전 응접실로 들여다 놓았다. 아마 나무도 그만큼 오래 살았으니 좀 추울 것 같은 느낌이 들었다 . 사람도 나이가 들면 추위를 견디기 어렵듯이 나무도 늙으면 마찬가지겠지. 그 좁은 화분 안에서 다리 하나 제대로 쭉 뻗을 수 없는 여건 속에서도 인내하면서 살아온 나무다.

나무도 수백 년이 흘러 노쇠하면 나무 밑쪽에 구멍이 나거나 잎이 말라버린다. 그럴 때는 사람이 인위적으로 수관 주사를 놓아줌으로써 나무를 살리기 위해 노력한다. 나무도 나이가 들면 어쩔 수 없는 것을 인간은 또 말해서 무엇하겠는가?

사람도 늙으면 흘러가는 세월 속에 묻혀 지나가게 마련이다. 과거와 달리 내 자신도 퍽 여리어졌기 때문일까? 달라진 내 자신을 되돌아본다. 과거에는 건강에 대해서 별 신경을 쓰지 않고 살았는데 요새는 그렇지 않다.

건강에 관심이 커졌으며 좀더 건강하게 살아야 하겠다는 생각이 든다. 처녀가 시집 가서 중년이 되어 아랫배에 살이 붙으면 처녀적 날씬한 몸매만을 생각하듯 나도 30대 중반까지는 60킬로그램 내외의 체중을 유지할 때가 있었는데 결혼 후에 몰라보게 체중이 불었다. 그 뒤로 체중을 줄이기가 어찌나 어렵던지 번번이 실패하고 말았다. 거의 날마다 체중을 체크하고 있다.

지난번 뒤늦게 공무원 신체검사를 했는데 간호원이 비만이라고 이야기하면서 체중을 줄이라고 했다. "나도 알고 있습니다." 퉁명스럽게 대꾸하였다. 간호원의 이야기가 옳은 말이지만 비만인 내 자신은 그런 이야기가 듣기 싫었다. 그러나 금년에는 무슨 일이 있더라도 체중을 줄이겠다고 단단히 각오를 하고 있다. 체중 감량 목표는 10킬로그램이다.

체중을 줄이기 위해 많은 신경을 쓰려 한다. 그 동안 건강에 대해 과신한 나머지 체중관리에 소홀하였고 그로 인해 건강에도 다소 무리가 간 것 같다. 사실 건강에 신경 쓰지 않는 사람이 건강한 사람이다. 건강을 신경 쓴다는 것은 건강하지 않다는 증거이기 때문이다.

"골망태 10년 간다고 했던가?" 어떻게 보면 골망골망하는 사람이 오래 산다는 뜻이다. 큰 병에만 걸리지 않으면 말이다.

마이클 로이센 박사가 건강에 관하여 말한 대목은 퍽 유익한 것으로 생각되어 소개하고자 한다. 이것이 꼭 정확하다고는 볼 수 없을 것이다. 다만 건강에 항상 관심을 갖고 이를 실천하는 것이 필요하다고 생각한다. 그의 의견에 따르면 이렇다. 금연하면 8년을 더 산다.

혈압을 관리하면 25년, 치아가 건강하면 6.2년, 매일 운동을 하면 9년, 안전벨트를 착용하면 3~4년, 아플 때 적극적으로 치료하고 규칙적으로 체크하면 12년, 전문의에게 호르몬 대체 요법을 받은 여성은 8년, 평생 학생처럼 지적인 활동을 하면 2.4년을 더 젊게 산다. 그러나 스트레스를 강하게 받으며 살면 32년을 먼저 죽는다.

학자들이 일반적으로 이야기하고 있는 건강하게 사는 방법 등에 대해 살펴보면, 하루 7~8시간의 수면을 취한다. 화를 낸 후에는 반드시 풀며, 간식을 삼간다. 규칙적인 운동을 하며, 인스턴트 식품은 삼간다. 술과 담배를 피한다. 아침 식사는 거르지 말고 여유를 갖고 느긋하게 생활한다. 몸 관리만큼 정신 건강에도 신경을 쓴다. 모든 일에 과민하게 대응하지 않는다는 것이다.

마지막으로 우리들이 익히 알고 있는 이야기이지만 이를 다시 한번 상기하는 의미에서 몇 가지 적고자 한다.

화를 적게 내고 많이 웃어라. 차를 적게 타고 많이 걸어라. 고기는 적게 먹고 야채를 많이 먹어라. 욕심을 적게 갖고 남에게 많이 베풀어라. 고민을 적게 하고 수면을 많이 취하라. 단것은 적게 먹고 과일을 많이 먹어라. 옷은 얇게 입고 목욕을 자주 하라. 말은 적게 하고 행동은 많이 하라. 소금은 적게 먹고 식초를 많이 먹어라.

위에서 든 것이 소위 건강 10훈이라는 말인데 구구 절절 맞는 말이다. 건강은 무엇보다 중요하다. 성경에도 천하를 다 준다해도 건강을 잃으면 무슨 소용이 있겠느냐고 반문하고 있다. 금년에는 모두 건강하시고 뜻하시는 바 소원이 성취되시길 기원하면서 이만 줄인다.

악어의 눈물

우리는 신문지상에서 가끔 '악어의 눈물'이라는 말을 듣는다. 악어는 먹이를 잡아먹을 때 눈물을 흘리기 때문이다. 눈물을 흘리는 이유는 눈물이 수분을 입안에 보충해 줌으로써 먹이를 삼키기 좋게 해준다는 것이다. 그러나 언뜻 보면 잡아먹히는 동물이 불쌍해 눈물을 흘리는 것처럼 보이기 때문에 악어의 눈물(crocodile tears)이라는 용어가 생겼으며 이는 '거짓 눈물'을 의미하게 되었다.

악어는 생김새부터 무척 포악스럽게 생겼다. 동물의 왕국이라는 프로에서 보면 악어가 아프리카의 강물에 숨어 있다가 누우 떼가 지나갈 때 누우의 목을 물고 물 속으로 들어가 누우를 질식시킨 후 여러 마리의 악어가 떼를 지어 누우의 목과 발을 물고 몇 바퀴를 돌려 누우를 토막낸 후 먹어치우는 모습을 본 적이 있을 것이다.

또는 물웅덩이에 조용히 숨어 있다가 웅덩이에 오는 짐승을 습격하여 잡아 먹는다. 물 속에서 순식간에 달려드는 악어 때문에 백수의 왕이라는 사자도 놀라 도망간다. 이렇게 짐승을 잡아먹을 때 악어는 눈물을 흘린다.

악어가 짐승을 잡아먹으면서 참회의 눈물을 흘린다는 것이다. 그러나 사실은 참회의 눈물이 아니라 악어의 신체 구조가 먹이를 먹을 때 그렇게 울도록 되어 있다는 것이다.

말레이시아의 동화 중에 악어와 사나이에 관한 다음과 같은 이야기가 전한다. 한 사나이가 강둑을 따라 급하게 가고 있었다. 그런데 어디선가 "살려주세요, 살려주세요, 제발 저를 좀 구해 주세요." 하는 소리가 들려왔다. 사나이는 사방을 들러 보았더니 바로 악어가 신음하고 있었다. 악어는 물 속의 큰 통나무 밑에 꼬리가 짓눌려져 있어 꼼짝도 할 수 없었으며, 악어는 연신 주룩주룩 눈물을 흘리고 있었다. "여보세요, 악어님 만약 내가 구해주고 나면 나를 해치지 않겠지요?" 하고 사나이가 물었다.

"그렇지 않습니다. 제가 어떻게 그런 배은망덕한 짓을 하겠어요."라고 악어가 말했다. 사나이는 악어의 꼬리를 누르고 있던 통나무를 치우고 악어를 구해 주었다. 순간 악어는 재빨리 몸을 뒤틀어 빠져 나온 후 사나이의 다리를 꽉 물었다. "잠깐!" 사나이는 깜짝 놀라 소리를 질렀다. "우리 쥐한테 물어봅시다. 악어가 나의 친절을 이런 식으로 보답하는 것이 옳은지 말예요."

마침 쥐가 지나가다가 사나이의 얘기를 듣고는 "믿을 수 없다."는 표정을 지으며 말했다. "나는 당신이 악어에게 그렇게 친절하게 했다고 믿을 수가 없군요. 아마도 당신이 악어를 해치려고 했을 것이고 그래서 악어는 당신을 물어 붙잡고 있는 것이겠지요? 에… 그러니까 악어씨, 저 사나이가 지나가고 있었을 때 악어씨는 어디에 누워 있었는지 보여 주시

겠어요?"

"좋아 보여주고 말고, 내가 여기 이렇게 있었지." 하며 악어가 처음의 자세대로 취했다. 사나이는 악어로부터 빠져나올 수 있었고 쥐는 사나이에게 통나무를 악어 몸 위에 떨어뜨리라고 소리를 질렀다. 악어는 다시 꼼짝도 할 수 없게 되었다. 사나이는 쥐에게 큰절을 하며 감사를 드렸다.

"그러니까 악어에게 친절을 베풀지 마세요" 하고 쥐가 훈계를 했다. 그리고는 강물 중간에 둥둥 떠 있는 낡아빠진 돗자리에 대고 큰 소리로 말했다. "여보시오 돗자리 영감, 지금까지 친절을 베풀고 살아왔던 보상이 무엇이던가요?" "내 꼴을 보시오. 나도 한때는 깨끗하고 싱싱했다고. 그런데 지금은 보다시피 이렇게 늙었고 결국 내게 돌아온 대가라는 것은 이렇게 버려진 것이요" 하고 돗자리 영감이 대답했다. 그때 속이 텅 비고 찌그러진 냄비가 둥둥 떠서 지나갔다. 쥐가 똑같은 질문을 했을 때 냄비의 답변도 마찬가지였다.

우리는 이 동화를 보면서 말레이시아 사람들의 악어에 대한 생각이 결코 좋지 않을 것이라는 것은 쉽게 짐작할 수 있다. 악어는 자기를 구해준 은인을 배신하고 구해준 사람의 발목을 물었던 것이다. 말레이시아 거주 어린이들은 어렸을 때부터 악어는 은혜를 모르고 살아가는 사악한 동물로 낙인 찍혔을 것이다.

그래서 악어를 보면 이를 경계하고 무서워하였을 것이다. 아이들의 마음 속에는 악어는 무섭고 악랄한 동물이므로 악어를 보면 도망가거나 작은 악어는 몽둥이로 쳐죽여야 한다고 생각하였을 것이다.

이 동화를 통하여 악어는 믿을 수 없는 동물이며, 신의를 저버린 동물이다. 은혜를 배신한 사람은 반드시 화를 입는다는 교훈을 우리에게 보여 주고 있는 것이다.

우리는 이와 정반대의 이야기를 「생쥐와 사자」라는 우화에서 찾아 볼 수 있다. 어느 날 사자가 낮잠을 자고 있었는데 그때, 생쥐 한 마리가 신이 나서 사자의 몸을 오르내리며 놀고 있었다. 눈을 뜬 사자는 화가 나서 앞발로 그 생쥐를 붙잡았다. 생쥐는 손이 발이 되게 빌었다.

"죄송해요. 한 번만 용서해 주세요. 그 은혜는 꼭 갚아 드리겠습니다." "아니 뭐, 생쥐 주제에 나한테 은혜를 갚는다고?" 사자는 생쥐를 그냥 놓아 주었다. 사자의 입장에서 볼 때 조그마한 생쥐가 사자의 은혜를 갚을 수 있으리라고는 생각할 수 없었다. 며칠이 지났다. 그 사자가 사냥꾼에게 잡혀 밧줄에 묶이게 되었다. "이 가죽을 팔면 돈을 많이 받을 거야." 사냥꾼 둘이서 이야기를 하고 있었다. 그 때, 사자는 귀밑에서 나는 소리를 들었다. "사자님, 제가 밧줄을 잘라 드릴게요." 생쥐는 억센 이로 밧줄을 끊고 사자를 풀어주었다. "넌, 바로 며칠 전 내가 풀어준 그 생쥐로구나." 생쥐의 도움으로 사자는 자유를 얻을 수 있게 되었다. 사자는 생쥐를 등에 업고 달아났다. "며칠 전에 너를 업신여긴 것은 정말 미안하다. 용서해라." 오히려 사자가 생쥐에게 용서를 빌었다.

우리가 즐겨 읽는 우화이지만 비록 자기가 힘센 사자처럼 권력을 갖고 있거나 부유할 때 어려운 사람을 돕거나 은혜를 베풀면 반드시 보답이 따르고 은혜를 배신하면 큰 재앙이 올 수 있음을 훈계하고 있다.

우리는 이 두 우화를 통하여 최소한 자기를 돌봐준 은인에 대하여 은혜를 배신으로 갚는 어리석음은 없어야 한다는 점과 힘이 있을 때 남을 돕는 다면 반드시 이에 상응한 보답이 따르게 됨을 배울 수 있다.

제3장 연꽃

연꽃

연꽃이라고 하면 우리는 먼저 불교가 머릿속에 떠올려질 것이다. 연꽃은 청정, 신성, 순결, 번영과 장수의 상징을 갖고 있는 상서스러운 꽃이다. 부처님이 앉아 있는 좌대(座臺)를 연꽃으로 장식하고 있는데 이를 연화대라고 한다. 연꽃은 진흙탕 속에 뿌리를 내리고 살지만 고고한 자태를 뽐내며 아름다운 꽃을 피운다.

우리는 보통 연꽃을 불교의 꽃으로만 여기고 있지만 옛날 유교에서는 순결과 세속을 초월한 상징으로, 또 민간에서는 「연생귀자(連生貴子)」의 구복(求福)적인 상징으로 여겨져 왔다. 연생귀자란 빠른 시기에 아들을 연이어 얻는다는 의미인데, 이는 연꽃의 생태적 속성 때문이다.

보통 식물들은 꽃이 먼저 피고 그 꽃이 진 후 열매를 맺는데 반해, 연꽃은 꽃과 많은 열매가 동시에 생장한다. 밤이면 오므라들었다가 낮이면 피며, 여름내 계속 피기도 한다. 꽃은 아름다운 분홍색을 비롯하여 진홍색, 흰색, 보라색, 흰색 바탕에 빨간색 줄무늬가 조화된 꽃 등 매우 다양하다.

백과사전에 의하면 2000년이 묵은 종자가 발아하였다는 이야기가 있는 것으로 보아 대단히 끈질긴 생명력을 갖고 있는 것만은 틀림없는 것 같다. 잎은 수렴제·지혈제로 사용하거나 민간에서 오줌싸개 치료에 이용한다. 뿌리는 연근(蓮根)이라고 하며, 비타민과 미네랄의 함량이 비교적 높아 생채나 그 밖의 요리에 많이 이용한다. 뿌리와 줄기, 열매는 약용으로 사용하고 부인병에도 쓰인다고 한다.

인도에서는 BC 3000년경으로 추정되는 연꽃의 여신상(女神像)이 발굴되었고, 바라문교(婆羅門敎)의 경전에는 이 여신이 연꽃 위에 서서 연꽃을 쓰고 태어났다는 기록이 있다. 불교의 출현에 따라 연꽃은 부처님의 탄생을 알리려 꽃이 피었다고 전하며, 불교에서의 극락세계에서는 모든 신자가 연꽃 위에 신으로 태어난다고 믿었다.

인도에서는 여러 신에게 연꽃을 바치며 신을 연꽃 위에 모시거나 손에 연꽃을 쥐어 준다. 불교에서도 부처님이나 스님이 연꽃 대좌에 앉는 풍습이 생겼다.

중국에서는 불교 전파 이전부터 연꽃이 진흙 속에서 깨끗한 꽃이 피는 것을 보고 속세에 물들지 않는 군자의 모습으로 표현하였고 종자가 많이 달리는 현상을 다산의 징표로 생각하였다. 중국에 들어온 불교에서는 극락세계를 신성한 연꽃이 자라는 연못이라고 생각하여 사찰 경내에 연못을 만들기 시작하였다.

우리 나라는 서기 372년 고구려 소수림왕 2년에 불교가 전래되었다고 한다. 백제에는 이보다 12년 뒤인 침류왕 1년 인도인 승려 마라난타가 전라남도 영광군 법성면(法聖面)을 통하여 불교가 전래되었다. 법성(法聖)이라는 지명을 유심히 살펴보면 법법자 성인성자가 들어 있는데 이는 불교의 율법을 전래한 성인이 지나간 자리라는 뜻이다.

영광에는 불갑사가 있는데 이는 불교의 으뜸이라는 뜻이며, 원불교의 성지가 백수면에 있음은 결코 우연한 일은 아닌 것으로 보인다.

그런 까닭에 우리 나라는 불교와 밀접한 관련이 있는 연꽃을 무척이나 아끼고 수천 년 동안 사랑했던 것이다. 심지어 기왓장에도 연화문을 넣었으며, 고려 상감청자나 이조 백자 등에도 넣었고 절의 벽화, 동양화의 연꽃, 그리고 병풍 그림에도 이 연꽃이 들어간다.

천상의 세계에서도 연꽃으로 장식하고 있으며, 불교서적과 유명사찰이 탑(塔)과 비석에도 이 연꽃무늬를 수놓은 것은 연꽃이 불교와 밀접한 관련이 있기 때문이 아닌가 생각된다. 우리가 잘 알고 있는 심청전에서도 이 연꽃이 등장한다.

심청이가 아버지의 눈을 뜨게 하기 위해 15세 되던 해에 남경 상인들에게 인당수에 바칠 제물로 팔리고 대가로 공양미 300석을 몽운사에 시주한다. 상인들의 배를 타고 인당수에 이르러 아버지의 눈을 뜨게 해 달라고 천지신명께 기도를 드린 후 물에 빠져 죽게 된다.

옥황상제가 심청이의 효성을 가상히 여겨 연꽃에 담아 다시 인당수로 보냈는데, 바로 그 때 남경 상인들이 그 연꽃을 발견하여 고이 건져 보관하였다. 때마침 황후의 죽음으로 근심에 휩싸인 송나라 천자의 마음을 달래기 위해 전국의 아름다운 화초를 구한다는 말을 듣고 남경 상인들은 인당수에서 건진 이 꽃을 진상하게 되었고 천자가 우연히 꽃 속의 심청이를 황후로 간택하였다는 내용이다.

어렸을 적에 이 심청전을 읽으면서 얼마나 눈물이 나는지 한 페이지도 제대로 읽을 수가 없었다. 연꽃은 상서로운 꽃이기 때문에 전라남도

무안군에서는 해마다 연꽃 축제를 하고 있다. 연못에 연꽃이 만발하면 그 넓은 잎사귀와 더불어 장관을 이루는 것이다.

연화정사 주지로 있는 정명스님은 눈만 뜨면 연꽃을 만드신다고 한다. 국내 유일한 연꽃 작가로서 무색천을 구입하여 원하는 색상의 물감으로 연꽃을 만들어 법당에서 사용하거나 신도들이 사서 축원한다. 또 불교신자들이 가정에서 등처럼 매달아 놓기도 한다고 전한다. 연꽃을 만드는 것이 하루 일과로서 작은 것은 차량 장식용부터 큰 것은 지름이 2미터나 되는 것까지 다양한 연꽃을 만든다고 한다.

스님은 초등학교를 졸업하고 16세 때 절에 놀러 갔다가 거기서 만난 은사스님이 중이 되라고 권하는 바람에 열흘만에 머리를 깎고 비구니가 되었다 한다. 남동생도 어머니가 절로 데려다 주어 스님이 되었으며 어머니도 말년에 두 자녀를 따라 머리를 깎고 끝내 스님이 되셨다고 한다.

정명스님은 초등학교 졸업 후 열심히 공부하여 중고등학교 과정을 검정고시를 통해 마치고 승가대학을 졸업하시는 등 학문에도 남다른 정열을 보이셨다.

아마 스님께서는 연꽃이 불교와 밀접한 관련이 있기 때문에 이에 대한 남다른 애정을 갖고 이를 제작하시고 온 정성을 쏟아 부음으로써 불공을 드리는 심경으로 만들고 계실 것으로 판단된다.

우리 나라는 유달리 풍수지리와 관련된 사안에 대해 무척 신경을 곤두세우고 있는 것 같다. 특히 묘자리에서 더욱 그렇고 집터를 보고 길흉화복(吉凶禍福)을 논하고 있으니 말이다. 대통령 선거 때만 되면 풍수지리를 하는 분들이 풍수에 대하여 한 마디하는 게 우리의 풍습이다.

외국인의 입장에서 보면 도저히 믿을 수 없는 것이지만 오랜 전통 때문에 쉽게 떨쳐버릴 수 없는 것이기도 하다. 연꽃과 관련된 재미있는 풍수지리설 하나를 소개해 드리고 싶다.

경상북도 군위군 군위읍 삽령리(鈒嶺里) 속칭 삽제 마을에는 옛날부터 내려오는 연화부수형(蓮花浮水形)의 전설이 있는데 이 마을의 형세가 물 위에 떠있는 연꽃 형상이라 하여 옛부터 이 마을에는 기와집을 짓지 못하였고, 있는 기와집도 모두 헐어버렸다고 한다.

쉽게 설명하면 마을이 마치 물 위에 뜬 연꽃과 같은 형국이어서 무거운 기와집을 지으면 가라앉는다는 믿음 때문이다. 그래서 이 마을에는 기와집은 물론이고 인근의 산소에 비석 등 일체의 석물(石物)도 쓰지 않는다는 것이 삽제 마을의 전통이다.

오늘날에도 이 마을은 기와집이 없을 뿐 아니라 마을과 마을 뒷산을 굽이굽이 돌아 마치 섬을 에워싸듯이 강이 흐르고 그 속에 연꽃인 양 마을이 평화롭다고 한다. 이곳 마을은 노란 초가들이 옹기종기 모여서 모두 하나같이 인심이 순박하고, 연꽃처럼 온후한 성품을 가진 소박한 마음을 이루어 살고 있다.

사실 세상살이는 쉽지 않다. 자기 혼자 깨끗하게 살기도 힘들다. 때로는 한물에 싸여 들어갈 수밖에 없는 경우도 있기 때문이다. 혼자만 깨끗한 척하면서 살아가기도 힘든 세상이다.

사람이 너무 고지식해도 친구가 없다. 적당히 어울리면서 두루뭉실하게 살아가는 것이 필요할 때도 있다. 그러나 온 세상이 흙탕물처럼 썩어도 한 사람이라도 깨끗한 사람이 있어야 한다. 그래야만 나라도 살고 사회도 살 수 있는 것이다.

도시 주변에 그렇게 많은 썩은 물이 하천에 흘러 들어와도 그 가운데 물을 정화하는 능력을 갖고 있는 식물이 살고 있기 때문에 물이 깨끗하게 정화되어 흘러가는 것과 마찬가지다.

우리 나라의 2001년도 부패지수는 조사 대상국 91개 국가중 42위를 차지하였으며 전년도에 비해 6단계 상승하였다고 한다. 아사아권에서는 싱가포르가 4위를 차지하였고 일본은 21위에 그쳤다.

세계에서 가장 수출을 많이 하고 있는 19개국의 뇌물지수를 조사한 결과 우리 나라는 중국에 이어 두 번째로 뇌물이 많이 오가는 나라로 낙인찍혔다. 이에 대하여 응답한 사람은 인도, 브라질 등 수입국의 공인회계사, 변호사, 기업, 은행 등의 무역관계자 등 770명으로 수출국의 어느나라가 가장 부패한가를 조사한 것으로서 상당히 공신력이 있는 것으로 보인다. 부패지수에서 전년도보다 다소 상승한 것은 바람직한 일이지만 수출을 주도하고 있는 국가에서 꼴치를 맴돌고 있다는 것은 매우 불쾌한 일이다.

나라가 망할 즈음에는 공무원이 제일 먼저 썩는다는 것이 역사적으로 증명된다. 월남이 패망직전 공무원의 부패가 하늘을 치솟았다는 것은 월남에서 근무하고 돌아온 사람들의 입을 통하여 알려진 사실이다. 민원인이 들어오면 책상 서랍을 뒤로 주욱 밀어서 그 서랍속에 돈을 넣어야 민원처리가 되었다.

우리 공직사회도 많이 정화되었다고 하지만 외부에서 보는 시각은 그렇지 않은 것 같다.

노자에 '지족자부(知足者富)' 라는 말이 있는데 이는 '만족할 줄 아는 사람이 부자' 라는 뜻이다. 요즘 사람들이 인사말을 하면서 "부자 되십시오."하는 말을 듣고 '공무원이 부자는 무슨 부자' 라는 말이 입밖에 곧바로 튀어나오지만 꼭 참는 때가 종종 있다. 사람의 욕심은 한이 없어서 서 있으면 앉아 있고 싶고, 앉아 있으면 또 눕고 싶다. 병원에 입원해 있으면 아프지 않은 사람이 그렇게 부러울 수가 없다.

사람의 욕심은 끝이 없다. 그러나 다른 사람은 몰라도 적어도 공무원은 월급으로 자식들이 공부할 수 있는 것만으로도 감사해야 하지 않을까? 친구가 부동산으로 돈을 벌었다고 부러워할 일도 아니다. 정년 퇴직하신 분이 주식에 투자했다가 본전은커녕 많은 돈을 날리고 몸져누운 경우가 한둘이 아니다.

속담에 "99섬 가진 사람이 1섬 가진 사람에게 100섬을 채우자고 한다."는 말이 있다. 그러나 때로는 자제할 줄 알아야 한다. 그래야 건강에도 좋다. 퇴직 후에는 연금으로 조용히 살면서 책도 읽고 또 기회가 되면 공무원 생활에서 얻은 지식에 대하여 강의도 하면서 사는 것도 필요하다. 또한 건강을 유지하기 위해 꾸준히 등산을 하거나 운동을 하는 것도 바람직하다.

록펠러가 얼마나 많은 재산을 소유하고 있는지에 대한 자료가 없었다. 다만 그의 아들 록펠러 2세가 30억 달러(한화 3조 7,500억원)를 가지고 있으니 적어도 이보다는 훨씬 많았을 것으로 추측한다.

록펠러는 본래 장수하였으나 자기의 임종을 앞두고 1년의 생명을 연장하는데 자기의 전 재산의 반을 주겠다는 제안을 하였다는 이야기는 건강이 우리에게 얼마나 소중한 것인가를 깨닫게 해주는 것이다.

오늘 연꽃에 대하여 이야기하는 것은 연꽃의 상서로움을 통해서 우리 자신을 되돌아보자는 의미이다. 연꽃과 같이 비록 내 자신의 뿌리가 진흙탕 속에 스며들어 있지만 깨끗한 삶을 살아야 하겠다는 마음가짐이 중요하다고 생각한다. 비가 오는 날 우산을 받쳐들고 연꽃이 피어 있는 연못 주위를 둘러보자. 청개구리 한 마리가 연꽃 위에 앉아 비를 맞으며 무슨 생각을 하고 있을까?

연꽃이 진흙탕 속에서도 아름다운 꽃을 피워내듯 세상이 자기를 헐뜯고 못난 사람이라고 질타해도 올바로 살아가겠다는 굳은 의지로 살아가는 사람이 점점 늘어갈 때 우리 사회는 보다 아름다운 사회로 정화될 수 있으리라는 것을 굳게 믿는다.

영화에는 인생이 녹아 있다

현대 사회는 매우 빠르게 변화하고 있다. 우리가 살아가는 사회는 다양하다. 문화의 발전 속도에 따라서 영화산업도 비약적으로 발전하고 있다. 항공기 산업 다음으로 무한한 발전 가능성이 있는 사업으로 영화산업을 꼽고 있는 학자도 있다.

과거에는 상상도 할 수 없는 촬영기법이 도입되고 과학 기술이 도입되고 있다. 우리 나라에서도 선진국에서 영화를 체계적으로 연구하고 돌아온 많은 신진들이 영화산업 발전에 기여하고 있으며, 영화를 제작하는 데 있어서도 많은 자금을 투자하고 있다.

2004년에 박찬욱 감독의 '올드보이'가 칸느 영화제에서 심사위원장 대상을 수상하였다. 이는 동 영화제의 2위에 해당하는 대상이며, 한국영화사에 길이 빛날 쾌거라고 한다. 또한 임권택 감독이 이조시대 화가 장승업 화백의 일대기를 그린 '취화선' 이라는 작품을 칸느 영화제 출품하여 감독상을 수상하였는데 이는 우리 나라 작품이 세계 속에 우뚝 섰음을 의미하는 것이며 과거에는 상상할 수 없는 일이라고 한다.

임권택 감독의 수상 소식을 듣고 영화계에 종사하는 사람들은 눈물을 머금었다는 이야기를 들었다. 그동안 우리 나라 영화가 세계 시장에서 수상을 하게 된 것은 1981년 이두용 감독의 '피막' 이 베네치아 영화제에서 특별상을 수상하였으며, 1985년 하명중 감독의 '땡볕' 이 베를린 영화제 본선진출과 벨기에 영화제 음악상, 시카고 영화제 최우수 촬영상을 수상하였으며, 임권택 감독의 '씨받이' 에 출연한 강수연씨가 1987년 베네치아 영화제 최우수 여우주연상을 수상하는 등 우리 나라 영화 수준을 해외에 널리 알리는 계기가 되었다.

앞으로 아카데미 수상을 위한 꿈을 향하여 도전하는 것도 불가능한 일은 아닌 것으로 보인다. 최근 대만 출신 리안 감독의 와호장룡이라는 영화가 아카데미상 10개부문 후보에 올라서 아시아인들의 가슴에 즐거움을 던져 주었으며 만족할 만한 평가를 받아 아카데미상 수상에 대한 기대가 컸으나 글래디에이터에게 그 자리를 양보하였다.

미국의 헐리우드에서 그만한 평가를 받았다는 것 자체가 자랑스러운 일이 아닐 수 없다. 기왕에 아카데미 수상에 대하여 이야기가 나왔으므로 몇 가지 소개하고자 한다.

지금까지 가장 많은 수상기록을 남긴 사람은 월트 디즈니였다. 그는 정규 부문상 26회를 비롯하여 특별상 5번 등 총31회의 수상을 한바 있으며 이 기록은 앞으로도 깨어질 가능성이 없는 것으로 보인다.

금년에도 어김없이 아카데미상 애니메이션 부문 후보에는 월트 디즈니사 제품 릴로앤스티츠 등이 포함되어 있다. 월트 디즈니는 젊은 시절에 자기의 실력을 인정받지 못하고 피눈물 나는 인고의 세월을 보냈다고 한다. 그는 언젠가는 자기를 알아줄 날이 있을 것이라는 확신을 가지고 열심히 노력한 결과 아무도 채우지 못한 금자탑을 쌓아 올렸다.

그는 1923년에 월트 디즈니사를 설립하였으며, 1928년에 월트 디즈니 프로덕션이라는 회사를 만들었는데 1999년 기준 총 자산이 437억달러라고 한다. 이는 한화로 54조 6,250억 정도 되는데 이는 우리 나라 1년 예산의 50% 가량이 되는 막대한 돈이다. 또한 동년 매출액은 234억 200만달러라고 하니 그 규모에 놀라지 않을 수 없다.

처음 미키마우스에 성공을 거두었던 그는 백설공주(1937), 피노키오(1940), 신데렐라((1950), 메리포핀스(1966) 등을 연달아 성공시키면서 어린이들에게 꿈과 희망을 안겨주었다. 그러나 불행하게도 1966년 폐암으로 사망하고 잠시 형 로이가 회사를 맡았으나 1971년 우편배달부 출신 워커가 최고 경영자가 되었다.

그후 인어공주(1989), 미녀와 야수(1991), 알라딘(1992), 101마리의 강아지, 아더왕의 검, 레이디와 트럼프, 라이언, 정글북, 덤보, 뮬란, 구피무비, 환타지아, 아틀란티스, 벅스라이프 등을 연속적으로 히트시키고 있으며, 일단 월트 디즈니에서 만든 제품은 재미있다는 확신을 갖게 해주고 있다.

월트 디즈니사는 날로 발전하여 시대 조류에 맞추어 멀티미디어 사업에도 손을 대기 시작하여 캐피탈시티 -ABC를 190억달러에 매입하였을 뿐만 아니라 요식 산업에 진출하는 등 날로 사업을 확장하고 있다.

월트 디즈니는 두 딸이 있었는데 다이엔과 사론이었다. 1930년대와 1940년대에는 린드버그 어린이 유괴사건이라는 유명한 사건이 발생하였는데 디즈니도 두 딸에 대한 애정이 각별했다.

두 딸을 보호하기 위해 두 딸의 사진은 일체 공개하지 않았으며, 사진을 찍힐만한 공공장소에는 절대로 딸을 데려가지 않았다고 한다. 헐리우드 호화저택에는 경보장치가 설치되고 아이들을 얼마나 철저히 보호했는지 두 딸은 아버지의 이름조차도 모를 정도였다. 여섯 살 되던 해 큰딸 다이앤이 유치원에 갔을 때 "너의 아버지가 월트 디즈니지?"하고 물었다.

딸은 답변도 못하고 저녁에 아버지가 집에 돌아와 신문을 읽고 있을 때 화가 나서 아버지에게 "아빠는 왜 월트 디즈니라는 말을 하지 않았어요?"하고 따졌다는 이야기는 유명하다.

크리마스 전에 월트 디즈니는 두 딸이 없는 사이 마당에 아름다운 정원을 꾸몄다. 버섯 모양의 굴뚝, 작은 창문 등 만화에서 나오는 멋진 궁전을 꾸몄다. 그리고 산타클로스 할아버지가 두 딸에게 전화를 걸어 "너희들에게 아름다운 궁전을 선물로 보냈다."는 이야기를 해주었다.

뒷집에 사는 아이들은 그 궁전이 너희 아버지의 회사에서 나온 직원들이 지었다고 설명해도 두 딸은 믿지 않았으며, 산타클로스 할아버지가 보냈다는 것을 확신하였다고 딸 다이앤은 어렸을 적을 회상하였다고 한다.

전세계의 어린이들에게 환상적인 이미지와 꿈을 심어준 우리들의 영웅도 불행하게도 우리 곁을 떠났다. 그러나 그의 놀라운 상상력은 아직도 살아서 어린이들에게 즐거움을 더해 주고 있다.

미국의 로스앤젤레스와 플로리다주 올랜도에 궁전 같은 디즈니 월드를 개장하고 있다. 1997년 플로리다주에 갔을 때 디즈니 월드를 관람할 기회가 있었는데 우선 300만 평이 넘는 방대한 규모에 놀랐다.

상상도 할 수 없을 만큼 좋은 시설을 갖추고 어린이는 물론 어른들에게도 동심의 세계로 흠뻑 빠져들게 하는 공원이었다. 우주체험, 바닷속 장면, 북극에서 스키를 타고 있는 듯한 착각을 갖게 하는 아이맥스 영화, 수액을 통하여 농사를 짓는 첨단 농업, 노랫소리에 맞추어 아름다운 율동으로 춤을 추는 분수대, 그리고 돌고래 쇼 등 몇 년이 흐른 지금도 그때 장면을 잊을 수가 없으며, 우리 나라에도 저런 시설이 있었으면 좋겠다는 아쉬운 생각만 하고 쓸쓸히 돌아서야 했다.

아무튼 아카데미상 수상을 이야기하다가 월트 디즈니에 대한 이야기가 길어졌다. 이밖에도 역대 아카데미 부문별 수상작 중에서 감독상, 주연상, 촬영상, 작품상 등의 각 부문에서 11개 부문을 수상한 작품은 벤허와 웨스트사이드 스토리, 그리고 타이타닉이라고 한다. 9개 부문은 중국 청나라를 배경으로 촬영한 마지막 황제가 차지하였고, 잉글리쉬페이션트도 9개 부문을 수상하였다.

지금 세계 각국에서는 100여 개 이상의 영화축제를 하고 있다고 하며, 미국을 비롯하여 아시아권에서는 홍콩, 인도, 일본, 한국 등이 영화제에 대한 관심이 매우 크다.

최근 이러한 추세에 맞추어 영화산업의 중요성을 높이 평가하고 있는 우리 나라 각 지방자치 단체도 늘어나게 되었다. 이에 따라 경쟁적으로 영화제를 개최하고 있는데 부산시 국제 영화제나 부천시의 영화제가 그것이다.

광주에서도 민주성지의 이미지를 구축하기 위해 민주화관련 영화제를 개최한 바 있으나 이 영화제는 아무래도 제한적인 영화제가 될 수밖에 없는 한계성이 있다. 영화제는 광주 비엔날레와 더불어 예향이라고 불리는 광주 전남지역에서 개최하는 것이 더욱 큰 의미를 갖지 않을까 생각한다.

잘 알고 있는 바와 같이 컬러텔레비전이 등장하면서 영화 산업이 침체기를 벗어나지 못할 것으로 보았다. 우려한 바와 같이 컬러텔레비전 등장 후 극장가는 실제 많은 타격을 받았다. 여기저기서 극장이 문을 닫는 사태가 발생하였다. 그런데 최근에는 오히려 영화 산업이 날로 발전하고 있으며, 영화관도 새바람을 맞고 있다.

광주 상무지구에 컬럼비아 영화관이 생겼는데 지금은 10개관이 동시에 개관하고 있다. 다른 곳에도 13개관이 동시에 개관할 수 있는 시설을 짓기로 하고 추진하고 있다. 시중의 극장은 대부분 1개관만 운영하지 않고 소극장으로 쪼개 운영함으로써 다양한 취향을 갖고 영화관을 찾는 관객들에게 만족을 주고 있다.

영화산업이 발달하기 위해서는 영화를 사랑하는 저변 인구가 확대되어야만 가능하다고 판단되는 바 이에 관련하여 판단해 볼 때 최근 우리 나라 사람들의 영화에 대한 관심이 매우 높아지고 있다. 좋은 영화를 제작하게 되면 영화관에 인산인해를 이룰 만큼 많은 사람이 찾고 있으므로 이에 대한 여건은 충분히 성숙되었다고 볼 수 있다.

과거 우리 나라 영화는 대개 에로물이 많았으나 이제는 수준 높은 작품이 많이 선보이고 있으며, 흥행에도 성공한 사례가 대단히 많다. 예를 들어 달마가 동쪽으로 간 까닭, 서편제, 씨받이, 쉬리, 가문의 영광, 친구, 우리들의 일그러진 영웅, 집으로 가는 길, 취화선 등 꽤 많은 작품들이 흥행에 성공하였을 뿐만 아니라 작품성이 뛰어나다고 할 수 있다.

이렇게 수준이 높아짐에 따라 외국영화에 철저히 외면 당하던 우리 나라 영화 산업도 관객들로부터 사랑을 받게 된 것이다. 다음에 설명하겠지만 우리 나라 자국 생산 점유비율이 이를 단적으로 보여 주고 있다. 우리 나라 영화를 보면 그 스토리의 전개과정이 눈에 보였으나 최근 영화는 상당히 수준이 높아져서 과거와는 다른 양상을 띠고 있다.

그렇다면 우리 나라 영화산업의 발전 가능성은 어느 정도일까? 물론 현재까지는 미국의 헐리우드 영화시장이 세계를 석권하고 있다. 같은 언어권인 영국은 이미 미국이 점령해 버렸다는 것이 정평이다.

　미국을 제외하고는 자국에서 생산한 영화 점유율이 일본은 41%, 프랑스가 34.5%이고 우리 나라가 25.5%로서 세계 3위의 자생력을 갖고 있다고 학자들은 주장하고 있다. 다만 중국이나 인도와 같은 나라와 비교할 때 관객 동원능력에 있어서 문제가 되는 것은 인구가 적다는 것이다.

　예를 들어 중국은 본토만 해도 13억의 인구를 자랑하고 있으며, 인도는 10억이나 된다. 그러나 우리 나라는 남북한과 해외 동포까지 합하여 8,000만 명에 지나지 않기 때문에 관중 동원에 한계가 있다는 점이 지적되고 있다.

　옛날 우리 나라의 영화를 보면 배우들의 모습이 어쩐지 촌스러운 데가 있었다. 영화 업계에 종사하는 외국인의 입장에서 보았을 때 너무 촌스럽게 느껴졌을 것이다. 그리고 현대에 들어와 우리 국민들의 수준도 그만큼 높아졌다. 아마 영화배우들도 자신들의 영화를 보고서 씁쓸하게 웃을지도 모른다.

　왜냐하면 우리들이 보아도 수준이 떨어진다고 보는데 수십 년 동안 영화계에 종사한 사람들의 입장에서 볼 때는 그런 생각이 더욱 절실하게 느껴질 것이다. 예를 들어 신성일씨나 엄앵란씨 등이 옛날에 본인들이 출연한 영화를 보고 많은 소회를 갖게 될 것이 틀림없을 것으로 본다.

　영화산업도 문화수준의 향상과 과학의 발달, 민도 등이 달라짐에 따라 변화하게 마련이다. 또한 촬영기법과 미술, 만화, 조명, 배우자의 연기 등의 발달에 따라 달라질 수밖에 없을 것이다. 과거 영화는 대개 스토리 중심이었으나 최근의 영화는 감상 후 스토리의 전개 과정을 이해하는 데 무척 힘이 든다. 스토리 중심으로 엮어진 영화는 이해하기도 매우 쉽다. 그리고 많은 돈을 들이지 않고 촬영할 수도 있었다.

　그러나 최근 영화는 SF영화도 있고 타이타닉이나 클리프 행어, 인디

펜던스, 반지의 제왕, 쥬라기 공원, 그리고 라이언, 백설공주, 인어공주, 미녀와 야수 등 애니매이션 등 다양한 영화가 선보이고 있다.

영화 자체가 종합예술이지만 현대과학의 극치라고밖에 달리 표현할 수 없을 만큼 과학성이 요구될 뿐만 아니라 많은 자금이 투자된다. 그러나 한 번 성공하기만 하면 투자한 돈을 충분히 건지고도 남는다.

스필버그 감독이 심혈을 기울여 만든 영화 쥬라기 공원이라는 영화 한 편이 우리 나라 현대자동차가 1년 동안 수출하여 벌어들인 것과 맞먹는다는 이야기를 자주 인용하였던 것을 우리는 기억하고 있다. 이와 같이 영화는 시대의 발전과 변화를 반영하며, 기계문명의 발달에 따라 고도의 기술을 요하는 촬영이 가능하게 되었다.

영화에는 우리들의 일상생활이 그 가운데 있고 미술이 있고 음악이 흐르고 있으며, 인생이 녹아 있는 그야말로 모든 것이 총체적으로 융합된 종합예술이다.

며칠 전 전라남도지사를 비롯한 간부들이 영웅이라는 중국영화를 감상하였다는 이야기를 들었다. 매우 감명 깊게 보았다는 분이 많았다. 아무튼 도지사가 영화에 관심을 갖고 영화를 감상하는 것은 매우 바람직한 일로 바라보고 싶다.

그런데 이와 같이 영화산업이 발전하고 영화관에 가는 인원이 날로 늘어나고 있음에도 불구하고 친구들 중에는 1년에 한 번도 영화관에 가지 않았다는 이야기를 가끔 듣는다. 그래 얼마나 바쁘면 극장에 한 번 가보지 않았을까 하고 의아하게 생각하는 사람이 있을 것이다.

그러나 영화도 문화의 한 단면이므로 영화에 대한 관심을 갖는 것도 좋은 일이라고 생각한다. 영화 감상을 통해서 가족간의 유대를 강화할 수 있고 영화에 대한 이야기를 나눌 수 있는 소재를 만들 수 있기 때문이다. 요즈음 영화 '반지의 제왕' 후속편이 나와 공전의 히트를 계속하고 있으며, 얼마 전에는 영화 '가문의 영광'이라는 코미디 비슷한 우리 나라 영화가 히트를 치고 있었다. '집으로 가는 길'이라는 영화는 배우가 아닌 일반 사회인을 파격적으로 스카웃하여 대성공을 거두기도 하였다.

이렇게 영화관이 끓고 있는데도 영화관에 가지 않는 것은 한 번쯤 반성해 볼 일이다. 그러나 바쁠 때일수록 시간을 내서 극장에 구경가면 새로운 활력소를 얻을 수 있을 것으로 확신한다. 그래야만 문화시민으로서 긍지와 자부심을 얻을 수 있기 때문이다.

영화는 종합예술이다. 영화에는 미술, 음악, 촬영, 과학, 연기자의 연기, 관객을 사로잡을 수 있는 기법, 만화 등 헤아릴 수 없는 많은 부분이 함께 어우러진 총체적인 결합체이다. 그래서 영화를 보면 현대 과학기술의 정수를 볼 수도 있고, 현대 음악의 수준을 알 수 있으며, 미술 등을 전체적으로 파악할 수 있다. 영화를 볼 때 배우의 이름까지 기억할 필요가 없다고 생각한다. 영화를 자주 접하다 보면 자연스럽게 배우의 이름을 하나 하나 알 수 있게 된다.

영화에는 인생이 녹아 있다. 우리들은 영화를 보면서 영화 속의 주인공이 되기도 한다. 영화 속의 주인공이 울면 우리도 따라 운다. 그리고 깡패가 나와 죄 없는 사람을 죽이거나 때리면 우리는 분노를 느낀다.

어려운 가정에서 태어난 사람이 성공을 거둘 때는 우리는 나도 모르게 박수를 치며 좋아한다. 영화 속에서 우리는 간디가 되기도 하고 황야를 누비는 건맨이 되기도 한다. 관우도 되고 장비도 되며, 유비와 조조가 되기도 한다.

영화의 유형별로는 드라마, 공포, 스릴러, 전쟁 등 가지각색의 다양한 소재로 제작된다. 어떤 경우에는 꿈속의 세계를 다룰 수도 있다. 삼국지와 같은 영화 속에는 인간의 처세에 대한 여러 가지 방법을 보여 준다. 사극은 어떻게 사는 것이 바람직한 삶인지에 대해 보여 준다.

역사는 비록 당대에 호화로운 생활을 할지 몰라도 반드시 바른 방향으로 정리되는 것이다. 이를 두고 사필귀정(事必歸正)이라고 표현하고 있는 것이다.

예를 들어 본인이 당대에 고관대작이라고 하지만 간신으로서 임금에게 직언을 하지 못하고 나라를 망치게 하는 경우 그 사람의 일생은 결국 실패한 인간임에 틀림없다고 생각한다.

우리는 일생을 통하여 많은 것을 남을 통해서 배운다. 책을 통해서 배울 수도 있고 영화를 통해 배울 수도 있다. 세상만사는 모두 자기의 스승이다. 항상 배우는 자세로 살아가는 것이 필요하다고 믿는다.

1년에 한 번도 영화관에 가지 않은 것을 자랑스럽게 생각할 일이 아니라 아내의 손을 잡고 극장에 가는 것도 매우 뜻있는 일이라고 생각한다.

예향을 위하여

광주를 포함한 우리 전남 지역을 예향이라고 한다. 시(詩), 서(書), 화(畵), 창(唱)이 발달한 고장이라 하여 붙여진 이름인 것 같다. 그러나 우리 도를 찾는 외국인에게 우리 전남을 효과적으로 보여주고 홍보하기 위한 문화예술에 관련된 시설이 거의 없다. 혹자는 옥과 미술관, 목포 향토 문화관, 남농 미술관 등을 이야기할 것이다.

그러나 전남도청에 근무하는 공무원의 몇 %가 옥과 미술관을 알고 찾아가서 미술을 감상하고 왔는지 알 수 없다. 사람과 관련된 사업은 접근성의 원리에 따라 지어져야 하는데 시골에 세워짐에 따라 일어나는 현상이다.

또 우리 전남의 자랑거리라고 하는 소쇄원, 강진 다산 초당, 해남의 녹우당, 완도의 보길도 등을 열거하고 있다.

오늘날 제주도가 명소가 되어가고 있는 것은 여미지, 분재원, 조각공원 등 몇몇 유명 관광코스가 자연적인 면과 인공적인 면을 가미하고 있기 때문이다. 심지어 제주도의 관광호텔 등에서 공연하는 창(唱)은 다른 나라 사람의 취향에 맞추어 개작한 것까지 등장하였다. 때로는 옛것도 중요하지만 여기에 현대적인 감각을 살리는 것도 중요하다고 본다.

부끄러운 이야기지만 말로는 예향이라고 하면서도 광주 전남에는 예술의 전당 하나 없다. 예술인의 전당을 세우면 적자가 날 것을 두려워해서는 안 된다. 물론 다른 곳에 써야 할 예산도 많겠지만 이제 문화예술 쪽에도 많은 관심을 가져야 할 때가 되었다.

우리것을 찾아 복원하고 흩어진 문화 유산을 한데 모아 전시해야 한다. 가장 시급하다고 판단되는 것은 종합 예술 전당을 건립하는 것이다.

광주 비엔날레 행사처럼 몇 개월 하다가 끝나버리는 일회성 행사보다도 전남에 오면 시, 서, 화, 창 등의 진수를 볼 수 있고 전남의 맛있는 음식을 먹고 갈 수 있는 곳이라는 인상을 심어주어야 한다. 예향을 널리 홍보할 수 있는 거대한 전당을 건립하여야 한다.

사실 우리 전남은 수많은 문화예술인을 배출시켰다. 유형 무형의 문화재가 다수 있다. 그럼에도 불구하고 몇몇 개인이 세운 기념관을 제외하고는 공공부문에서 관리하고 있는 것은 매우 적다. 목포에 있는 남농 기념관과 진도에 있는 백포 선생의 미술관 정도가 개인이 만든 것이라고 볼 수 있다.

공공기관이 관리하고 있는 것은 남농 선생과 김성훈 전장관 등이 기증한 것을 전시하고 있는 목포 향토 문화관과 전라남도가 세운 옥과 미술관 정도가 아닐까 생각한다.

미술로 이름을 떨치신 분은 동양화의 남농 허건 선생, 의제 허백련, 백포 곽남배 선생 등이며 서양화는 오지호 화백 등일 것이다. 일일이 다

열거할 수 없을 만큼 많은 미술가를 배출시켰다. 또한 그 분들의 제자들이 대한민국 미술대전의 심사위원을 역임하고 전국 각지에서 활발하게 활동하고 있다.

서예에 있어서도 박정희 대통령에게 서예를 가르쳤다고 하는 소전 손재형 선생과 지금도 왕성하게 활동하고 계시는 장전 하남호 선생 등이 있고 창에 있어서는 임방울 선생 등이 있다. 대한민국에서 창을 하는 사람들의 거의 대부분은 전라남도나 전라북도 출신 국악인으로부터 사사를 받았다고 해도 과언이 아니다.

이와 같이 그들이 이루어 놓은 업적은 수없이 산재되어 있으나 이를 체계적으로 관리하고 전시할 수 있는 전당이 없다는 것은 매우 불행한 일이다.

종합 예술의 전당의 건립은 자금이 많이 소요되고 관리에도 문제점이 있기 때문에 개인이 건립한다는 것은 거의 불가능한 일이다. 따라서 국비나 도비를 지원하여 세워야 한다.

각 층별로 전시실이나 국악공연장을 두는 것이다. 예컨대 1층은 국악공연장과 사무실, 2층은 국악 연습장, 3층~4층은 미술 전시관, 5~6층은 서예 전시관, 7~8층 수석 전시관, 9~10층은 패류 및 각국의 화폐나 보석 전시장, 11~12층은 강진 청자 등 도자기 전시장, 옥돌전시장, 13층에는 상설 영화 개봉관 등으로 활용하고 꼭대기 층에 회의실 등을 두는 것이다.

또한 일정한 장소에서는 기념이 될만한 기념품 판매 코너도 신설한다. 미술 전시관은 대한민국 미술계를 빛낸 인사 중 타계하신 분부터 상설 전시해야 한다.

여기에 전시될 수 있는 작품은 심사위원회를 구성해서 누가 봐도 타당하다고 생각되는 작품만을 엄선하여 전시하는 것이 바람직하다. 그림은 국가에서 정당한 가격에 구입하거나 후손들로부터 기증을 받는 것도 하나의 방법일 것이다. 국전입선 경력, 또 국전심사위원 경력 등 타당한 근거를 마련 심사기준으로 삼아야 한다.

서예도 마찬가지다. 창에 있어서도 지금까지의 창의 인맥, 창의 분류 등을 일반인들도 알기 쉽게 구분하여 정리하여야 할 것이다. 건물이 크다고 좋은 것이 아니라고 할지 모르겠으나 그래도 전라남도에 그만한 전당이 하나쯤 있는 것이 바람직하다고 생각한다.

예향 전남에 가서 정말 감동적인 구경을 했다고 말할 수 있어야 하고 우리 도를 찾아온 외국인에게도 우리 도가 한국의 대표 예향임을 각인시켜야 한다.

전라남도 담양에는 아름다운 소쇄원이 있다. 한국인이 풍류를 즐기고 유유자적하였다는 정원을 내·외국인에게 소개하기 위해서는 관리에 크게 신경을 써야 한다고 생각한다. 정원을 보수하고 수리하여야 한다. 개인이 부담하기 어렵다면 국가에서나 지방 자치단체에서 보조하여야 한다. 다산 초당도 있다. 다산 선생의 그 수많은 역작을 전시하고 판매해야 한다. 얼마나 많이 팔릴 것인가는 문제가 아니다.

미국의 링컨 기념관에 가면 링컨관계 서적을 다수 진열하고 판매하고 있다. 그리고 다산 선생이 고산 윤선도 선생 가문이 외가임을 늘 강조해야 한다. 자연 그대로 둘 것은 두어야 하겠지만 보수하고 개량해야 할 것은 고쳐야 한다.

해남에 가면 고산 윤선도 선생 유적지 관리 사무소가 있다. 일명 녹우당이 있는데 이곳에는 우리가 상상할 수 없는 많은 저서가 있다. 그러나 아직도 그 수많은 책이 번역되지 못하고 있다. 전시실이 비좁아서 책을 진열도 하지 못하고 진열대 하단에 수북히 쌓여 있다.

녹우당에는 어부사시사만이 있는 것이 아니다. 거기엔 천문, 지리, 역사, 시, 문장, 그림 등이 있다. 윤두서 자화상이 있고 말 그림이 있다. 왜 아직도 그 많은 책들이 번역되지 못하고 방치되어 있는지 모르겠다. 내가 생각하기엔 그것은 개인적인 면을 떠나서 국가적 재산으로 봐도 좋다고 생각한다. 이것 또한 한학자들에게 의뢰하여 번역시켜야 옳다. 안타까운 일이다. 물론 이에 따른 비용은 국가나 지방자치단체에서 부담해야 한다.

우리가 고쳐야 할 것이 한두 가지가 아니다. 지난번 전라남도 국제관계 자문대사께서 신문에 기고한 글 중에 "프랑스 파리에 온 한국의 관광객이 아무 곳이나 가래침을 뱉고 있는 것을 프랑스 사람들이 쳐다보고 눈살을 찌푸렸으며 화장실에서 일 보고 손을 씻지 않는 것을 보고 부끄러웠다."는 요지의 글을 읽었다.

가래침 문제는 심각한 문제일 뿐만 아니라 부끄러운 자화상이다. 또 우리 나라 지하철이나 지하상가 등에 가면 껌을 씹다가 아무 데나 뱉고 있어서 보도블럭 등에 달라붙은 껌을 떼어내느라고 청소부 아주머니들 고생이 이만저만이 아니다. 제발 가정에서라도 이러한 일이 발생하지 않도록 자녀들에 대한 철저한 교육이 필요한 것 같다.

많은 사람들이 전라남도의 예술을 발전시키기 위해서는 남종화를 어떻게 발전시켜야 하는지, 또 남종화의 맥을 잇기 위해서는 어떤 방향으로 가야 한다는 등의 이야기를 많이 한다. 그러나 예술을 잘하기 위해서는 예술가들이 배가 불러야 한다. 정당하게 대우해 주는 길이 열려야 한다고 생각한다.

매스컴을 통해서 성공한 몇몇 예술가를 제외하고는 대부분이 그늘에서 어렵게 생활하고 있는 현실을 감안하여 이들이 안심하고 예술에 전념할 수 있도록 처우가 대폭 개선되어야 한다고 본다.

우리 전남을 예향이라고 하는데 예향에 살고 있는 사람들은 적어도 미술품을 거는 정도의 상식이나 예술에 대한 식견이 좀 있어야 하지 않을까? 우선 미술품의 액자를 거는 방법부터 알아야 한다. 아무렇게나 걸어서는 안 된다.

예향에 살고 있기 때문에 다른 지역 사람과는 달라야 하기 때문이다. 사실 오늘 내가 하고 싶었던 이야기는 이런 장황한 이야기가 아니었다. 액자를 거는 방법부터 살펴보자는 것이 이야기의 핵심이었다.

서양 사람들은 일반적으로 현실적이며, 과장이 많지 않은 것 같다. 그러나 중국 사람들은 과장이 심하다. 백발 3천장이라든가 3천갑자 동방삭이라는 것도 그것이다. 하늘을 날아다니면서 칼싸움을 하는 중국의 무술 영화에서도 그대로 드러난다. 서양 영화에서 보면 허무맹랑한 표현보다는 현실적인 면을 많이 강조한다.

이와 같은 맥락에서 서양 사람들이 사물을 관찰하는 것은 대개 과학적으로 접근한다. 우선 언어학적 구조도 그렇거니와 미술을 그리는데 있어서도 서양미술과 동양미술에 차이가 크다. 물론 최근의 경향은 동양미술과 서양미술이 근접하는 경향을 보이고 있기는 하다. 사진과 미술의 차이점은 미술 속에는 그린 사람의 혼과 철학이 들어 있다는 점이다. 사실 어느 미술가가 사진처럼 정확한 표현을 할 수 있겠는가?

서양미술에서는 같은 사물을 그릴 때 오전에 그릴 때와 오후에 그릴 때가 다르다. 즉 햇볕이 어느 방향으로 비치는가에 따라 사물의 밝고 어두운 면이 달라진다. 동양의 그림은 화선지의 바탕이 곧 그림의 일부이다. 서양이 동적이라면 동양은 정적이라고 볼 수 있다.

과학적인 것은 딱딱한 감을 주게 된다. 정을 앞세우는 동양은 그런 의미에서 볼 때 따뜻한 느낌을 준다. 약간 실수를 저질렀을 때, 동양 사람은 대충 이해하는 입장이다. 다만 일본 사람은 예외일 것이다. 조급한 성격 탓이다. 섬나라 기질이라고 비꼬는 사람도 있고 사무라이 기질이라고 좋게 말하는 사람도 있다.

그러나 서양 사람들은 일반적으로 잘못에 대해 엄격하다고 본다. 나는 가끔 남의 집을 방문할 때 집주인의 학식이나 문화적 수준을 그 집에 있는 살림 도구를 보고 판단하지 않는다. 주인이 보유한 서재와 미술품이 어떻게 걸려 있는지에 따라 대개 문화적 수준을 가늠한다. 걸어둔 액자가 비싼 것임을 논하지 않는다. 비록 싼 그림이라고 할지라도 그림을 걸 때 옳게 걸어야 한다.

반드시 보통 사람의 눈높이를 판단하여 그림의 중앙에 시선이 가도록 걸어야 한다. 그래야만 그림을 정상적으로 감상할 수 있다. 너무 높이 거는 것은 바람직하지 않다. 그러나 집안 형편상 또는 구조상 어쩔 수 없이 그렇게 걸 수밖에 없는 경우는 예외이다.

지금까지 내가 이야기한 것이 편견일 수도 있다. 그리고 아무 것도 모르는 사람이 지껄이고 있는 독백에 불과할 수도 있다. 왜냐하면 실제 문화예술에 종사하고 있는 사람뿐만 아니라 이를 지원하고 있는 선배 공무원들이 있기 때문이다. 누구보다 더 잘 알고 있으나 예산 등이 현실적으로 뒷받침되지 않아서 우선 순위에서 밀려 날 수도 있을 것이다.

그러나 우리가 바둑을 둘 때 실제 바둑을 두는 사람보다는 옆에서 구경하는 사람이 더 잘 볼 수 있는 것처럼 국외자(局外者)가 더 잘 관찰할 수도 있는 것이다. 이제 전라남도의 관광활성화와 맞물려 관광객 유치를 위한 관광시설의 확충이 뒤따를 것이다. 다도해 개발이 그것이고 골프장 건설이 그것이다. 이와 더불어 우리 도의 문화 예술을 새롭게 보고 각종 문화시설을 대대적으로 복원하고 지원해야 한다.

일본 사람들은 선사시대의 역사 유물에 대하여 매우 민감하다.

몇 년 전에 구석기 시대 유물이 발견되었다고 야단이었다. 그리고 여기저기서 구석기 시대 유물이 발견되었는데 공교롭게도 같은 사람이 구석기 시대 유물을 자주 발견했다는 점이다. 나중에 알고 보니 조작했음이 드러난 것이다. 왜 그렇게 호들갑을 떨고 있을까?

신석기 유물만 있고 구석기 시대 유물은 없다는 것은 그들이 구석기 시대에는 살지 않았으며, 신석기 시대부터 어디선가 이동해 와서 살았다는 점을 반증하는 것이다. 외지로부터 흘러와 정착했다는 것이다. 그러나 일본 사람들이 문화 유적에 대해 관심이 매우 크다는 것은 확실하다.

우리 도와 매우 밀접하게 교류하고 있는 사가현 요시노가리 유적지 복원이 한창이다. 약 60만 평의 부지 위에 공사가 한창이다. 물론 국비와 현(縣)비를 들여 만들고 있는데 이곳에는 일본의 천황도 다녀갔다고 한다.

신석기 시대 유적지 발굴 현장에서 나온 뼈가 적어도 일본인보다 5센티미터가 더 컸다고 한다. 또한 쌀이 발견되고 있다. 사용 도구가 우리와 너무나 닮았다. 이곳에서 일하고 있는 학예관은 이 뼈가 한국인일 것으로 보았다. 과거사를 증언함에 있어서 일본의 학자들은 한국의 문물이 일본에 흘러 왔음을 부인하지 않았다. 오키나와 같은 데서는 한국의 사신이 일본에 가는 행렬을 재현하여 많은 관광객을 유치하고 있는 사례도 있다. 우리 나라 사신이 오키나와를 거쳐 일본의 에도까지 가는데 70여 일이 소요되었으며, 사신을 비롯한 안내자까지 1,000여 명에 이르렀다고 한다. 이러한 사신 행렬이 지나가는 동안 길 옆에서 구경하고 있는 일본인들이 한국 사신으로부터 친필 휘호 등을 받는 것을 자랑으로 여겼다. 그러한 사신도가 역사적으로 이를 증명하고 있다. 또한 사가현 나고야성 박물관에는 한일관계 귀중한 자료들이 많이 있으며, 심지어 이순신 장군의 깃발이 여수시의 기증으로 이곳에 보관되어 있기도 하다.

이야기의 방향이 엉뚱하게 흘렀다. 문화예술의 복원의 중요성을 강조하다보니 이렇게 되었다. 과거에는 먹고 살기도 힘들었지만 이제는 과거사도 되돌아볼 때가 되었다.

　예향 전남을 자랑스럽게 생각하면서 우리도가 진정으로 예향임을 눈으로 직접 확인할 수 있는 문화유산의 집대성이 필요하다.

오늘이 최후의 날인 것처럼

우리 인간은 저마다 특징적인 삶을 살아가고 있다. 그 중에서도 남다른 삶을 살아간 사람도 있고 아무 의미 없는 생을 살아가다가 이슬처럼 사라져버린 사람도 있다. 또 살아온 과거를 되돌아 보면서 후회하는 사람도 많다.

무엇을 위해 살았으며, 삶의 존재 의미가 무엇인지에 대한 심각한 고민을 하고 있는 사람도 있다. 어떤 사람은 이러한 깊은 철학적 사색에 잠겨 자기 스스로의 생을 포기한 사람도 있다.

스스로 생을 포기한 사람은 자기 나름대로 삶에 대한 고민도 있었을 것이나 '나 한 사람 죽으면 그만' 이라는 사고에서 부인이나 자녀들에 대한 생각은 전혀 하지 않은 채 자기가 처한 여건만 깊이 사색하는데서 비롯된 것이 아닌가 판단된다.

누구나 사춘기가 되면 왜 사는지에 대하여 깊은 번민을 하게 된다. 또 무엇 때문에 살아야 하고 살아가야 할 이유와 가치관 또 진로 등에 대해 심각한 갈등을 겪게 된다.

부모가 이혼하였거나 부모가 없는 결손가정에서는 이러한 문제 등에 대해 허심탄회하게 상의할 사람이 없기 때문에 더욱 많은 문제점을 노정시킬 수 있다.

부모가 있는 가정이라 할지라도 부모가 너무 엄격하면 자녀가 갖고 있는 고민을 쉽게 털어놓지 않는다. 그래서 평상시 대화가 필요하다는 것이다.

이러한 많은 번민에도 불구하고 인생은 살만한 가치가 있어 사는 것이다. 너무 피상적인 설명임에 틀림없으며 이런 말이 고민하는 젊은이를 설득하는데 주효할지는 미지수다.

그러나 인생으로 태어나서 사는 날까지 즐겁고 명랑하게 사는 것이 매우 중요하다. 어떻게 생각하면 인생이란 태어날 때부터 운명이 정해진 것처럼 보이기도 한다. 예를 들어 재벌 2세나 3세로 태어난 사람들을 보면 더욱 그러한 느낌을 지울 수 없다.

태어날 때부터 금수저를 가지고 태어나는 것이다. 돌날이 채 되기도 전에 수백만주의 주식을 소유하게 되고 수십억원의 예금을 갖고 있는 것이다. 아직 돈이 무엇인지도 모르는 아이들이다. 증여세 등의 문제가 터질 때마다 이런 문제들이 불거져 나오고 신문지상에 보도되고 있다.

그렇지만 처음부터 부자로 태어나는 것은 소수에 지나지 않는다. 대부분 평범하게 태어나서 자기의 생을 개척하는 사람도 많다는 것을 간과해서는 안된다. 그 중에서도 너무나 가난하여 어렵게 생활했던 사람이 성공한 케이스도 가끔 발견할 수 있다.

우리가 배추 한 포기를 심어서 가꿀 때에도 때로는 풀도 매주어야 하고 벌레가 생기면 농약을 해주어야 잘 자랄 수 있다. 잡초가 우거진 환경에서는 배추가 제대로 자랄 수가 없기 때문이다.

우리 인생도 대체적으로 부모님의 따뜻한 배려 속에서 대학에도 다니고 필요하다면 미국이나 일본에 유학을 다녀온 사람이 성공하고 잘 살기 마련이다. 그러나 간혹 어려운 역경을 헤치고 성공한 사례가 있는데 노무현 대통령이나 전남도에 와서 특강을 하신 신호범 워싱톤주 상원의원도 그러한 사례에 해당되는 것으로 판단된다.

신호범 의원은 경기도 파주에서 태어나 어렸을 적 가출 후에 미군부대에서 심부름도 하면서 미국인의 양자가 되어 워싱톤에서 중고등과정을 검정고시를 거쳐 학사, 석사, 박사과정을 마쳤으며, 나이 60이 넘어 워싱톤주 상원의원에 당선되었고 이제 나이 70이 되어 상원의원에 재선되는 영광을 안게 되었다. 자랑스러운 한국인임에 틀림없다.

어려운 가정에 태어났음에도 불구하고 의지와 신념 그리고 꿈을 안고 산다면 반드시 그 꿈이 이루어질 수 있음을 보여주는 대표적인 사례이다. 인간이 살아가는데 나이가 젊다는 것은 희망이 그만큼 크다는 것을 의미한다. 그러나 나이가 들었다고 너무나 좌절하거나 실망할 필요가 없다는 것을 그 분의 인생역정을 통해서 배울 수 있을 것이다.

내가 아는 미국사회는 신호범 의원과 같이 어려운 역경을 헤치고 열심히 살아가는 사람이 존경 받는 사회라고 한다. 그래서 그들은 과거에 어렵게 살아왔음을 전혀 부끄럽게 생각하지 않는다. 그러나 우리 나라는 어떤가?

대부분의 사람들의 이야기를 경청해보면 옛날 선조들이 부자가 아닌 사람이 없다. 옛날 시골에서 농사 짓던 사람들이 부자면 얼마나 부자였을까? 그 때는 논이 몇두락 있으면 부자가 아닌가? 우리의 몇대조 할아버지는 무슨 무슨 벼슬을 하였다고 자랑한다.

이말을 곰곰이 되새겨보면 이야기하는 사람이 자기의 조상보다 못났음을 반증하는 것이라고 생각한다. 자기의 조상이 훌륭하다는 것만을 자랑할 것이 아니라 현재 본인이 보잘 것 없음을 부끄러워 해야 하고 성공하기 위해 노력하여야 한다. 과거보다는 현재가 중요하다.

과거에 가난했음이 전혀 부끄러운 일이 아니다. 과거에는 가난할 수 있지만 현재의 내가 어떻게 살아가고 있는지가 중요하다. 공무원이라는 제도는 폐쇄적이고 승진도 또한 제한되어 있다.

35년 이상을 했던 사람 중에도 하위직에 머무르는 경우도 있고, 25년을 하고 있는 사람 중에도 중앙부처 고위직에 있는 사람도 있다. 이는 고시를 통해 출발부터 다른 길을 걷기 때문이다.

9급부터 시작한 사람과 5급부터 시작한 사람의 출발선이 다르기 때문에 일어나는 현상이다. 일단 고시에 합격하면 능력이 다르다는 것을 인정받은 셈이며, 위로 올라갈수록 승진 소요기간이 비교적 빠르기 때문에 20~30년이 흐른 뒤에는 상당한 계급차이가 나기 마련이다.

그러나 계급이 낮음이 결코 부끄러운 일이 아니다. 그보다는 공무원을 하는 동안 얼마나 깨끗하게 공직생활을 했느냐가 매우 중요하다. 과거에 비하여 우리 공직사회도 많이 깨끗해졌다고는 하지만 아직도 우리나라 공무원의 부패지수는 매우 높은 편이라고 한다.

아무리 계급이 높아도 뇌물수수로 쇠고랑을 차고 교도소에 들어가는 모습을 보고 그 사람을 존경할 사람은 없을 것이다. 비록 계급은 낮다 하더라도 공직사회에서 청렴하게 살았던 것을 자랑스럽게 생각하는 사회 풍토가 조성되어야 한다. 과거는 이미 흘러갔다. 계급이 낮고 높음에 따라 그 사람의 인생 전체를 논하지 말자.

미국의 워싱톤과 시카고 주변에는 특이한 매미가 살고 있다고 한다. 이름하여 17년 매미라고 하는데 이 매미는 17년 동안 땅 속에서 유충으로 지내기 때문에 붙여진 이름이다.

어떻게 땅 속에서 17년을 버티면서 사는 것인지 모른다. 정확히 그 시간을 지키어 태어나는 것도 매우 신기한 일이지만 17년이 되어 어느 여름날 거의 동시에 매미가 되어 약 2주 동안 화려하게 산다. 비록 2주 후에는 죽어 저 세상으로 갈 운명이지만 살고 있는 동안 열심히 살아가는 것이다.

어떻게 보면 우리 인간도 매미의 일생과 비슷하다. 철학적 사색에 빠지면 인생 그 자체가 허무하기 이를 데 없다. 그러나 이 세상에 태어난 이상 주어진 운명을 탓하지 말고 열심히 살아야 한다.

지구의 46억년의 그 억겁의 세월과 비교할 때 매미의 2주의 생이나 사람의 80년 삶 모두 찰나에 지나지 않는다. 살아가는 동안 오늘이 마지막인 것처럼 살자.

운명적인 만남과 사랑

사람이 살아가는데 있어서 애틋한 사랑이 있는가 하면 같이 살면서도 하루라도 빨리 헤어지기를 바라는 부부도 많으리라고 생각한다. 사는 것을 원수처럼 느끼고 있기 때문이다. 해외 토픽 만화에서 재미있는 내용이 있어 소개하고자 한다.

"한 남자가 아내와 함께 오픈카를 타고 골프장에 가다가 강물에 빠졌다. 다행히 많이 다친 데는 없었다. 남편은 아내보다 먼저 골프채를 강물에서 건져 강둑에 서 있는 사람에게 맡기고 다시 아내를 구하기 위해 물속에 들어갔다." 그리고 덧붙여 설명하는 내용이 걸작이다. 아내보다 먼저 물 속에서 골프채를 건진 이유에 대하여 "골프채가 자기 부인보다 더 비싸기 때문이다."이라고 설명까지 곁들여 놓았다.

아무리 오락적인 요소를 담고 있는 만화이지만 자기의 아내를 돈과

224

결부시키는 것은 지나친 느낌이 들어서 씁쓸한 뒷맛을 남긴다. 골프채를 자기 부인보다 먼저 건져 올린 사람은 마음 속에 무슨 생각을 하고 있을까? 말만 부부이지 마음은 다른데 있지 않을까?

대체적으로 여성은 운명적 사랑을 더 선호한다고 한다. 보통 운명적인 만남을 강하게 원하는 여성들은 주위의 좋은 남자 친구들과의 관계를 연인으로 발전시키지 못한다. 그래서 같은 직장에서 근무하는 남성과 연애 결혼을 통해 성공하는 확률이 비교적 낮다.

자신 앞에 하얀 백마를 타고 운명적이고 능력 있는 남자가 나타났을 때를 항상 생각한다. 만약 직장 안에 마음에 드는 여성이 그런 유형이라면 특단의 대책이 있어야만 결혼에 성공할 수 있다. 그녀에게 다가가기 위해서는 그녀와의 만남이 운명적이라는 점을 강하게 인식시켜야 한다.

예를 들어 여성에게 "한밤중에 전화를 걸어 보고 싶다."고 말한다든지, 미리 그녀의 친구들에게 물어서 그녀가 좋아하는 것을 알아낸 다음 "마치 당신과 취미와 특기까지 비슷하다."는 논리로 접근하는 것이 바람직하다는 견해가 있다.

운명적인 만남을 잘 표현한 영화 중에는 진가신 감독이 연출한 첨밀밀일 것이다. 주연은 여명과 장만옥이 맡았다. 첨밀밀은 1996년 개봉된 영화로서 홍콩에서 흥행수익 1위를 기록하였다. 액션 영화를 제치고 멜로영화가 1위를 차지한 것은 극히 이례적인 일이다.

이 영화의 줄거리는 다음과 같다. 이야기는 1986년으로 거슬러 올라간다. 돈을 벌기 위해 중국 대륙을 떠나 홍콩으로 떠난 두 남녀가 홍콩의 맥도날드에서 우연히 만난다. 꽃집과 맥도날드, 영어학원에서 악착같이 일해 돈을 모으는 이요(장만옥)와 약혼녀를 고향에 두고 성실하게 일하는 순박한 청년 여소군(여명)은 친구 사이로 시작한다.

두 사람의 관계가 사랑으로 발전하지만, 엇갈린 인연 때문에 성사되지 못한다. 두 사람의 만남과 헤어짐이 반복과 기억에서 사라지는 과정, 그리고 지나간 사랑에 대한 그리움을 섬세하게 표현했다는 평가를 받고 있다.

이들은 본토 출신이라는 점 외에도 등려군이라는 가수를 좋아한다는 공통점이 있다. 이들 둘은 이요가 모은 돈을 가지고 등려군의 테이프를 파는 노점상까지 차리지만 실패하고 이요가 애써 모은 돈을 날려버린다. 이런 계속되는 만남 속에서 소군과 이요는 서로 우정도 사랑도 아닌 미묘한 감정을 가지게 된다.

하지만 소군에게는 본토에 두고 온 애인이 있기 때문에 이들은 서로 좋아하면서도 쉽게 다가서지 못한다. 결국 소군과 이요는 각자의 길을 찾아 떠난다. 소군은 본토의 애인 소정과 결혼하고 이요는 돈 많은 암흑가의 보스를 만나 우여곡절 끝에 미국까지 흘러간다.

1995년 뉴욕에서 수 차례의 만남과 이별을 겪은 그들은 가수 등려군의 사망소식을 알리는 전자대리점의 TV 앞에서 운명적으로 다시 만나게 된다.

첨밀밀은 서로 사랑하면서도 이루지 못하는 사랑 앞에 한숨 짓는 사랑과도 같다. 그러나 이러한 사랑이 우리 앞에 다가와 운명적인 결합이 이루어질 때 순수하고 짜릿한 사랑이 될 수 있을 것이다.

일반적으로 여성들은 남자와 다른 점이 많다. 같은 사랑이라도 아기자기한 사랑을 원한다. 섬세한 성격 때문이라고 생각한다. 또한 남자들보다는 좀더 운명적으로 만나는 사랑을 꿈꾼다고 한다. 맞는 말인지 알 수 없지만 칭찬을 들어서 싫어할 사람은 아무도 없을 것이다.

나폴레옹 같은 장군도 부하의 칭찬에 만족해 했다는 것은 이를 입증하는 것이다. 칭찬은 남녀 모두에게 큰 효과가 있지만 감성이 풍부한 여성에게 더욱 효과가 있는 것 같다. 서양의 시인 중에 여성의 아름다움을 칭찬하면서 얼굴, 가슴, 손, 피부, 몸매 등 각 부분을 칭찬하고 이를 칭찬하는데 3만년이 걸린다고 표현한 시인도 있다. 이 말을 듣고 있는 여성은 그 남자가 거짓말을 하고 있는 줄을 뻔히 알면서도 마음이 끌리는 것이 인지상정(人之常情)인 것 같다.

우리들 대부분은 항상 마음 속에 그리워하는 사람이 있다. 그 대상이 초등학교 때 같이 다니던 여자친구일 수도 있고 남자친구일 수도 있다. 또 은사일 수도 있고 또 고생할 때 도움을 주었던 분일 수도 있다. 우리는 'TV는 사랑을 싣고' 프로에서 그러한 사례를 얼마든지 확인할 수 있다. 나이가 많고 적건 간에 항상 그리운 사람이 있기 마련이다.

내 친구 중에 유달리 여자친구들로부터 인기가 많은 친구가 있었다. 그는 시골 고향에서 초등학교를 마치고 광주에서 중고등학교를 다녔으며, 집안도 넉넉하고 미남이어서 많은 친구들의 인기를 독차지했다. 이제 우리 또래의 친구들은 결혼해서 아들 딸 낳고 자녀들도 모두 장성하였다. 며칠 전 서울에서 살고 있는 여자친구에게서 전화가 왔다. "무슨 일이냐?"고 물었다. 그녀는 초등학교 때 인기가 높았던 그 남자친구를 만나보고 싶어서 서울에서 광주에 간 김에 그 남자친구 집에 전화를 했던 것 같다.

전화번호를 간신히 알아 낸 뒤에 수십 년만에 전화를 했다는 것이다. 그런데 그 전화를 받은 사모님이 "누구인지를 캐묻더니 전화를 끊어버려서 몹시 기분이 나빴다."는 내용이었다. 덧붙여 말하길 "데리고 살 것도 아닌데 전화 한 번 했다가 큰 봉변을 당했다."며 몹시 서운하게 생각했다.

우리들 어렸을 때는 표현력도 부족하고 내성적인 사람이 많아서 좋아하면서도 좋아한다는 표현을 제대로 하지 못했다. 하고 싶은 말이 있으면 종이쪽지에 적어 보내곤 했다.

지금도 마찬가지이지만 여자들이 장성하여 결혼하게 되면 제일 먼저 신경 쓰는 게 남자친구들과 함께 찍은 사진이었을 것이다. 시집 가기 전에 모두 정리한다. 사진들을 모아서 불에 태워버리던지 앨범 속에 넣어 친정집 깊은 장롱 속에 숨겨 두고 간다. 물론 정숙한 여성들이다. 다만 남자친구와 찍은 사진으로 말미암아 마음이 넓지 못하고 옹졸한 남편이라도 만나게 되면 오해가 있을 수도 있기 때문이다.

요즈음 신세대 입장에서는 도저히 이해할 수 없는 일이다. 그렇게 옹졸한 사람과는 결혼하지 않겠다고 단언하는 사람도 있겠지만 단순히 생각할 일도 아닌 것 같다.

때로는 가정주부들이 남편이 시장바구니를 들고 따라다니는 걸 좋아한다. 물론 좋은 일이다. 그러나 시장바구니를 들고 다니지 않는다고 하여 나쁜 남편이 아니다. 아내를 대할 때 진실 된 마음으로 대해야 한다. 고생하는 아내를 위해서 도와주려는 마음가짐을 갖고 시장에도 다녀야 한다.

아름다운 가정은 활기차고 화목한 가정에서 시작된다. 활기찬 직장은 곧 가정이 원만해야 한다. 괜히 가정에서 짜증나는 일이 생기면 하루종일 일도 잘 되지 않는다. 그것은 사람인 이상 어쩔 수 없는 일이다. 따뜻하고 활기찬 가정은 아이들의 성장과 인성발달에도 크게 영향을 미친다. 건전한 가정생활은 아이들을 올바로 키우는데 필수적이다.

집에서 부부싸움이 잦고 별거하는 가정에서 자녀 교육이 제대로 될 수 없는 것은 자명한 일이다. 활기찬 직장은 화목한 가정에서 출발한다는 점을 강조하고 싶다.

웃으면 복이 와요

옛 선인들의 생활의 지혜를 보면서 깜짝 놀랄 때가 많다. 물론 현대 과학이라는 것이 사실은 옛날 사람의 지식이나 지혜가 축적되고 계승발전되어 이루어진 것이라는 걸 부인할 수 없다.

우리말에 소문만복래(笑門萬福來)라 하여 '웃음이 넘치는 집 대문에는 만가지 복이 온다.' 라든지 일소일소, 일노일노(一笑一少, 一怒一老)라 하여 한 번 웃으면 한 번 더 젊어지고, 한 번 노하면 한 번 더 늙는다고 하였다. 옳은 말이라는 것이 현대 과학으로 입증되었기 때문이다.

웃으면 우리 뇌에서 엔돌핀이 생성되어 기분이 좋아지고 건강에도 좋다는 것이다. 또한 웃음은 스트레스를 해소해 주기도 하고 웃는 사람에게는 스트레스라는 것이 아예 발생할 수 없다. 이와 반대로 화를 내면 그만큼 몸에 스트레스가 쌓이게 되고 건강에 몹시 나쁘다는 것이 판명되었다.

　옛날에 "큰 충격을 받아 사망하면 화병이 나서 죽었다."는 말을 곧잘 들었는데 이 말이 맞는 것이다. 화를 내면 노르아드레날린이라는 호르몬이 생성되는데 이 호르몬은 우리 몸에 아주 나쁜 독성을 품고 있다고 하며 이것의 독성은 독사의 독 다음으로 독하다는 것이다. 만일 양이 많이 분비된다면 독사의 독과 같이 치명상을 입힐 수 있다. 화가 난 정도에 따라 분비되는 양이 적기 때문에 바로 죽지 않는다고 한다.

　우리가 알고 있는 엔돌핀의 진통효과는 마약의 약 100배 이상이라고 한다. 어떤 자료에는 200배라고 기록한 것도 있었으니 확실히 대단한 진통효과인 것 같다.

　우리가 즐거울 때도 나오고 때로는 산모가 출산할 때 아픔을 진정시키기 위해 산모에게 다량의 엔돌핀이 생성되어 진통을 완화시키기도 하며 아기가 출산된 후에 서서히 엔돌핀의 양이 적어진다고 한다. 우리가 웃을 때는 약 650개의 근육 중에서 231개의 근육이 움직인다고 한다.

　웃음은 긴장과 근육을 풀어 주고 얕은 주름이 생기게 한다. 그러나 화를 많이 내면 우울해지고 큰 주름이 생긴다는 것이 정설이다. 또한 웃음은 혈액순환을 원활하게 하여 혈압을 낮춘다. 또 암에 걸린 사람에게 웃음요법이라는 걸 적용하는 의사들도 있다. 암에 걸린 사람이 웃을 일이 있을까마는 억지로라도 웃으면서 쾌활하게 생활하게 되면 암치료에 큰 효과를 얻는 것으로 나타났다. 그래서 요즘에는 웃음이 만병통치약이라고까지 하는 사람도 있다.

　미시간 대학의 사회과학대학의 연구에 의하면 낙관적인 사고를 갖게 되면 혈행을 약 20%까지 늘린다고 한다. 그런데 웃음 중에는 대체적으로 3가지가 있는데 첫째, 즐거워서 웃는 웃음 둘째, 사교를 위해 억지로 웃는 웃음 셋째, 긴장이 이완되면서 자연적으로 나타나는 웃음이 있는데 이중에서 가장 효과적인 것은 즐거워서 쾌활하게 웃는 웃음일 것이다. 어떠한 웃음도 웃지 않는 것보다는 더 나은 것이다.

일본과 한국에서 출판되어 베스트셀러가 된 바 있는 하루야마 시게오의 『뇌내 혁명』이라는 책이 있다. 지금은 상하권으로 출판되었으며, 아마 이 책이 베스트셀러가 된 것은 혹시 수험생들이 뇌를 획기적으로 개발하여 수험생활에 도움이 되지 않을까 하는 뜻에서 많은 사람이 사서 보았던 것이 아닌가 생각된다.

이 책의 요점은 간단하다. 플러스 사고를 갖는 것이 건강에 크게 도움이 된다는 것이다. 플러스적 사고방식이라 함은 모든 것을 긍정적으로 생각하고 즐겁게 생각하고 모든 것을 감사하며, 희망과 낙천적으로 사는 것이다.

심지어 담배의 경우에도 금연에 대한 불안감을 갖지 말고 즐겁게 피운다면 전혀 해가 없다고 한다. 그것은 뇌의 모르핀(엔돌핀을 말하는 듯) 이 분비되기 때문이라고 한다.

건강을 걱정한 나머지 '담배를 하루라도 빨리 끊어야 할 텐데.' 라고 걱정하지 말고 끊을 때 끊더라고 피울 때는 즐겁게 피워야 한다는 것이다. 술도 마찬가지다. 사람이 우울하거나 화가 났을 때는 앞서 말한 바와 같이 노르아들레날린이 분비되기 때문에 이 독성이 치명적이어서 매우 주의를 요한다.

나는 이 분의 노르아드레날린이라는 독성생성 이론이 타당하다고 생각한다. 섬 지역에서 생활해 본 사람들은 잘 알고 있겠지만 섬 지역에는 명절이 되면 대개 소나 돼지를 밀도살 하는 것이 일반적이며 이는 관습화되어 있다. 명절이 아닐지라고 섬 지역에는 염소 등을 방목하고 있는데 이 염소를 잡아먹는데도 기술이 필요하다.

처음 염소를 잡는 사람은 매우 서투르고 시간이 많이 소요된다. 그런데 여기서 놀라운 사실이 발견된다. 고통을 주어 잡은 염소고기에서 고기를 먹기가 어려울 만큼 역한 냄새가 난다. 아마 이 염소가 죽을 때 많은 스트레스를 받아서 발생하는 냄새일 것이다. 아마, 이 염소고기를 먹으면 우리들의 건강에 도움이 되지 않을 것임에 틀림없다. 이러한 염소 사례만 본다하더라도 화를 내서는 안된다는 결론에 이른다.

하루야마 시게오는 의사로서 많은 사람을 치료한 임상결과를 가지고 이야기하고 있다. 뇌내 혁명이라는 책에서 혈압에 관하여 언급하면서 본태성 교혈압은 선천적인 것이어서 치료가 불가능한 것으로 생각하고 있으나 자기의 경험으로 보아 이는 틀린 것이라고 주장한다.

사람의 몸무게가 1킬로그램이 늘어나면 약 100미터의 혈관이 늘어난다. 10킬로그램이 증가하면 약 1,000미터의 혈관이 늘어나게 되고 이 많은 혈관에 피를 공급하기 위해 심장에 많은 부담을 가중시키게 된다. 그러므로 혈압을 관리하는데 있어서 제일 중요한 것이 체중을 줄이는 것이라고 한다.

다음으로 중요한 것은 꾸준한 운동을 통하여 근육을 단련하고 키우는 일이라고 한다. 피를 몸 구석 구석 공급하는 것은 심장과 더불어 근육이 보조 역할을 하는데 근육이 발달되면 심장이 하는 일의 상당량을 근육이 해주기 때문에 혈압이 내려간다.

나는 RAW회사의 레슬링 프로그램을 즐겨본다. 어린애들이 즐겨본다는 프로레슬링을 어른이 보아도 재미가 만점이다. 레슬링을 보고 있으면 정말 신기한 점이 한두 가지가 아니다. 그들이 보여 주는 다양한 기술도 있지만 키가 2미터 내외가 되고 몸무게가 120킬로 그램이나 150킬로그램이 나가는 거구들이 잽싸게 행동하며 때로는 날아다니는 것 같은 현상을 보고 감탄한 적이 한두 번이 아니다.

정말 매력 있는 경기다. 그래서 즐겨 시청하고 있다. 만일 그 거구들이 고혈압이 있다면 어떻게 그런 과격한 운동을 할 수 있을 것인가?

그들은 체중에도 불구하고 매우 건강하다는 증거이다. 만일 그들에게 심한 고혈압 증세가 있다면 의사는 치료를 받도록 권유했을 것이다. 그들이 그런 격렬한 레슬링을 하는 것을 보면 매우 건강하다는 증거이다. 혈압 따위는 전혀 고려의 대상이 되는 것 같지 않다. 결국 시게오씨의 이론이 맞다는 결론에 이른다.

시게오씨가 임상실험을 통해 치료한 환자중에는 상승기 혈압이 220이었고 하강기 혈압이 140이었던 사람이 병원을 찾아왔다고 한다. 그는 키가 160센티미터 내외이고 몸무게도 98킬로그램으로서 비만 체질을 갖고 있었다고 한다.

다른 의사들은 모두 입원치료를 해야 한다고 주장했으나 시게오씨는 그를 운동요법, 마사지요법, 식이요법을 통해 정상혈압(120/80)으로 되돌렸다고 한다.

물론 시게오씨도 다른 의사와 마찬가지로 처음에는 무척 망설였으나 운동요법에 대한 굳은 신념 때문에 운동요법을 병행하여 소기의 효과를 거두었다고 한다. 시게오씨가 말하는 운동은 대개 가벼운 맨손체조를 권유하고 있었으며, 증상에 따라 강도를 높이는 것으로 판단된다.

이분의 이야기 중에 "빨리 죽고 싶으면 화를 내고 스트레스를 많이 받아야 한다고 한다. 스트레스를 받으면 노르아드레날린이라는 독성 호르몬이 분비되어 우리 몸을 망친다."는 것이다.

그러나 모든 사물을 관찰함에 있어서 늘 미소를 지으며 긍정적으로 생각하면서 살아가면 뇌세포를 활성화시키고 육체를 이롭게 만드는 호르몬이 분비된다고 주장한다.

이 호르몬은 젊게 하고 암세포를 파괴한다. 따라서 성인병에 걸리지 않고 장수하기를 원한다면 즐겁게 살아가기를 권한다. 우리말에 "병은 마음에서 온다."고 했는데 이 말이 맞는 말임을 알 수 있다.

시게오씨는 격렬한 운동 뒤에는 반드시 마무리 운동을 하도록 하고 있는데 이것은 격렬한 운동시에 발생하는 활성산소를 태우기 위해서는 서서히 마무리 운동을 해야 한다는 것으로 생각된다.

우리 뇌를 좋게 하고 엔돌핀이 많이 생성될 수 있도록 도와주는 엔돌핀은 단백질로 구성되므로 엔돌핀을 생성되도록 하기 위해, 식물성 단백질을 섭취하도록 하는데 이 중에서 가장 좋은 것은 콩으로 만든 음식으로 예를 들면 부두나 두유 등이 이에 속할 것이다.

왜 웃음이 건강에 도움이 되며 스트레스 해소에 크게 기여하게 될까?

첫째, 뇌하수체에서 엔돌핀이나 엔케팔린 같은 자연 진통제가 생성되며, 부신에서 통증과 신경통과 같은 염증을 낮게 하는 신비한 화학물질이 나온다.

둘째, 동맥이 이완되었기 때문에 혈액의 순환과 혈압이 낮아지며, 신체의 전 기관에 긴장 완화를 준다. 아울러 뇌졸중의 원인이 되는 순환계 질환을 예방한다.

셋째, 혈액 내의 코티졸의 양을 줄여 주며, 분노, 긴장의 완화로 심장마비를 예방하고 심장 박동수를 높여 혈액순환을 돕고, 몸 구석구석에 산소 공급을 원활하게 해주며 몸의 근육에 영향을 미친다. 넷째, 암환자의 통증을 경감시킨다.

걱정과 스트레스를 없애는 방법으로는 하루에 30분정도 꾸준히 운동을 하며, 긴장완화 기술을 습득하고 카페인 섭취를 제한하며, 육류의 섭취를 줄이고 신선한 채소와 과일을 많이 먹는다.

시간을 내서 사색하며 오락생활을 즐기고, 잠은 충분히 잔다. 생활을 단순화하며, 개인적인 목표를 세워 정진하고 남의 잘못을 용서하며, 긍정적으로 칭찬하고 낙천적으로 살아야 한다. 더 많이 미소 짓고 웃으며 매일 매일의 축복을 기대하며 산다.

이제 여러 가지 임상실험 결과를 통하여 도출된 웃음과 건강, 즐거운 생활과 건강과의 상관관계에 대해 많은 것을 배웠다. 그렇다면 어떻게 하면 이러한 건강생활을 할 수 있을까? 마지막으로 웃고 사는 비결을 정리해 보기로 하자.

첫째, 거울을 보고 웃는 모습을 연출하며 웃기 위해 노력한다.

한국 사람들은 가장 웃음에 인색하다고 한다. 특히 인상 쓰는 사람이 한국 사람이 가장 많다고 한다. 잘 웃는 사람은 고통도 비교적 즐겁게 받아 들인다.

둘째, 가능하면 욕심 부리지 말고 산다. 거의 모든 스트레스는 욕심으로 인하여 생긴다고 하니 욕심을 버릴 수만 있다면 세상 모든 일이 즐거워진다고 한다.

셋째, 집 환경을 밝게 꾸민다. 우중충한 그림이나 사진 대신 귀여운 아이나 동물의 사진, 웃는 사진 등을 걸어 놓는다.

넷째, 우습거나 즐거운 장면을 연상한다. 자꾸 웃다 보면 웃음이 자기의 것이 된다. 웃음의 효력에 대해 늘 생각한다.

다섯째, 코미디 영화나, 비디오, 유머책, 유어사이트 등을 자주 본다. 이에 대한 이야기를 통해 남을 웃기면서 자기도 즐거워 한다. 필요하면 메모라도 해서 주위에 이야기하며, 웃음 수첩을 준비하여 늘 유머에 대한 기록을 유지하고 남을 웃겨 준다.

여섯째, 어린애처럼 장난기 있게 살며, 아이를 즐겁게 하거나 간지럽힌다. 어린아이들처럼 순수한 마음으로 살기 위해 노력한다. 아이들의 웃음은 그 자체가 기쁨으로서 따라 웃지 않을 수 없다.

일곱째, 매사를 긍정적인 사고로 살아가며 낙천적으로 산다. 남의 잘못을 용서하며, 자기가 추진하는 일이 실패할 경우에도 운명으로 돌리고 낙심하지 않고 좋은 방향으로 사고한다. 때로는 바보처럼 행동하기도 하며 어려운 일이 있을 때는 항상 나보다 어려운 사람과 비교한다.

자녀는 소유물이 아니다

최근 우리 나라의 아동학대는 심각한 수준에 이르고 있는 것 같다. 자녀를 학대하는 것은 죄악이다. 과거에는 자기 자식을 마음대로 학대하고 때리고 했다. 자녀를 소유물로 보고 있기 때문이다. 매는 사랑의 매이어야 한다. 자녀가 올바로 가도록 해야 하는 매라면 그래도 다행이다.

아동보호센터의 아동학대 실태 사진자료에 의하면 팔, 다리, 머리, 몸 어디 성한 곳이 한 군데도 없는 처참한 모습이 우리의 마음을 저미게 한다. "저렇게 아동을 학대한 사람이 과연 아이들의 친부모였을까?" 하는 착각이 든다. 이제 문화 수준이 높아지면서 아동에 대한 관심이 더없이 커지게 되었다.

자녀는 따뜻한 가정에서 길러야 한다. 어렸을 적 기억은 오래도록 남기 때문에 자녀가 올바른 판단과 사고방식을 갖고 살아갈 수 있도록 해야 한다. 부모 노릇도 제대로 하지 못하는 사람들이 대개 자녀를 학대하는 것 같다. 심지어 자녀를 거리에서 구걸하도록 하는 부모도 있다고 하니 정말 처참한 생각마저 든다.

동물의 세계에서 살펴보면 수사자는 어느 정도 성장하게 되면 집단에서 쫓겨난다. 가슴 아픈 일이지만 그것이 사자세계의 룰이다. 부모로부터 격리된 수사자는 따로 떨어져 생활한다.

같은 또래의 수사자들끼리 집단 생활을 하다가 힘을 기르고 성장하게 되면 다른 수컷과 싸워 이겼을 때 새로운 가정을 꾸미게 된다. 이때 전에 있었던 수컷으로부터 태어난 새끼는 새로운 수사자가 모조리 죽여 버리는 습성이 있다. 아마 종족 보존의 법칙에서 오는 것인지도 모른다. 이때 자기의 새끼를 잃은 암컷은 애통해 하지만 얼마 지나지 않아 새로운 승자인 숫 사자의 새끼를 출산하여 키운다.

또 사자는 자기와 먹이의 쟁탈전을 하는 표범의 새끼나 치타 등의 새끼를 발견하면 죽이기는 해도 이를 먹지 않는다. 그러나 인간의 조상이라고 하며, 인간과 가장 닮았다는 고릴라는 우리가 상상할 수 없는 잔인성이 있는 것 같다.

대부분의 동물은 서열이 있어서 먹이를 먹는데도 순서가 정해져 있다. 서열이 낮은 놈은 맨 나중에 먹이를 먹는다. 고릴라도 서열이 엄격하다. 대장 수컷은 무리내의 암컷을 지배한다.

그러나 대장 수컷이 보지 않는 사이에 암컷이 다른 수컷과 교미를 하여 태어난 새끼가 발견되면 대장 수컷은 이 어린 새끼를 나무 등에 내동댕이쳐서 죽인다. 이것까지는 이해가 된다.

그런데 이후에 하는 행동이 대단히 충격적이다. 자기의 무리내의 새끼임에도 불구하고 다른 식구들과 함께 죽인 새끼를 갈기갈기 찢어 먹는 현장이 종종 목격되었다.

이를 본 학자들은 큰 충격에서 한동안 말을 잇지 못했다. 정말 인간의 사촌이며 인류의 조상과 같다는 고릴라의 끔찍한 습성을 바라보면서 놀라지 않을 수 없는 것이다.

고등동물의 잔인성이 드러난 셈이다. 또 어떤 고릴라들은 원숭이 사냥을 즐기는 경우도 있었다. 고릴라 떼들이 원숭이를 한쪽 방향으로 몰아서 많을 때는 하루에 7마리까지도 사냥하여 먹어치우는 것이 목격되었다. 허기야 아마존 정글 등에서는 인간도 원숭이 사냥을 하여 식용하고 있으니 이를 탓할 일도 아닌 것 같다.

인간이 인간을 죽이는 전쟁을 보면 오히려 고등동물이 더 잔인한 것이 아닌지 모르겠다. 그래서 여호와의 증인 등에서는 양심적인 병역거부를 하는 경우도 있다.

최근 2002년 12월말 경 광주일보에 많은 사람의 시선을 끄는 기사가 있었다. 웃고 넘어가기엔 끔찍한 사건이었다. 순천에 살고 있는 30대 후반의 여성이 자기가 낳은 쌍둥이 자녀를 죽이고 자기도 자살을 시도했으나 미수에 그친 사건의 내용은 우리 사회의 도덕성에 대한 단면을 보여주는 것 같아서 가슴 아프다.

이 사건의 진상을 파악한 결과 이 30대 여성은 40대의 남편 친구와 사귀었는데 그 결과 임신을 하게 되었고 쌍둥이를 낳았다. 두 사람은 각자 이혼하고 두 남녀가 결합하기로 약속하였으나 남자가 약속을 이행하지 않고 "아이들만 데려다 키우겠다."는 말에 격분한 나머지 한 살배기 두 쌍둥이를 살해했다고 한다. 남녀간의 불륜이 빚은 비극이라고 보기에는 이 사건은 충격과 분노를 느끼지 않을 수 없다. 사실 아이에게는 아무런 잘못이 없다.

자녀를 하나의 인격체가 아니라 소유물처럼 생각하는 그릇된 사고에서 비롯된 것이며, 부부싸움이나 남녀간의 관계 때문에 죄없는 아이들만 수난을 받게 되었다.

또 부모가 생활고를 비관한 나머지 자살하는 경우에도 꼭 죄없는 아이들을 이 죽음에 끌어들인다. 이는 정말 잘못된 사고 방식이다.

최근 들어 아동보호센터 등에 보고된 각종 증빙자료에는 우리가 상상하는 그 이상의 아동학대가 있으며, 심각한 수준에 도달하게 되었다. "사랑을 받고 큰 사람만이 남에게 사랑을 줄 수 있다."는 말이 생각난다.

옛날부터 시집살이를 해본 사람이 오히려 더 독한 시어머니가 되는 경향도 있다. 자기 집에서 아버지가 폭력이나 휘두르는 가정에서 자라난 아이들은 그가 커서 자기의 자녀들에게 더 많은 사랑을 줄 것 같지만 사실은 그렇지 않다고 한다. 오히려 이 아이는 어렸을 적에 보고 배운 폭력성이 머릿속에 잔재하며 아이들을 더욱 학대하는 경향이 있다고 한다.

옛날 사람들은 자녀를 결혼시킬 때는 반드시 그 집안의 어머니를 매우 중시했다. 어머니가 얌전하고 다소곳하며 인격이 갖추어진 가정에서 태어난 사람이라면 비록 며느릿감이나 사윗감이 다소 부족하게 느껴지더라도 그 어머니의 모습을 보고 결혼을 시켰다. 가정교육의 중요성을 강조한 셈이다.

아이들은 한없는 사랑을 받으며 살아가야 한다. 시간이 있어 사회복지시설에 가서 자원봉사를 해본 사람은 잘 알 수 있을 것이다. 최근 아동보호시설은 옛날과는 매우 차원이 다르다는 것을 알 수 있다.

옛날에 아동시설에 보호되었던 아이들은 대개 전쟁으로 인한 고아가 대부분이었다. 절대 빈곤과 가난 속에서 먹고 살기 어려웠던 시절의 아이들이었기 때문에 비록 부모 없는 설움은 있지만 신체적으로는 정상적인 아이들이 많았다.

그러나 최근의 아동보호시설 아동들은 어떤가? 부모가 이혼한 사람, 부모가 가출하여 행방불명 된 사람의 자녀, 뇌성마비 등으로 인하여 몸을 움직이지 못하거나 장애아로서 부모가 버린 아이, 부모가 키울 수 없어 친권을 포기하고 보호시설에 맡긴 아이들이 있는데 그 중의 상당수는 장애를 갖고 있는 애들이 많다는 점이다. 이런 현상들은 부모님의 무관심과 자녀에 대한 사랑이 부족하기 때문에 일어난 일이다. 자기가 키울 수 없는 아이를 사회복지시설에서 키우도록 하는 이 야박한 심성은 또 무엇을 말하는 것인가?

우리들에게 아동시설에 수용되어 있는 아이들에 대한 관심을 끌기에 충분하며 이것은 그 아이를 갖고 있는 부모의 책임이 일차적이지만 더 나아가서 장애아를 보는 사회의 잘못된 시각도 한 몫 하는 것으로 생각된다.

우리는 가끔 우리 한국의 아이들이 미국이나 스웨덴 등에 입양하여 성공한 케이스도 볼 수 있었고, 또 한국에서 키울 수 없어 해외에 입양되어 간 장애아들이 올바른 사고를 갖고 성장하는 것을 텔레비전 방송을 통하여 시청할 수 있었다. 그들이 해외에 입양하여 비록 몸은 성하지 못하지만 건전한 사고를 갖고 자라고 있는 모습을 볼 때 우리는 저절로 눈시울을 적실 때가 많다.

이제 국내 입양에 대한 사고도 많이 달라져야 한다. 우리 나라의 입양은 대개 자녀를 출산하지 못하는 가정에서 입양하는 것이 태반인 것 같으나 최근의 경향은 자녀를 갖고 있는 가정에서도 아이들을 데려다 키우고 있다. 이제 우리 나라도 국민소득 1만불이 되었다.

경제발전이 초고속으로 되고 있다는 중국의 공무원들의 월 급여가 우리돈으로 약 16만원선이고 우즈베키스탄의 대학 총장 월 급여가 15만원선이다. 인도네시아는 직원 급여가 대개 6만원 내지 7만원선이다.

우리는 물론 가난하게 살고 있는 사람이 많이 있기는 하지만 이제 상당한 수준에 올라와 있다고 해도 과언이 아니다. 이제 고아 수출국이라는 불명예를 벗어버리고 우리 나라도 하루 속히 사회복지 수준을 한단계 높임으로써 가난하고 불우한 이웃, 또 사회복지시설에서 생활하고 있는 자녀들에 대한 국내 입양이 활성화 되어야 한다.

이제 새로운 발상의 전환을 통하여 한국의 아이들은 한국에서 키우는 큰 관심이 있어야 하며, 정부에서도 입양을 하는 가정에 대한 세제 및 복지 혜택이 대폭 확대될 수 있도록 특단의 조치가 있어야 한다.

특히, 장애아를 입양하는 가정에 대해서는 그 아이를 충분히 돌볼 수 있도록 정당한 혜택이 돌아갈 수 있도록 할 뿐만 아니라 그들의 능력에 따라서 사회에 봉사하며 살고 있다는 긍지와 자부심을 갖고 살아갈 수 있도록 일자리를 만들어 주는 보살핌도 우리 나라가 선진국을 바라보고 복지국가를 지향하는 국가로서 적극 검토해야 할 정책이라고 생각한다.

자녀를 위한 아버지의 지혜

열차 안에서 자녀들 때문에 고민이 많은 파커씨가 옆자리에 앉아 있는 귀부인에게 물었다. "아이가 있습니까?" "예, 있습니다. 아들이 하나 있습니다." 부인이 대답하였다. "담배는 피웁니까?" "아니요. 전혀 담배를 피우지 않습니다. 담배라고는 손끝에 댄 적도 없습니다." "다행스러운 일입니다." "그렇다면 클럽에는 나가지 않습니까?" "가지 않습니다. 발을 디딘 적도 없습니다." "밤늦게까지 돌아다니다가 귀가하지는 않습니까?" "아닙니다. 식사 후에는 곧바로 잠자리에 듭니다." "참으로 모범적인 청년이군요." "그런데 금년에 몇 살이지요?" "이제 7개월 되었습니다." 귀부인이 이렇게 대답했을 때 물어본 남자는 퍽 허탈하였을 것으로 판단된다.

어느 가정을 막론하고 자녀 때문에 한두 가지 고민을 해보지 않는 집은 없을 것이다. 위에서 든 바와 같이 아주 나이가 어린 미성년자일 경우를 제외하고는 말이다.

동서양을 막론하고 부모가 자식을 걱정하는 것은 매일반이다. 위에서 살펴본 바와 같이 담배를 피우고 클럽에 가서 술을 마시고, 밤늦게 귀가하는 것에 대해 부모로서 이만저만 신경 쓰는 일이 아니다. 요즈음에는 자동차를 몰고 다니기 때문에 '자동차를 난폭하게 운전하거나 음주를 하고 차를 몰지 않을까?' 하는 걱정이 하나 더 늘었다.

공자는 자식이 부모에게 효도하는 것 중에 '자식이 건강하게 사는 것'이라고 했다. 그래서 예부터 부모보다 먼저 죽은 자식을 불효자라고 한다. 또 부모를 모실 때는 좋은 음식을 제공하고 좋은 옷을 해드리는 것만으로 부모를 잘 모시는 것이 아니라 부모를 모시되 공경하는 마음이 있어야 효도라고 한다.

요새 돈푼이나 있는 사람이 부모를 모신다며 용돈만을 주는 것을 자랑으로 여긴다든지 양로원에 보낸 후 용돈을 부쳐 드리는 것만으로 자식의 도리를 다 하는 것으로 착각하고 있는 것 같다.

예로부터 품안에 자식이라 했던가? 어떤 가정에서는 초등학교에 다닐 때만 자식이라고 하는 가정도 있으며, 또 어떤 가정에서는 중학교 2학년까지를 이야기하는 가정도 있다.

자녀들이 대체적으로 부모의 말을 소홀히 하는 것 같으며, 특히 어머니의 말을 귀담아 듣지 않는다든지 부모가 학식이 부족할 경우에는 더 말을 듣지 않는 경향이 있다. 말을 듣지 않는 자녀에 대해서 특별한 관심과 애정이 필요하며, 사랑스런 마음으로 대할 때 자녀도 부모의 뜻을 헤아려 줄 것으로 생각한다.

자녀들이 밤늦게 귀가하는 원인 중의 하나는 과도한 입시제도도 한몫을 한 것으로 생각된다. 대학 입학을 준비하기 위해 새벽에 일어나 밤늦게까지 시달리다가 대학에 합격하여 자유스러움을 만끽하면서 이제 해방되었다는 안도감에서 비롯된 것이 아닌가 싶다. 그러나 대학 졸업을 앞두고 앞으로의 취업준비 등 반드시 넘어야 할 과정이 오게 되면 다시 본연의 모습으로 돌아올 것으로 생각된다.

또 하나 짚고 넘어갈 일은 명색이 대학까지 졸업했거나 대학에 재학 중인 학생들 가운데 예의가 없는 경우를 종종 볼 수 있다는 점이다. 가끔 도청에 아르바이트를 하는 학생들이 오는데 유심히 살펴보았더니 3개월 이상 같은 실과에 생활하면서 한 번도 아침에 출근하면서 인사를 하지 않는 학생도 있었다.

내 나이 정도면 그들의 아버지와 비슷한 연배일 것으로 생각하면서 씁쓸한 생각이 들었으며, 앞으로 그들이 어떻게 직장생활을 할 수 있을까에 대해 생각해 보았다.

물론 나이가 들면 예절교육을 받을 수 있겠지만 오늘날 대학에서 무엇을 가르치고 있으며, 또 가정에서는 무엇을 가르치고 있는지 솔직히 두려운 생각이 들었다. 또 우리집 아이들은 과연 남들 앞에서 어떻게 행동하고 있는지에 대해 다시 한번 생각해 보았다.

몹시 가슴 아픈 일이며, 대학에서 배우는 지식도 중요하지만 정규교양과목에 예절교육을 필수적으로 시키는 것이 매우 필요하다고 생각한다. 직장생활에서는 기본적으로 갖추어야 할 예의가 많다. 걸음걸이에서부터 말씨, 인사, 자동차 타기, 엘리베이터 타기, 손님맞이 등 셀 수 없이 많은 예의범절이 있는 것이다.

세계적으로 유명한 대통령의 가문, 문학가, 과학자, 노벨상 수상자, 대기업가, 언론인 등이 자녀들에게 보낸 편지나 교훈에는 '순수한 친구를 사귀어라. 담배를 피우지 말라. 도박을 하지 말라. 돈을 소중하게 생각하라. 인격과 덕을 가져라. 예의 바르게 행동하라.' 등이 있으며, 정직,

겸손, 근검절약, 올바른 행동, 도전과 끈기, 용기 등을 주로 이야기하였다. 하나 같이 주옥 같고 감명 깊은 내용이지만 그 중에서 미국의 뉴욕 주지사를 12년 동안 한 바 있는 마리오 쿠오모의 이야기를 하나 살펴 보기로 한다.

마리오 쿠오모는 1984년 뉴욕 주지사로 당선되었다. 당선된 후 연필을 찾기 위해 책상을 뒤지던 그는 우연히 아버지의 명함을 발견하고 눈물을 흘렸다고 한다. '안드리오 쿠오모. 이탈리아, 미국 식료품, 신선한 수입품 있음.' 이라고 쓰여진 명함이었다.

그의 아버지는 이민자로서 가난했기 때문에 정규교육을 제대로 받을 수 없었으며 식료품가게를 하고 있었다. 자녀들이 이 명함을 만들어주자 별로 쓸 일도 없었지만 안드리오 쿠오모는 몹시도 기뻐했다.

자기의 명함을 갖게 된 것에 대한 뿌듯함도 있었을 것이다. 아버지는 식료품가게를 하면서 어려운 역경을 이겨내고 착실히 저축하며 살았다. 방 한 칸도 제대로 없어서 가게 뒷골방을 사용하였으며, 돈을 저축하여 처음으로 자기 집을 장만하였을 때 온 가족은 기뻐하였다. 새 집에는 커다란 늘푸른 가문비나무가 서 있었다. 그런데 이사간 지 1주일만에 폭풍우가 몰아쳐 이 나무가 비바람에 뿌리째 뽑혔다.

얼마나 컸는지 나무의 끝이 도로의 중간까지 닿았다고 한다. 마리오와 그의 형은 이 쓰러진 나무를 뛰어다니면 즐거워했다. 처참하게 쓰러진 나무를 바라보면서 형과 자신 그리고 어머니마저 어떻게 할지를 몰랐다. 그러나 아버지가 가게에서 돌아오셔서 이 광경을 보고 골똘히 생각하시더니 이 나무를 세워 일으키자고 제안하셨다. 엄두도 낼 수 없는 일이었지만 아버지가 제안하신 일에 동참하였다.

비가 세차게 내리는 가운데 나무 밑둥치 밑에 구덩이를 좀더 깊게 파고 밧줄로 나무를 묶고 밧줄 끝에는 바위를 매달아 고정시킨 후 힘을 합해 나무를 잡아당겨서 겨우 일으켜 세웠다고 한다.

마리오는 비단 나무 한 그루 세운 것에 감명을 받은 것은 아닐 것이다. 아버지는 온갖 어려움을 극복하면서 의지와 신념으로 사셨다. 비록 정규 교육은 제대로 받지 못했지만 아버지가 걸으셨던 길이 자녀들에게 큰 감명으로 다가섰으며, 용기와 신념을 주었다. 그래서 아버지를 존경하게 되었으며, 자기가 살아오면서 어려움이 있을 때마다 아버지가 어려운 이민 생활을 극복하고 집도 장만하고 가게도 넓히면서 보여 주셨던 인생역정을 회상하면서 용기를 얻었다고한다.

주지사에 당선되던 날 우연히 책상에서 연필을 찾다가 자녀들이 만들어 드린 아버지의 명함을 발견했을 때 그의 눈에는 눈물이 흐를 수밖에 없었을 것이다. 그 자신도 가난한 식료품가게를 가난한 아버지 밑에서 어렵게 살면서 뉴욕 주지사에 당선되었기 때문이다.

비록 다른 아이들의 아버지와 비교할 때 배운 것은 많지 않았지만 꿋꿋하게 모범적으로 살아가는 모습 속에서 인간이 살아가야 할 올바른 길이 무엇이며 도전적인 삶이 무엇인지를 스스로 깨닫게 했던 것이다. 우리는 우리들의 자녀들에게 아버지로서 무엇을 보고 배울 것인가에 대해 생각할 때 숙연해질 따름이다.

자전거 도둑

영화 '자전거 도둑'은 이탈리아의 비토리오 데시카 감독이 1948년 제작하였으며, 1948년 아카데미 최우수 외국인 영화상, 1949년 뉴욕 영화 비평가 최우수 외국 영화상을 수상하였다. 영화의 제작 연도에서 보는 바와 같이 '자전거 도둑'은 꽤 오래 된 작품이다.

오늘날 우리 나라 실정에서보더라도 자전거는 경제적 가치가 크지 않아서 주로 학생 통학용으로 이용하고 있다. 따라서 요즘의 시각으로 보면 자동차를 절도 당했다는 말은 있어도 자전거 도둑에 관한 이야기는 거의 들어본 적이 없다.

그러나 옛날에는 서양이나 우리 나라 모두 이 자전거가 매우 소중한 물건이었으며 생활 필수품이었다. 이 영화를 보고 있으면 이웃집 친구가 새로 산 자전거를 타고 뽐내고 있었던 지난날의 추억이 떠오른다. 자전거를 갖고 싶었던 과거에 대한 짙은 향수를 불러일으켜 주고 있으며, 가난했던 시절을 더듬어 보게 된다.

이 영화는 실직자의 어려운 생계를 있는 그대로 잘 그려내고 있다. 이 작품은 우리들의 일상생활 자체가 소재이며 주제로 선택되었던 것이다. 제2차 세계대전 이후 이탈리아의 사회상과 경제적 상황을 잘 나타내고 있다.

주인공과 아들의 서툴지만 솔직한 대화는 현실성을 잘 표현했다는 평가를 받고 있다. 자전거 도둑을 통해서 우리가 어떻게 살아야 할 것인가를 일깨워주고 있다. 잃어버린 자전거를 찾는 과정에서 거리의 뒷골목, 자전거 부품 상점, 그리고 가난한 사람을 구호하는 교회, 뒷골목에서 어렵게 살아가는 사람들의 모습 등이 잘 그려져 있다.

이러한 장면은 우리 자신이 과거 속으로 빨려 들어가는 듯한 느낌을 갖게 되며 한편의 다큐멘타리 영화를 보는 것 같다. 자전거를 잃어버린 주인공이 자전거를 찾아야 한다는 절박한 심경에서 자전거를 찾아 헤맸으나 결국 찾지 못하게 되자 남의 자전거라도 대신 훔쳐야 하겠다는 결심을 하게 되는 과정을 그리고 있다.

결국 골목길에 세워진 자전거를 훔친 주인공 안토니오는 어린 아들 브르노가 보는 앞에서 자전거 도둑으로 전락되어 하마터면 교도소에 갈 형편이었으나 자전거를 잃어버린 사람이 일이 확대되는 것을 원치 않는다는 따뜻한 배려에 힘입어 겨우 교도소 행은 면하게 된다.

어린 아들 앞에서 고개 숙인 아버지를 통해 비록 가난하고 어려움이 있다하더라도 정직하게 살아가야 하고 떳떳하게 살아야 할 당위성을 보여 주는 매우 감동적인 작품이다.

이 영화는 우선 직업 배우가 아닌 람베르토 마조라니(아버지역 안토니오 리치), 엔조 스타이올라(아들 브르노)를 과감하게 기용한 것이 특징이며, 주인공 역인 아버지와 아들로 배역을 맡도록 하여 많은 화재를 뿌렸다.

안토니오에게는 아내와 10살 정도인 어린 아들 브르노가 있었다. 회사에 취직하기 위해서 이곳 저곳을 전전하며 일자리를 구해 보았다. 한 회사에 취직을 하기 위해서는 "자전거가 있어야 한다."는 말에 매우 착잡한 심경이었다.

그의 아내에게 자전거 이야기를 하자 신경질적으로 반응했다. 말은 하지 않았지만 자전거마저 전당포에 맡겨둘 만큼 무능하기 짝이 없는 남편에 대한 불만이었을 것이다. 그러나 아내는 남편이 취직을 하는 것이 가족의 생계를 꾸려나갈 수 있는 유일한 대안임을 잘 알고 있었다. 비록 화가 머리끝까지 차 올랐지만 우선 남편의 취직이 급선무였다. 하는 수 없이 결혼식 때 사온 침대보를 침대에서 걷어 냈다. 그리고 다른 곳에 보관된 침대보까지 모두 털어 보았더니 모두 6장이었다.

아내는 남편과 함께 중고시장에 내다 팔게 된다. 중고품 수집상에게 돈을 좀더 올려 달라고 부탁하였지만 중고품이기 때문에 더 많은 돈을 올려줄 수 없다고 하면서 약간 올려주자 아내는 만족해 하였다. 그 돈으로 겨우 전당포에 맡겨둔 자전거를 찾아올 수 있었다.

자전거를 찾은 안토니오는 아내와 함께 회사에 찾아간다. 아내는 회사의 사무실에 들어가지 못하고 회사 밖에서 기다리고 있었다. 한참을 기다리자 남편이 회사로부터 취직 허가를 받은 뒤 아내가 있는 곳으로 왔다. 취직이 되었다는 안도감에 두 부부는 기쁜 마음으로 되돌아오는데 도중에 아내가 잠깐 다녀온다는 말을 하고 2층에 올라갔다.

남편은 자전거를 갖고 길가에서 한참을 기다렸지만 아내가 내려오지 않아 길에서 놀고 있는 아이에게 자전거를 봐달라고 하고 2층에 올라가

보았다. 아내가 서 있는 곳은 다름아닌 점쟁이 집이었다. 아내를 불러 왜 이런 곳에 있느냐고 물었다. 아내는 이 용한 점쟁이가 당신이 취직을 할 수 있을 것이라는 예언을 해 주었으므로 고맙다는 감사 표시라도 해야 한다며 차례를 기다리고 있었다. 왜냐하면 이 점쟁이 집에는 수많은 사람이 기다리고 있었기 때문이다.

남편의 취직은 가정의 활기를 뜻하는 것이며, 희망이 솟아나는 일이었다. 아내는 물론이고 어린 아들도 아버지가 취직되었다는 말에 기뻐하였다. 처음 출근날 어린 아들 부르노가 새벽에 일찍 일어나 자전거를 기름칠하고 깨끗하게 닦는다. 그것은 가족을 부양할 수 있는 귀중한 물품이었으며, 생계 유지를 할 수 있는 이동수단 중의 하나로써 오늘날 자동차와 비슷한 역할을 하는 것이었다.

자전거를 소유한 사람들의 대부분은 자전거를 실내에 보관하였다. 그만큼 자전거가 매우 중요한 것이었기 때문이며, 한시라도 방심하면 잃어버릴 수도 있는 것이다. 자전거에 새겨진 고유넘버를 기억하는 것은 기본이었다.

당시의 자전거는 지금의 자동차에 버금가는 정도로 매우 유용하고, 생활에 없어서는 안될 이동수단이었던 것이다. 또한 자전거가 없으면 취직을 할 수 없는 안토니오에게는 자전거가 가족의 생계를 책임지는 수단이었다. 또한 가정의 행복과 희망을 상징하는 것이라고 해도 과언이 아니었다.

그가 하는 일은 영화관의 포스터를 붙이는 직업이었다. 자전거 뒤에는 풀통과 포스터 그리고 포스터를 붙이는 솔이 있었으며 높은 곳에 포스터를 붙이기 위한 사다리도 가지고 다녔다. 먼저 선임자로부터 포스터를 붙이는 요령을 습득하고 '잘못 붙이면 감독으로부터 감봉처분을 받으니 차질 없도록 잘하라.' 는 주의까지 받았다.

즐거운 마음으로 거리의 벽에 포스터를 붙이고 있을 때였다. 불량배처럼 보이는 한 청년이 나타나 자동차 뒤편에서 몸을 숨기며 포스터를 붙이고 있는 사람을 예의 주시하더니 갑자기 나타나 자전거를 잽싸게 훔쳐 달아나기 시작했다.

자전거를 훔쳐 달아나는 청년을 향해 달려갔으나 놓치고 말았다. 청년이 갔던 방향으로 달려가다가 달리는 자동차를 세워 타고 자전거 도둑을 쫓아가 보았지만 이미 그 청년은 어디론가 사라져버린 뒤였다. 자전거를 잃어버린 것이다.

모처럼 얻은 직장에서 자전거가 생명이나 다름없었던 그로서는 하늘이 무너지고 땅이 무너지는 지경이었을 것이다. 차마 집으로 돌아가지 못하고 극단에서 일하고 있는 친구의 집에 찾아가서 자전거를 찾을 방도를 연구하였다. 자전거를 잃어버렸다는 소식을 접한 아내 마리아가 친구 집에 달려와 울부짖었다. 친구는 마리아에게 울지 말라고 위로하면서 오늘은 잃어버렸지만 내일은 찾을 수 있을 것이라고 희망 섞인 이야기도 잊지 않았다.

자전거를 잃어버린 것은 결국 가장의 실업을 의미하게 되고 결국 가족들의 생활기반을 잃어버린 것이나 다름없었다. 그는 어린 아들과 함께 잃어버린 자전거를 찾기로 결심하고 로마의 거리를 자전거를 찾아 헤맨다. 그는 경찰에도 신고하고 극장에서 일하고 있는 친구와 더불어 3명이 함께 자전거와 자전거 부품을 거래하는 판매시장에 가서 여기저기 살펴본다. 자전거의 고유넘버도 확인하면서 혹시 장물로 들어왔을지도 모른다는 희망을 안고 온종일 찾아보았지만 허사였다.

때마침 세차게 내리는 소낙비는 자전거를 찾아 거리를 돌아다니는 이들의 심경 그 자체를 표현하는 것 같았다. 안토니와 그 아들 브로노는 억세게 쏟아지는 비를 피하기 위해 옷을 뒤집어쓰고 비를 피하다가 간신히 건물 밑으로 비를 피할 수 있었다.

비 맞은 송아지처럼 잔뜩 비를 맞은 모습은 처량하게 보인다. 그들의 슬픔 그 자체를 보여 주는 것이다. 아들과 함께 자전거를 찾아다니던 도중 갑작스럽게 쏟아진 소나기를 피하기 위해서 처마 밑에 서있던 장면은 주인공의 우울한 심경을 대변하는 것과 같은 것이다.

도시 곳곳을 헤매고 다니던 주인공의 바쁜 발걸음은, 자전거를 도난당함으로 그의 꿈이 지연되듯이, 소나기로 인하여 지체되었다. 어쩔 수 없이 발목을 붙잡는 소나기로 인하여 그의 심리는 더욱더 갑갑한 상태에 빠지게 되었다. 자전거를 포기할 수도, 그렇다고 찾을 방법도 없이 갈등을 겪고 있는 것이다.

비가 그칠 무렵 자전거 도둑과 이야기하고 있는 걸인 노인을 발견하였다. 자전거 도둑은 노인에게 당신의 몫이라며 일정액을 손에 쥐어주고 자전거를 타고 쏜살같이 도망갔다.

안토니오가 그의 뒤를 따라가 보았지만 그를 따라잡기는 힘들었다. 아들과 아버지는 자전거 도둑과 이야기하고 있었던 노인을 찾기 시작했다. 한참을 고생한 끝에 다리 위를 걷고 있는 그 걸인 노인을 발견하고 뒤를 밟아 가보았더니 노인은 교회 안에 설치된 간이 무료 이발소에서 이발을 하고 있었다. 겨우 면도만 한 노인은 예배를 본 뒤 교회에서 제공하는 식사를 하고 돌아가는 것 같았다.

자전거 도둑의 소재를 파악하기 위해 교회 예배시간에도 끈질기게 노인을 협박도 하고 달래도 보면서 그 청년의 소재를 알려달라고 하였으나 전혀 말해주지 않았다. 예배시간에 말을 하는 것은 금기시 되어 있는 마당에 그들의 행동은 다른 많은 사람의 예배를 방해하게 되었으며, 결국 밖으로 나가게 되었다.

노인을 데리고 밖으로 나오는 순간 노인은 사람들이 많이 있는 곳에서 갑자기 사라져버렸다. 노인을 찾기 위해 화장실에도 가보고, 교회식당에도 가보았으나 노인은 어디론가 자취를 감추어 버렸다.

교회 안팎을 살펴보았으나 노인을 찾을 길이 없었다. 아들이 하는 말이 '교회에서 식사라도 하고 가도록 하지 그랬어요?' 하고 말하자 화가 난 아버지는 자기도 모르게 어린 아들의 뺨을 때렸다. 아들은 아버지가 자기를 때린 것에 대해 화가 나서 어머니에게 이르겠다고 한다. 그리고 아버지와 떨어져서 걷는다.

안토니오에게는 자전거가 유일한 희망이었다. 이 꿈과 희망의 상징이었던 자전거를 도둑 맞은 주인의 자전거에 대한 집착은 돈이 없어 자전거를 구할 수 없으며, 실업자로서 느끼는 절박한 현실을 반영한 것이었다. 자전거를 되찾으려는 강한 집착력은 그러한 심리상태를 잘 반영한 것이라고 생각한다.

그러나 쉽게 찾을 수 있을 것이라고 믿었던 자전거를 찾지 못하자 극도의 불안한 심리상태가 된다. 이러한 불안한 심리상태는 거친 행동으로 이어지고 급기야는 하나밖에 없는 사랑하는 아들의 뺨을 때리는 결과로 이어졌던 것이다. 아버지는 아들을 달랬다. 속으로는 괜히 아들을 때렸다고 생각했을 것이다. 간신히 아들을 달랜 후 교회 옆에 있는 강둑에 나가 찾아보기로 하였다.

아들 브르노에게 "아버지가 노인을 찾아볼 테니 강둑에 앉아 있도록 하라."하고 아버지가 강 주변을 찾아 헤맨다. 그러나 노인은 없었다. 때마침 아이가 물에 빠졌다는 다급한 목소리와 사람들이 강쪽으로 몰려 가는 현장을 목격하고 혹시 브르노가 물에 빠졌을지도 모른다는 생각에 아버지는 불안한 심정으로 강둑 위로 올라갔다. 다행히 강둑 위에 앉아 있는 아들을 보고 안도한다. 지갑을 꺼내 뒤져보았다. 지갑 속에는 피자를 살 수 있을 만큼의 몇 푼의 돈이 있었다.

조금전 아들을 때린 것에 대해 미안한 생각이 들어 아버지는 아들에게 "피자를 먹고 싶니?"하고 물었다. 아들은 매우 기뻐하였다. 아버지는 아들을 데리고 피자집에 갔다.

아들은 옆자리에서 부모님과 함께 고급요리를 먹고 있는 아이를 힐끔힐끔 쳐다본다. 그러나 자기는 피자만이라도 감지덕지해야 한다는 것을 아이도 깨달았을 것이다. 피자를 길게 늘어뜨려 맛있게 먹었다. 오늘만은 아버지가 최고의 아버지로 보였을 것이다. 피자를 먹은 후 그들은 자리에서 일어섰다.

또다시 자전거를 찾기 위해 이곳 저곳을 돌아다녔다. 이제 잃어버린 자전거를 찾는 것이 안토니오와 아들 브르노의 일과처럼 되어 버렸다. 자전거를 판매하는 상점을 유심히 살피면서 이 거리 저 거리를 돌아다니고 혹시 길거리에서 자전거 도둑을 만날지도 모른다는 생각을 하면서 또 며칠이 흘렀다. 거리를 돌아다니면 유심히 살펴보기도 하고 길거리에서 그 자전거 도둑이 있는지를 살펴보았으나 그를 만날 수가 없었으며 쉬운 일이 아니었다.

갑자기 점쟁이가 머릿속에 떠올랐다. 혹시 점쟁이에게 물어보면 찾을 수도 있을지 모른다는 생각에 전에 아내와 함께 가보았던 점쟁이 집에 들어가 보았다. 점을 치러온 사람들이 많았으나 어린 아들의 기지로 새치기하여 먼저 점을 보았으나 별 신통한 해답을 얻지 못하고 없는 돈만 날리게 되었다.

점쟁이 집에서 힘없이 돌아서 골목길을 돌아서는 순간 자전거 도둑을 만날 수 있었다. 자전거 도둑은 안토니오를 보자마자 쏜살같이 달아나 건물 안으로 들어갔다.

다행히 건물 이곳저곳을 찾아본 결과 자전거 도둑이 여자들 속에 서 있는 것을 발견하였다. 그를 만나 자전거를 내놓으라며 다그쳤지만 자기는 자전거를 훔친 일이 없다며 완강히 부인했다. 골목길 빈민가에 있는 자기 집 가까이 접어들자 온 동네 사람들이 몰려들었다.

하나같이 안토니오에게 적대감을 보이면서 그 청년은 결코 그런 나쁜 일을 할 사람이 아니라고 항변했다. 그는 전과를 갖고 있지 않다는 것이었다. 그럴즈음 자전거 도둑은 간질이 발작되어 길가에 쓰러지며 그의 어머니는 베개를 갖다가 아들의 머리에 받쳐주면서 우리 아들은 절대 남의 자전거에 손을 대는 아이가 아니라고 말한다. 동네 사람들은 안토니오에게 그렇게 자신이 있으면 경찰을 부르라고 한다.

안토니오의 어린 아들 브르노가 경찰을 불러왔다. 경찰이 자전거 도둑의 집에 들어가서 수색하겠다고 하자 자전거 도둑의 어머니는 이를 승낙하였다.

조그만 집, 가난하기 이를데 없는 집을 수색하였으나 증거가 될 만한 흔적이 없었다. 집에는 자전거 도둑과 어머니 그리고 누나가 어렵게 생활하고 있었다.

경찰관은 안토니오에게 자전거 도둑을 본 증인도 없고 물증도 없으므로 포기하라고 한다. 할 수 없이 수많은 동네 사람들을 헤치고 간신히 빠져나온다. 안토니오의 마음은 착잡하기 이를 데 없었다. 가난하고 불쌍한 가정에서 살고 있는 그 청년으로부터 자전거를 되돌려 받는다는 것은 불가능하다는 것을 깨닫는다. 자전거를 되찾을 희망은 이미 사라져버린 것이다.

이제 자전거를 구하기 위해서 자기가 해야 할 일은 명백해졌다. 많은 우여곡절 끝에, 자전거 도둑을 붙잡게 되었지만 자전거를 되돌려 받을 수 없는 여건이라는 걸 깨달았다. 그렇다고, 그 간절한 희망을 포기할 수도 없었던 안토니는 자전거를 훔치기로 결심한다. 그 길밖에 다른 도리가 없었다. 자전거를 살 형편도 되지 않았기 때문이다. 훔쳐야 한다. 그렇지 않아야 한다는 갈등을 수없이 되풀이 하였을 것이다.

가난한 사람들이 빈곤의 악순환에서 벗어나고자 애를 쓰지만, 그럴수록 점점 더 깊은 늪으로만 빠져들게 되며 그들이 마지막으로 선택하는 옳지 못한 행동은 결국 비극적 종말로 끝나고 만다.

안토니는 때마침 벌어지고 있는 축구경기장 주위를 둘러보았다. 축구장 앞에는 수많은 자전거가 길거리에 세워져 있었다. 주위를 맴돌면서 수없는 갈등을 겪는다. 가슴이 두근거리기 시작했다. 그러나 아들 앞에서 차마 남의 자전거를 훔치기는 어려워서 우선 아들에게 전철을 타고 집에 가도록 한다. 차마 아들에게는 처참한 자신의 모습을 보여 주기 싫었을 것이다. 아들이 전차 옆에 다가서는 순간 전차가 떠나버린다.

아들은 다시 아버지가 계시는 곳으로 발걸음을 옮긴다. 아들을 보낸 아버지는 길 골목을 돌아보던 중 길모퉁이에 세워둔 자전거를 발견하고 자전거를 훔쳐 달아나기 시작했다. 자전거 주인이 "도둑을 잡아라."는 소리에 수많은 사람이 안토니오를 쫓아가게 되고 결국 붙잡힌다. 아버지가 군중에게 붙잡히게 된 것을 본 브르노가 울기 시작하였다. 그러자 자전거 주인은 없었던 일로 하고 사건을 확대할 의사가 없다는 말에 따라 조용히 마무리되고 아버지와 아들은 한없는 눈물을 흘리며 되돌아온다.

안토니가 자전거를 도난 당할 때는 아무도 관심을 기울이지도, 도움을 주지도 않았었다. 그러나, 그가 신사의 자전거를 훔쳤을 때는 수많은 사람들이 달려들어 그를 붙잡고, 그의 자전거를 지켜주었다. 어째서, 없는 자에게 그토록 절실한 자전거를 지켜주는 이는 없는데, 있는 자의 평범한 자전거를 보호를 받는단 말인가?

군중 속으로 아들과 함께 스며드는 안토니의 뒷모습으로 처리된 마지막 장면은 관객들에게 깊은 인상을 남겨준다. 비록 아무리 가난한 삶이라도 남의 물건을 훔치지 않고 정직하고 깨끗하게 살아야 한다는 점을 아버지와 아들의 뒷모습 속에서 살펴볼 수 있으며, 현실이 어떤 모습으로 우리 곁에 서 있는지를 보여 주면서 이 영화는 많은 것을 보여 주고 막을 내린다.

장애인에 대한 편견

　보건복지부가 5년마다 한 번씩 조사하여 발표하는 장애인의 수는 2000년도 기준, 전 인구의 3% 가량인 145만 명으로 추산하고 있다. 현대 사회는 선천적인 장애인보다 후천적인 장애인이 날로 늘어나고 있다는 점을 간과해서는 안될 것이다.

　산업현장에서 일하다가 재해를 당하는 근로자가 있고 자동차사고로 인해 뜻하지 않게 장애인이 되는 경우도 있다. 어느 누구도 한순간에 장애인이 될 수 있다는 점이다. 그렇다면 장애인을 바라보는 시각이 달라져야 한다. 그것은 어느 누구도 이러한 불의의 사고에 자유로울 수 없기 때문이다. 아마, 우리 나라처럼 장애인에 대한 편견이 심한 나라도 없을 것이다.

　우리 속담에는 "병신 고운데 없다."고 하여 병신은 그 마음까지도 깨끗하지 못하다는 뜻이 있는가 하면 "병신 육갑한다."고 하여 밖으로는 병신같이 보이는 사람이 가끔 속으로 바보 같은 일을 하는 것을 비꼬는 말도 있다. "병신 호미 훔친다."고 하여 겉으로 병신 같지만, 속으로는 자신의 실속만 차린다는 뜻도 있다.

이는 대부분 병신에 대한 편견을 뜻하는 것이다. 또 "병신자식이 효도한다."는 말은 언뜻 생각하면 부모에게 효도할 수 없다고 생각한 병신 자식이 오히려 효도한다는 뜻이다. 별로 소중히 여기지 않던 것이 도리어 뜻밖에 요긴하게 사용될 때 쓰는 말이다.

보건복지부 공식 통계에 의하면 후천적으로 장애가 되는 비율이 89.4%라고 한다. 다시 말하면 대부분 살아가면서 사고 등으로 발생하여 장애인이 된다는 것이다.

장애는 여러 가지 원인에서 발생할 수 있다. 과거 6.25때는 전쟁터에 나가 싸우다가 장애인이 되었다. 장애인이 살아가는 데는 많은 제약을 받는다. 몸이 자유롭지 못하기 때문이기도 하고 사회의 편견 때문이기도 하다.

몸이 건강한 사람도 취직하기 어려운 여건에서 정부에서 아무리 장애인 의무고용을 주장하고 법률로 가이드라인을 정해 주어도 소용없는 일이다. 사실상 의무 고용비율이 무의미하다. 한국인의 평균 월 급여가 233만원인데 비하여 장애인의 평균 소득은 108만원으로서 46%에 지나지 않으며, 질병으로 인한 추가 비용도 15만원 정도 더 추가된다고 한다.

여러 가지 면에서 살아가기 힘든 여건이다. 설령 취업을 한다고 해도 우리 사회는 차가운 시선으로 그들을 대하고 있다.

대학 재학 중에 뇌출혈로 인하여 한쪽 다리가 마비된 이 모씨가 장애를 무릅 쓰고 열심히 노력하여 의과대학을 졸업하고 충북 제천보건소에서 근무 중 승진 우선 순위가 되었음에도 불구하고 장애인이라는 이유로 승진에서 물러날 위기에 처했다는 소식도 우리들의 마음을 아프게 한다.

시간이 있어 고아원에 들러본 사람은 잘 알겠지만 옛날 고아들은 전쟁으로 인한 고아가 많았다. 그렇기 때문에 비록 가난했지만 몸은 건강했다. 그러나 지금은 다르다. 대개 부모가 장애인이라고 버렸거나 부모의 이혼, 아동학대, 부모의 사망으로 인하여 발생한 고아, 그리고 원하지 않은 임신 등으로 인하여 태어나는 아이들이 많다. 그들 중의 상당수는 장애인이다.

사회복지시설에 수용중인 장애인 중에는 우리가 상상하는 그 이상의 사랑을 받아야 하고 도움을 받아야 하는 중증 장애인이 많다. 뇌성마비가 된 아이, 다운증후군으로 고생하는 아이, 무뇌아 아이들도 있다. 이런 자녀를 키우던 부모들은 사회적 편견에 시달리고 하루 하루 고통을 받는다.

그리고 최종적으로 선택한 것은 쥐도 새도 모르게 아이를 보자기에 싸서 고아원 가까운 곳에 버리거나 두고 사라진다. 자기도 키울 수 없는 아이들을 사회에 그 책임을 전가(轉嫁)하는 꼴이다. 중증 장애인이 많은 사회복지시설 보모들은 사명감이 없으면 도저히 그들을 잘 돌볼 수 없을 것이다.

대소변도 가릴 줄 모르는 아이들을 돌보기 위해 보모들의 고생이 이만저만이 아니다. 시설에서 기르는 아이들은 유난히 더 잘 운다. 다른 아이들보다 더 많은 관심을 가져주기를 바라는 본능 때문일 것이다. 그래서 아이들을 돌보는 보모는 어느 특정 아이만을 편애(偏愛)할 수 없다.

아이들이 더 잘 느끼기 때문에 모든 아이들을 공평하게 대해 주기 위해 노력하고 있다. 최근 정부의 지원으로 사회복지시설과 관련하여 많은 개선이 이루어졌다. 사회복지시설에서 종사하는 직원들도 출퇴근 할 수 있도록 인원을 대폭 보강해 주었다.

그러나 아직도 개선해야 할 점이 많은 것 같다. 고아원에서 있던 아이들 중에는 상당수가 해외에 입양된다. 우리는 가끔 한국인 장애 아이를 입양시켜 키우고 있는 외국인을 보면서 많은 것을 생각하게 된다. 친부모가 키울 수 없어 버린 아이들을 키우면서 조금도 불편을 느끼지 못하고 즐거워하는 그들의 표정에서 행복을 보게 된다.

한국인의 눈으로 볼 때 그 외국인은 한없는 존경의 대상이다. 외국인 부모 밑에서 밝은 모습으로 잘 자라고 있는 것을 바라보며 우리는 부끄러워할 따름이다. 그리고 왠지 코끝이 찡하게 느껴진다. 이런 외국인 부모 중에는 한 아이도 아닌 둘 이상을 입양하여 키우기도 한다.

장애 아이들을 키우는 외국인의 표정에서 아이들이 귀찮다고 느끼는 것 같지 않았으며 매우 밝은 모습이었다. 목에 올라타고 등에 올라타도 그저 웃으면서 좋아한다.

우리 나라는 고아 수출국이라는 오명을 둘러쓰고 있는데 이러한 꾸짖음은 백번 들어도 싸다. 과거에는 가난하기 때문에 자기 자식도 돌볼 수 없는 처지에 있었으므로 어쩔 수 없었다. 그러나 이제는 과거와 다르다. 아이가 없는 가정에서는 아이들을 입양해서 키워야 한다.

과거에 시집온 지 5년이 넘어도 아기가 없는 가정에서 아이들을 입양하려고 할 때 아기를 갖지 못한 아주머니가 정말 고생이 많았다. 고아원 아이를 입양하기 위해 10개월 전부터 임신한 사람으로 위장하며 생활했다. 마치 정말로 임신한 여성처럼 배를 불룩하게 하고 살았다. 10개월을 고생한 후에 아이를 입양하여 친자식처럼 키웠다. 아무튼 비밀을 유지하기 위해서 최선의 방안이었는지도 모른다.

그러나 최근에는 떳떳하게 입양해서 키운다는 걸 밝히고 있는 사람이 늘어나고 있는 추세이다. 아이를 입양하여 키운 아이가 나중에 성공한다면 얼마나 자랑스럽고 보람된 일인가? 또 데려다 키우는 아이는 새 부모의 성과 본을 따를 수 있다. 하나 제안하고 싶은 것은 입양시킨 아이에 대해서는 국가에서 특단의 지원을 하면 좋을 것 같다. 예컨데 고등학교를 졸업할 때까지의 학비지원을 지원하는 방안과 부양비를 일부 지원하는 것도 한 방법이 될 것이다. 이제 해외에 우리 나라 아이를 입양시킬 것이 아니라 우리 손으로 키워야 한다. 건강한 아이로 키우는 것이 필요한 것이다.

많은 사람들은 장애인을 위로하기 위해 듣기 좋은 여러 가지 격려의 말을 한다. 미국의 루즈벨트 대통령도 휠체어를 탔던 중증 장애인이었으며, 김대중 전 대통령도 교통사고를 당하여 지팡이를 짚고 다녀야 하고 김용준 헌법재판소장도 소아마비로 고생하였던 분이라고 소개한다. 국립 소록도 병원장을 지내며 환자를 따뜻하게 돌본 고흥 출신 신정식 박사도 그 중의 한 분일 것이다.

귀도 들리지 않고 볼 수도 없으며, 말도 하지 못하던 삼중고에서 시달리는 헬렌켈러가 어려운 역경을 헤치고 사회봉사활동의 선봉장으로 일했던 것을 우리는 기억하고 있다. 모두 옳은 말이다. 그러나 우리 한번 되돌아보자 한국의 대통령 선거가 한참 진행하고 있을 때 김대중 대통령의 반대편에 서 있던 모 텔렌트가 김대중 대통령 후보를 향하여 '절룩발이' 라고 서슴없이 내뱉은 것은 장애인에 대한 편견을 그대로 보여 준 것이 아니고 무엇인가?

한때 밤이나 낮이나 짙은 선글라스를 쓰고 노래를 부르던 가수 이용복씨를 기억할 것이다. 걸걸한 목소리에 호소하는 듯한 노래는 매우 매력이 있었다. 그가 살아온 삶의 무게만큼 우리들의 가슴에 진한 감동을 주었던 기억이 떠오른다.

그러나 그는 어느 날 갑자기 방송국에서 자취를 감추고 말았다. 이제 이용복 가수도 50이 훨씬 넘었다고 한다. 그가 한 말은 이렇다. "노래를 그렇게 부르고 싶었지만 장애인에 대한 편견이 너무나 눈물겨웠으며, 이제 가게를 차려 마음껏 노래 부를 수 있게 되어 기쁘다."고 술회하였다. 그는 최근 폐 비행기를 개조하여 만든 가게를 차려 열심히 노래도 부르고 새로운 삶을 개척하면서 살아가고 있다고 전한다.

최근 자동차 사고로 인한 장애가 빈번히 일어나고 있는 현실을 보면서 운전수의 한순간의 잘못으로 많은 사람이 고생하고 있는 것을 보았다. 운전 중에는 절대 술을 마시고 운전해서는 안 된다는 것을 새삼스럽게 깨달았다. 우리 자신도 어느 순간에 뜻하지 않은 사고로 건강을 잃고 생명에 위험을 초래할 수 있다는 것을 배웠다.

우리 사회의 장애인에 대한 편견을 없애야 한다는 점과 사회복지시설에 수용되어 있는 어린이들의 상당수가 장애인이므로 이들에 대한 배려도 잊지 않아야 한다는 점도 알아보았으며 이제 국내 입양이 필요하다는 점을 강조한 바 있다.

복지사회는 건강하고 따뜻한 마음이 많은 사회를 말한다. 상대방의 입장이 되어 역지사지(易地思之)로 되돌아가는 것이다. 그래서 부자는 가난한 사람의 입장이 되어보기도 하고 건강한 사람이라면 병원에 입원하여 고생하는 환자를 되돌아보는 것이다.

돈을 번 사람은 사회에 환원도 해야 한다. 돈을 땅 속까지 가지고 가는 것이 아니다. 자기가 벌어들인 돈을 쪼개서 불우한 이웃을 위해 봉사해야 한다.

국가는 생활이 어려운 사람들에게 더 많은 혜택이 돌아갈 수 있도록 정책적 배려를 하는 것이다. 이 땅에 태어난 모든 사람들이 사람답게 생활할 수 있는 기본적인 생활을 충족하고 문화생활을 즐길 수 있는 사회를 말하는 것이다.

건강한 사람이 장애인이 탄 휠체어를 밀어주면서 함께 가는 세상을 만들어가야만 건강한 사회가 만들어진다. 사회복지시설이나 소년가장, 모자가정을 찾아 위문하고 싶을 때 연말연시에만 찾을 이유도 없다. 시간이 나면 아무 때나 찾아보는 것이 오히려 더 큰 의미가 있을 것이다.

장애인들은 다른 사람보다 더 좋은 대우를 받기를 바라는 것은 아니다. 사회로부터 다른 사람과 동등하게 대해 주기를 바랄 뿐이다. 사회의 일원으로서 공평하게 대해 주는 것을 원한다. 사회가 그들을 편견 없이 따뜻하게 대해 주고 넓은 가슴으로 포근하게 감싸 안으면서 장애의 정도에 따라 일자리를 마련해 주어야 한다.

이제 우리 손으로 따뜻한 사회를 만들어 나가야 한다. 그리고 길가에서 두들겨 맞는 사람이 있으면 도와주어야 하고 어려운 이웃이 있으면 서로 돕고 살아야 한다.

이웃집에 불이 났을 때 물 한 바가지라도 퍼들고 가서 불을 끄려는 공동체 의식이 있어야만 좋은 사회가 될 수 있다. 남의 일인 양 구경만 해서는 안 된다. 그렇게 되는 날 건강하고 따뜻한 사회, 마음씨가 아름다운 사회, 부자나 가난한 사람이나 서로 서로 손을 잡고 함께 가는 복된 사회가 건설될 수 있을 것이다.

주도 18단계와 열반주

연말이 되면서 망년회를 겸하여 술 마실 기회가 많아졌다. 특히 우리 나라 사람의 술 실력은 세계적으로 알아주는 수준이다.

세계보건기구가 2001년 1월에 발표한 바에 따르면 한국인은 1인당 연간 14.4리터를 마셨으며, 우리 나라 국민 1인당 술 소비량은 세계 2위라고 한다. 1위는 15리터를 마신 슬로베니아가 차지했다. 3위는 룩셈부르크와 체코가 차지하였고, 가이아나, 프랑스, 포르투칼, 헝가리가 그 뒤를 잇고 있다.

동창회나 각종 친목단체의 모임까지 합하면 12월 중에 10회 내외가 되지 않을까 생각한다. 물론 이보다 더 많은 사람도 있을 수 있고, 더 적은 모임을 갖게 될 사람도 있을 것이다. 또한 일부러 12월의 모임을 기피하는 사람도 생겨날지 모른다.

우리가 술을 이야기할 때 제일 먼저 생각나는 사람은 중국의 이백이 아닐까 싶다. 하늘의 신선들은 옥황상제 앞에서 황정경이라는 도교의 경전을 늘상 읽는데 그러다가 글자 한 자를 잘못 읽으면 인간세상으로 귀양을 보낸다고 한다. 그렇게 해서 귀양온 선인(仙人)을 적선(謫仙)이라 한다.

이백에게는 많은 선(仙)자가 붙었는데 이적선(謫仙), 시선(詩仙), 주선(酒仙)의 선(仙)은 바로 그의 친구가 적선이라 부른데서 유래한다고 한다. 그는 술을 마시다가 물에 비치는 달을 잡으려고 강 속에 들어갔다가 빠져 죽었다고 하니 술을 많이 마신 것은 틀림없는 것 같다. 그렇다면 그의 주량은 얼마나 되었을까?

그는 하루에 매일 300잔, 100세까지 살면서 36,000일을 매일 그만큼 마실 마스터 플랜을 세웠다고 하며, 〈양양가(襄陽歌)〉라는 시에 스스로 밝히고 있다고 한다.

이백은 술을 1두(斗) 마시고 시를 백 편 썼다고 한다. 그때의 1두는 요즘의 한 되라고 말하는 사람도 있다. 그리고 그가 마신 술은 노주(老酒-여러 해 묵은 술)와 같은 독하지 않은 양조주였다.

서민문화가 발달하면서 이백을 주선(酒仙)으로 흠모한 일본에서는 17세기 이래 술 많이 마시는 음주대회를 개최하였다고 하는데 전국에서 모인 주당들이 명예를 걸고 술 실력을 겨루었다.

19세기 초, 에도(도쿄)에서 살고 있던 어느 거상(巨商)의 장수를 축하하기 위해서 벌인 술 시합에서는, 석 잔에 나누어 청주 7되 5홉을 단숨에 들이키고도 취태를 보이지 않은 사헤이라는 사람이 우승 기록을 세웠다고 한다.

시를 쓰거나 글을 쓰는 사람 중에는 술을 좋아하는 사람이 많았다. 최근 시인 고은 선생이 술 예찬론을 펴기도 하였다. 스스로 주성(酒聖), 주선(酒仙)을 자처했던 조지훈 선생은 술의 연륜이나 술을 함께 마신 친구, 술을 마신 동기, 술을 마신 기회, 그리고 술버릇 등을 묶어 술 마시는 사람의 등급을 모두 18가지로 분류하였다.

호방하게 술 마시는 것도 좋고 두주불사(斗酒不辭)하는 사람도 있지만 스스로를 잘 통제하면서 술을 마시는 올바른 주도가 선행되는 것이 좋을 것 같다.

조지훈 선생이 말씀하신 18등급을 살펴보면 다음과 같다. 먼저 부주(不酒)라 하여 술을 아주 못 마시지는 않으나 마시지 않는 사람으로서 9급이고, 외주(畏酒)는 술을 마시긴 마시나 술을 겁내는 사람으로서 등급으로 치면 8급이며, 민주(憫酒)는 술을 마실 줄도 알고 겁내지도 않으나 취하는 것을 겁내는 사람으로서 7급 수준이고, 은주(隱酒)는 술을 마실 줄도 알고 겁내지도 않으며 취할 줄도 알지만 돈이 아까워서 홀로 숨어 마시는 사람이며 6급이라고 한다.

상주(商酒)는 술을 마실 줄도 알고 좋아도 하지만 무슨 잇속이 있어야만 술값을 내는 사람으로서 상업적 목적이나 자기에게 이익이 있어야만 술을 마시는 사람으로서 5급, 성생활을 위해서 술을 마시는 색주(色酒)가 있는데 이는 4급이다.

수주(睡酒)는 잠이 안 와서 술을 마시는 사람이며 3급이고, 반주(飯酒)는 밥맛을 돋우기 위해 술을 마시는 사람으로서 2급이고, 학주(學酒)는 술의 진경(珍景)을 배우면서 마시는 사람으로서 주졸(酒卒)로서 초급이고, 애주(愛酒)는 술을 취미로 맛보는 사람이며 주도(酒徒) 1단이다.

기주(嗜酒)는 술의 참맛에 반한 사람으로서 주객(酒喀)이며 2단이고, 탐주(耽酒)는 술의 진경을 터득한 사람으로서 주호(酒豪)라 하고 3단이다.

폭주(暴酒)는 주도를 수련하는 사람으로서 주광(酒狂)이며 4단이고,

장주(長酒)는 주도 삼매(三昧)에 든 사람이며 주선(酒仙)으로서 5단이다.

석주(惜酒)는 술을 아끼고 인정을 아끼는 사람으로서 주현(酒賢)이며 6단이며, 낙주(樂酒)는 마셔도 그만, 안 마셔도 그만, 술과 함께 유유자적하는 사람으로서 주성(酒聖)이라고 하며 7단이다.

관주(關酒)는 술을 보고 즐거워하되 이미 마실 수 없게 된 사람이며 주종(酒宗) 8단이라고 한다. 그렇다면 가장 고단수는 무엇일까? 폐주(廢酒)로서 술로 인해 세상을 떠난 사람이며 9단이며 열반주(涅槃酒)라고 한다. 참으로 재미있는 표현이 아닐 수 없다.

이를 다시 분류해보면 부주, 외주, 민주, 은주는 술의 진경(眞景)과 진미(眞味)를 모르는 술의 문외한들이고, 상주, 색주, 수주, 반주는 목적을 위해 마시는 술이니 술의 진실한 의미를 모르는 사람들이다. 학주의 자리에 이르러 주도 초급을 주고 주졸(酒卒)이란 칭호가 주어지며, 반주는 2급이요 차례로 내려가서 부주가 9급이니 그 이하 척주(斥酒), 즉 술을 배격하는 반(反)주당들이다.

애주, 기주, 탐주, 폭주는 술의 진미(眞味), 진경(眞景)을 득달한 사람들이고 장주, 석주, 낙주는 술의 진미를 체득하고 그 이상의 도를 체득한 사람들이다. 애주의 자리에 이르러 비로소 주도의 초단을 주고 주도(酒徒)란 칭호를 받으며, 주객, 주호, 주광, 주선, 주현, 주성, 주종에 이르고 마지막으로 열반주라하여 술로 인하여 세상을 하직하여 더 이상 술을 마실 수 없는 사람을 지칭하게 된다.

적당하게 마시는 술은 건강에 매우 좋다는 것이 정설인 것 같다. 그러나 과도하게 마시는 술은 백해무익이라고 한다. 또한 술을 마시고 직장 생활에 지장을 줄 만한 처지라면 자제하는 것이 필요하리라 생각된다.

세계보건기구에서 조사한 통계에 의하면 "술을 적당히 마시는 사람들이 술을 마시지 않는 사람들보다 평균 수명이 길다."고 한다.

적당량의 술은 사람을 명랑하게 하며 활력소가 되고 인체의 조직에도 좋은 영향을 준다는 얘기다. 또 피로감을 없애주고 머리를 산뜻하게 해준다. 지나치지 않게 마시면 수명을 연장시키고 심장질환의 원인을 감소시킨다는 연구결과도 있다.

술에는 영양분도 풍부하다. 포도주에는 32종의 아미노산, 맥주는 탄수화물과 단백질, 17종의 아미노산, 칼슘 등의 성분이 있다. 입맛이 없을 때 약간의 술은 식욕을 촉진하는데 소화계통 내의 소화액분비를 촉진, 위장의 소화와 섭취능력을 향상시킨다. 따라서 소화기능이 떨어지는 시기에 적당량의 술로 소화기능의 저하를 막을 수 있다.

그러나 '적당히 마시면 약이지만 넘치면 독'이 된다. 특히 음주에 대한 잘못된 상식과 변형된 음주문화의 행태로 애주가보다 폭주가들이 늘어나고 있다.

특히 술을 섞어 마시는 폭탄주와 회오리주 같은 술이 등장하고 충성을 맹세하기 위해 마시는 충성주 등은 우리의 술 문화를 단적으로 보여주는 것이라고 생각한다. 이러한 술 문화는 자연스럽게 술꾼을 만들어내고 술독에 빠뜨리는 결과를 초래하고 있다.

"바다에 빠져 죽은 사람보다, 술독에 빠져 죽은 사람이 더 많다."는 격언이라든지, "남자가 술을 마시면 집이 반쯤 불타고, 여자가 술을 마시면 집 전체가 불탄다."는 격언은 우리들에게 많은 것을 시사하는 대목이라고 할 수 있다. 잘못된 음주상식으로는 한두 가지가 아니다. 체내에 흡수된 알코올은 간에서 독성이 강하고 암을 유발하는 물질인 아세트알데히드를 분해시킨 뒤 다시 초산으로 분해돼 없어진다.

그러나 얼굴이 빨개지는 사람은 아세트알데히드를 분해하는 효소가 선천적으로 부족해서 나타나는 부작용이라고 하는 게 술에 관한 연구에서 나타났다. 과음은 남자를 성적 무능력자로 만들 수 있다. 술을 마신 후 바로 사우나를 하는 것은 죽음에 이를 수 있다고 한다.

사우나에서 땀을 지나치게 빼면 탈수증세가 올 수 있다. 따라서 음주문화만 바꿔도 생활이 윤택해질 수 있다. 빈속을 피하고 천천히 마시며 안주를 충분히 먹는다. 말을 많이 하거나 노래를 부르며 술을 먹는 것도 한 방법이다.

술을 마실 때 꼭 담배를 피우는 것은 알콜이 니코틴 흡수를 빠르게 하기 때문에 간의 해독기능을 약화시킨다는 보고가 있다.

마지막으로 이백의 장진주(將進酒)를 감상하시면서 이글을 맺고자 한다. 세상일이 여의치 않을 때, 직장에서 시달려 스트레스를 받을 때 마음 맞는 친구와 더불어 적당하게 취하는 것도 때로는 필요하며, 술 마시는 재미가 그 가운데에 있다. 오늘밤도 거리거리에는 수많은 이백들이 거리를 활보할 것으로 보인다.

그대 보지 못했나, 황하의 물이 하늘에서 내려와
바다로 쏟아져 흘러 들어오지 않는 것을.
그대 보지 못했나, 고대광실에 앉아 거울 놓고
백발이 탄식함을
아침에 푸른 실 같은 머리칼이 저녁엔 눈처럼 세었구나.
모름지기 인생을 마음껏 즐길지니,
금술잔을 비워 달을 거저 대하지 말게나.
하늘이 내 재주를 내셨을 때야 쓰일 데 있으리니,
천금을 탕진해도 언젠가는 돌아올 터.
양을 삶고 소를 잡아 또 즐겨나 보세 그려.
마땅히 단숨에 삼백 잔을 마실지니,

이보게 잠부자, 단구생!
한 잔 드시게나, 잔 멈추지 말고.
그대 위해 한 곡조 읊어보리니
나를 위해 귀 기울여 주시게나.
풍악 소리 살진 안주 무엇 그리 대단하리,
오로지 원하노니, 오래도록 취하여 깨지 않는 것.
예로부터 성현들은 다 흔적 없어도
오직 술고래만은 이름을 남겼다네.
진왕이 평락전에서 잔치할 때
한 말에 만 냥 술을 흠뻑 즐겼다네.
주인은 어찌하여 돈이 적다 하는가?
마땅히 술 받아다 그대와 함께 마셔야지.
얼룩말, 값진 옷, 아이 불러내다가
살진 술과 바꾸어서,
더불어 만고의 시름 녹여나 보세 그려.

진돗개 백구

서양 속담에 "개는 충실한 동물이다."라는 말이 있다. 여기서 충실하다는 것은 사람에게 충성을 다하고 믿음직스럽게 행동한다는 이야기이다. 우리가 영어 공부를 처음 배울 때 관사(冠詞)의 용법에서 나오는 말이기 때문에 영문으로 기억하시는 분도 많을 것이다.

개는 인간과 매우 밀접한 동물이다. 항상 친근한 이미지를 갖고 있다. 집에서 개를 키우면 개는 사람을 무척 따르고 주인이 밖에 나갔다 돌아오면 꼬리를 치면서 반가이 맞이해 준다. 그러나 고양이는 그렇지 않다. 개는 여러 가지 용도로 사용되었다.

군에서 군용견으로 사용할 수도 있고, 사냥을 하기 위해 사용하는 사냥견, 마약을 단속하는 마약견, 집을 지키는 개, 수색견, 맹인을 안내하는 안내견, 인명구조용, 양치기용, 경찰견, 지뢰탐지용, 화재감식용 등

개의 우수한 능력 때문에 다양한 용도로 활용된다.

우리 나라 개 중에는 진돗개와 풍산개가 유명하다. 진돗개는 우리 전라남도의 상징적인 동물이며, 풍산개는 북한산 개다. 우리들은 어렸을 때부터 개라고 하면 진돗개를 먼저 떠올렸을 뿐만 아니라 진돗개의 명성에 대해 익히 들어왔다.

주인에 대한 충성심이 남다르다는 말을 자주 들었다. 진돗개는 털의 색깔에 따라 황구와 백구로 나뉜다. 귀가 뾰족하게 서고 눈은 날카롭고, 몸은 균형잡혀 있으며 몸체는 크지 않으나 당당하다. 책임감이 강하며, 주인에게는 절대 충성을 하는 것이 특징이다.

사냥감을 쫓아 달려간 개는 끝까지 추적하면서 소리를 질러 주인에게 위치를 알려주면서 달려간다. 몇 년 전 전라남도 진도군 의신면에서 큰 소동이 벌어졌다. 진도군에서 대전으로 팔려갔던 백구가 수십일 후 피골이 상접하여 전에 기르던 주인집에 나타난 것이다.

한편으로 반갑기도 하고, 한편으로는 놀랍기도 하였다. 그도 그럴 것이 대전에서 광주를 거쳐 진도까지 가는 데는 버스로 약 5시간이 소요되는 먼 거리로서 약 350여 킬로미터나 된다. 350킬로미터는 900리 길이다. 정말 놀라운 일이라고밖에 달리 표현할 수 없을 것이다. 백구는 주인집 아이들인 '동이'와 '솔이'와 함께 어렸을 적에 한가족처럼 정답게 살았으나 솔이의 병원비를 마련하기 위해 대전으로 팔려가게 되었다고 한다. 그 먼 거리에서 이곳을 찾아온다는 것은 상상할 수 없는 일이다.

사람이 지도를 놓고 찾아온다 해도 어려운 곳이 진도이다. 광주에서도 약 3시간이 소요되기 때문이다. 백구는 주인집을 찾아 남쪽으로 남쪽으로 내려왔다. 배도 고프고 다리도 아팠을 것이다. 길을 가다가는 미친 개로 오인되어 돌팔매도 맞았을지 모른다.

사람 같으면 다른 집 상점에라도 들어가 음식도 훔쳐 먹고 고구마밭이나 무밭에 들어가 구황 식물을 캐먹으면서 허기를 달랠 수도 있었겠으나 성스러운 백구는 이 모든 불순한 생각들은 사람이나 하는 것으로 알고 모든 것을 참으며 달려왔을 것이다.

비록 짐승이지만 사람 못지 않다. 그래서 옛날 사람들이 사람 같지 않은 사람을 가리켜 '개만도 못한 자'라고 꾸짖었는지도 모른다. 자랑스런 동물일 수밖에 없으며 비석이라도 세워야 타당하지 않을까 판단된다.

배가 고프면 남의 집 쓰레기통을 뒤져서 음식을 먹었을 것이다. 그런 처절한 아픔을 겪으면서 시골 진도가 무엇이 그리 좋아서 죽을 고비를 넘기며 찾아왔는지 알 수 없는 노릇이다. 지칠 대로 지친 백구는 다리를 절룩거리며 먼길을 달려서 또 달려서 보고 싶은 주인을 찾아왔다.

이러한 감동적인 내용은 진돗개의 명성을 한껏 높이는 계기가 되었고 경향각지의 신문, 방송 등에 대대적으로 보도되었다. 불가사의 한 일이 발생되었기 때문이다.

그후 이 개는 애니메이션 영화로도 제작되고 게임으로도 빛을 보게 되었다. 또 한 컴퓨터 회사의 모델로 선정되어 1,000만원의 모델료를 받기도 하였다. 그 놀라운 사실이 있은 뒤 나는 TV에서 백구와 함께 서있는 주인 할머니를 보았다. 이제 그 개도 나이가 다 되어 저 세상으로 갔으며, 따뜻한 바닷가 마을에 묻혀 있다.

세상에 또 어디 이런 놀라운 사실이 있을 수 있을 것인지 그저 놀라울 따름이다. 이와 같이 개는 인간과 가장 가까운 동물로서 인간의 사랑을 받으며 살아왔을 뿐만 아니라 따뜻한 관계를 형성하며 살아오고 있다.

탈무드에 이런 이야기가 있다. 어떤 가정에서 개를 기르고 있었다. 그 개는 오랫동안 가족들과 함께 생활하여 가족들은 모두 개를 귀여워했다. 특히 아들 중의 하나가 더 그러했다. 그는 잠잘 때에도 자기 침대 밑에 재우게 하는 등 각별한 애정을 갖고 살았다.

어느 날 개가 죽었는데 그의 아버지는 "개는 언젠가 죽는 것이니 너무 슬퍼하지 말라."고 위로했으나 아들은 자기의 형제처럼 따르던 개를 잃은 것이 너무나 슬퍼서 그 개를 뒤뜰에 묻고 싶어 했다. 개를 내다 버리는 것이 아들에게는 너무나 고통스러웠던 것이다.

그러나 아버지는 개를 뒤뜰에 묻는 것을 반대하였다. 개를 묻어 주는 관습을 본 적이 없었기 때문이다. 가족 사이에 한참 논쟁을 하였으나 결론이 나지 않았다. 하는 수 없이 아버지가 랍비에게 유태인 관습 중에 개를 묻어 주는 의식이 있는지를 물었다.

그러나 랍비도 그러한 전례를 본 경험이 없어서 답답하기는 마찬가지였다. 그때 머리 속에 스쳐가는 것은 개의 죽음에 대하여 슬퍼하고 있는 아들이었다. 그래서 랍비는 아버지를 만나서 이야기하기로 하였다. 왜냐하면 그런 상황에서는 전화로 이야기하지 않는 것이 관습이었기 때문이다. 탈무드의 기록을 찾아보았더니 이런 내용이 있었다고 한다.

집안에 우유가 놓여 있었다. 그런데 뱀이 그 우유 속에 들어가 버렸다. 고대 이스라엘에는 농촌에 많은 뱀이 있었다. 그 뱀은 독뱀이었기 때문에 우유 속에 독이 녹기 시작했다. 개만이 그걸 알아차렸다. 가족이 창고에서 우유를 꺼내려하자 개가 맹렬히 짖기 시작하였다. 그러나 개가 왜 짖고 있는지를 사람들은 알 수 없었다. 가족 중의 한 사람이 우유를 마시려고 하자 개가 뛰어 들어 엎지르고 그것을 먹기 시작하였다. 그리고 그 개는 곧 죽어 버렸다.

비로소 가족들은 우유 속에 독이 들어가 있었음을 알게 되었다. 그 개는 랍비에 의해 칭송되고 총애되었으며 "그 개를 묻어 주었다."는 기록이 있었다. 이에 대한 이야기를 아버지와 그 가족에게 들려 주고 아이의 개를 뒤뜰에 묻어 주고 명복을 빌었다.

책은 양식이다

상무지구에 이사온 지 몇 개월이 흘렀을 때의 일이다. 어느 날 저녁 대학에 다니는 우리 집 아이에게 서점에 가서 책을 사오도록 했다. 그러나 서점이 어디 있는지를 모르고 망설이다가 도리어 서점이 어디 있는지를 내게 물었을 때 무척 화가 났다. "집 앞에 있는 서점이 어디 있는지도 모르느냐?"며 화를 냈다. 그리고 나서 서점의 위치를 알려준 뒤 책을 사오도록 했다. 세상을 살아가면서 자기가 살고 있는 집 가까이 위치하고 있는 서점이 어디 있는지는 알아야 한다고 본다.

요즈음 우리 나라는 책을 읽는 사람이 대단히 적어서 종로서점 등 대규모 서점이 문을 닫고 있는 사태가 발생하고 있으며, 광주 지역에도 20년 이상 영업을 하고 있던 세종서점이 폐쇄되었으며, 사랑방 문고도 변두리 지역으로 이사를 갔다.

이것은 아무래도 대단히 불행한 일이 아닐 수 없다. 통계에 의하면 우리 나라 사람이 평균 1년 동안 읽은 책 수량은 9.3권으로서 일본의 18권에 비교할 때 반 정도밖에 안 된다. 이로 인하여 동네 서점이 문을 닫는 사태가 발생하고 있다.

한국서점조합연합회 통계에 따르면 지난 92년 말 5,371개 정도였던 전국 서점 수가 2002년 11월 말 현재 2,376개로 줄어들었다고 한다. 10년 사이 서점의 60%가 사라진 것이다.

광주에도 많은 변화가 일어났다. 소위 전남대학교 부속병원 옆 학동 거리 5거리에서 양림동 방향으로 내려가는 길에는 과거에 20여개소의 서점이 즐비하게 늘어서 있었다. 3개의 새 책방을 제외하고는 대개 중고 서적을 사고 취급하는 서점이었다. 내 자신도 이곳에서 책을 팔기도 하고 사기도 하였다.

그러나 대부분의 서점은 없어지고 이제 덕림서점 한 곳만 남았다. 서점이 있던 자리에는 음식점이 들어서거나 수퍼마켓, 안경점, 철물가게, 소주방 등이 생겼다. 광주고등학교 앞도 마찬가지다. 광주 계림동에서 광주고등학교에 이르는 길가도 마찬가지였다. 줄잡아 50여 개의 서점이 있었는데 이곳에도 변화의 바람이 불어 많은 서점이 폐업하고 가계들이 들어서 있다.

책을 읽으며 고민하기보다는 텔레비전이나 영상을 통해서 직접 보는 것을 더 선호한다. 독서를 할 때는 읽으면서 여러 가지를 깊이 생각하게 된다. 작가의 의도, 전개 과정, 작가가 우리에게 들려 주고자 하는 메시지, 그리고 책이 사회적으로 미칠 수 있는 영향 등 다양한 사고를 하게 된다.

그러나 텔레비전은 그럴만한 시간도 없으려니와 보는 즉시 우리 머리 속에 들어와 버린다. 그래서 텔레비전을 바보상자라고 부르는지 모른다.

책을 읽고 머리를 쓰기보다는 영상을 통해서 보는 것이 전부라고 보는 문화가 일반화되면서 어떤 사물이나 사안에 대해 관찰하고 깊이 있게 성찰하는 사람이 적어지고 있다. 이같은 사회 풍토에서 서점이 설 수 있는 자리는 점점 사라질 수밖에 없다. 서점이 문을 닫게 되는 근본적인 이유 중 가장 큰 것은 독서량이다.

최근 5년 동안 미국, 영국, 일본, 독일 등 선진국의 서점 수는 거의 줄지 않았으며, 영국은 오히려 서점 수가 늘어났다고 한다. 우리에게 문제가 있는 것이다. 동네 서점은 지식사회를 가늠하는 척도이다.

서점을 찾는 고객 중 40% 정도가 무슨 책을 살 것인지 결정하지 않고 서점을 찾는다고 한다. 즉 서점에 들러 서가를 훑어보면서 구매할 책을 결정하는 것이다.

선진국들도 우리 나라와 같이 인터넷 서점이 일반화되고 있으나 동네 서점이 문을 닫고 있지 않음에도 불구하고 우리 나라는 줄어드는 속도가 매우 큰 것으로 보인다.

인터넷 서점은 주로 신간 서적이나 베스트셀러 위주로 판매하고 있으며, 기존의 서점은 신간을 비롯하여 과거에 출판된 서적도 동시에 판매하고 있어서 기능상 차이가 있다. 그러므로 인터넷 서점의 등장으로 동네서점이 문을 닫는다는 논리는 성립되지 않는다.

책은 우리들에게 간접적인 경험을 제공한다. 책은 우리들에게 많은 양식을 제공하여 준다. 우리가 아직까지 몰랐던 많은 것을 깨닫게 해주며, 우리들의 삶의 지표를 제시하는 것이다. 좋은 책은 고전 중에 많이 있다.

우리는 때때로 책을 사들고 무척 후회할 때가 많다. 별로 읽을 만한 가치가 없는 내용으로 구성되어 있는 도서도 있다. 따라서 신문지상에 광고가 되었다고 하여 무조건 그 책을 선호할 것이 아니라 책의 내용을 검토해 보고 구입하는 것이 옳다. 물론 책이 처음 출판되면 당연히 광고를 해야 할 것이다. 책을 구입할 때는 맨 처음 목차를 살펴보고 그 책의 체재, 내용의 정리 상황, 그리고 전개과정 등의 순서로 읽어보아야 한다.

출판사에서 선전하는 것을 무조건 믿는 것보다는 이러한 마음의 자세로 책을 구입하다 보면 자연히 좋은 책을 고르는 요령을 터득할 수 있다. 그리고 읽어서 우리들에게 교양이 될 수 있는 책을 골라서 구입해야 한다. 그저 흥미 위주로 책을 구입하여 읽는 것은 오히려 독서를 하지 않는 것만 못하다. 좋은 책을 골라 읽는 습관을 길러야 한다.

책 읽는 습관과 관련하여 아버지가 날마다 술이나 마시고 집에 오면 담배나 피우면서 자녀들에게 공부하라고 할 일이 아니다. 손수 책 읽는 모습을 보여줌으로써 아이들이 자연스럽게 따르도록 해야 한다. 책을 읽는 가정은 비록 당대에는 좋은 결과가 없다할지라도 자자손손(子子孫孫) 이어짐으로써 나중에 큰 인물이 배출될 수 있다는 것을 확신한다.

책을 읽을 때는 책의 내용을 꼼꼼히 챙겨보고 그 책이 무엇을 담고 있으며 독자들에게 무엇을 전달하려고 하였는지에 대해 재점검하고 자기의 경험과 생각을 함께 정리하는 습관을 길러야 한다. 안중근 의사가 즐겨 쓰시는 서예 중에 "하루라도 책을 읽지 않으면 입에서 가시가 돋는다."는 글은 우리들에게 많은 것을 시사해 준다.

이탈리아의 철학자요, 역사학자인 세계적인 지성 움베르토 에코가 그의 나이 52세가 되던 1980년에 쓴 소설 『장미의 이름』에서 보면 주인공 아드소가 책꽂이 사이를 걸어다니며 하는 말이 있다. "서가 사이를 걸어다니다 보면 과거와 현재가 대화를 나누는 소리가 들렸다. 내가 알 수 없는 그 숱한 지식과 지식이 대화하는 소리가 들렸다." 아드소가 한 말은 책은 과거와 현재를 이어주는 것이라는 것을 의미할 것이다.

이 소설은 우리 나라에도 번역서를 소개된 바 있다. 이 책이 관심을 끄는 것은 수도원에서 살인 사건이 발생한다는 데에 있다고 본다.

1327년 겨울 젊은 수련사 아드소는 사부인 프렌체스코 수도사 윌리암과 함께 황제가 내린 임무를 받고 베네딕트 수도원에 도착하게 되는데 수도원장은 윌리암에게 장서관에서 일하던 수도사 아델모가 시체로 발견되었다는 경위를 설명하고 교황측 조사관이 내려오기 전에 이 사건을 밝혀달라고 부탁한다.

윌리암은 수도원 구석 구석을 살펴보면서 아델모의 죽음을 추론해 나간다. 장서관에서 근무하고 있는 말라키아에게 장서관 열람을 요청하지만 거부당한다. 이튿날 그리스어 번역사 베난티오 수도사가 죽고, 베렝가리오, 세베리노, 말라키오 수도사가 연속적으로 사망하는데 시체가 모두 손가락과 혓바닥이 까맣게 변색되어 죽는 것이었다.

윌리암은 호르헤라고 불리우는 늙은 수도사를 알게 되고 도서관 안에서 사건의 실마리가 잡힐 것으로 판단한다.

이 도서관은 오직 관장만이 출입할 수 있는 공간이며, 수많은 책들이 보관되어 있는 곳이다. 죽은 사람들이 한결같이 책에 대한 관심이 많았다는 점도 사건을 해결하는 열쇠가 될 것으로 생각하였다.

그래서 도서관의 내부를 조사해 보기로 결심하였다. 도서관은 한 마디로 거대하고 복잡한 미로로 구성되어 있었다. 우리가 일반적으로 느끼는 그러한 도서관과는 차원이 달랐으며 규모도 매우 컸다. 도서관에 잠입한 그들은 먼저 셀 수 없을 정도로 많은 책에 감탄한다.

특히 윌리엄은 이 많은 책들이 세상에 나오지 못하고 책장 안에서 잠자고 있는 것을 안타깝게 여긴다. 특히 이 도서관은 여타의 도서관과는 구조가 달랐다.

모든 방이 연결되어 있는 듯하지만 모두가 미로이기 때문에 한번 갇히면 도저히 빠져 나오기 어렵게 설계되어 있었다. 아마 책의 유출을 방지하기 위한 수단으로 보였다. 더구나 방 곳곳에는 특수장치가 설치되어 있어 도서관에 침입한 사람의 정신을 혼란스럽게 하고 있다.

윌리암과 아드소가 살인사건을 추적해 본 결과 이 사건이 한 권의 책으로 인해 일어났다는 사실을 밝혀내게 된다. 바로 아리스토텔레스의 시학 제2권, 인간의 웃음에 관한 책이었다.

웃음에 대해 부정적인 생각을 갖고 있던 호르헤의 음모로 인해 수도사들이 독약이 묻은 책을 읽다가 하나 둘씩 자신들도 모르게 죽어간 것이다. 호르헤는 이 책이 남는 것을 원치 않았기 때문에 결국 자신이 그 책을 찢어 먹는 동시에 도서관은 불바다로 변한다.

윌리엄이 그토록 원하던 아리스토텔레스의 책, 그리고 세상의 빛도 보기 전에 화염에 사그라진 많은 책들은 이 책을 읽어본 사람만이 안타깝게 느꼈을 것이다.

중세의 교회는 절대로 이단을 인정하지 않고 마녀 재판을 통해서 이단을 처단해 왔다. 물론 이단일 경우도 있지만 어떤 것이 이단이라는 확실한 근거도 없이 교회의 뜻과 위배된다고 여기면 무조건 이단으로 몰아 죄없는 사람을 희생시킨 것이 중세의 교회였다. 이 책에서도 이단을 심판하는 장면이 나오는데 재판이라기보다는 일방적인 심문이었다.

중세의 교회는 하나님의 따뜻한 사랑을 함께 나누는 곳이기보다는 엄격한 계율을 내세우면서 신의 뜻대로가 아닌 때로는 인간이 원하는 대로, 교황이 원하는 대로 그 뜻이 이루어지는 경우가 있었던 것이다.

왕권이 강화되면서 교황의 권위가 점차 약화되기 시작하자 왕과 교황 간의 세력다툼이 나타나게 되었고 양자간에 타협이 진행되기도 했다. 하지만 그 타협은 어디까지나 자신의 세력을 확장하기 위한 수단일 뿐이었다. 수도원 도서관의 책들은 그 양은 방대하지만 아무 쓸모가 없는 것들이다. 세상 사람에게 읽혀지지 않는 책들이 무슨 소용이 있는가?

수도원 측은 수도사들조차도 책을 자유롭게 읽지 못하도록 엄격한 규칙 속에 읽을 책의 목록조차도 제한하고 있다. 오로지 도서관장만이 수도원이 허락한 책을 꺼내다 줄뿐이었다.

수도원과 도서관은 너무나 폐쇄적이며 새로운 것을 받아들이지 못하고 오로지 과거의 것에만 얽매여 보존하는 데에만 치우쳐 있었다. 즉, 웃음의 의미조차 인정하지 않는 어둠의 장소가 수도원과 도서관이었던 것이다.

물론 사건의 미스테리가 소설의 전개에 활력을 주고 있음은 사실이지만 저자는 당시 수도원이 가지고 있던 모순된 모습과 부패, 그리고 인간의 욕망을 보여줌으로써 또 다른 방식으로 중세를 이해하고자 했던 것이다. 장미의 이름에서는 거룩한 성전이요, 학문의 장으로서의 존재해야 할 수도원이 어떻게 세속화되었는지를 수도사들의 권력암투를 통해 표현하고 있다.

인간의 욕망은 한이 없으며, 성스러워야 할 수도생활조차 인간의 거짓과 위선에 찬 사악한 행위가 얼마나 깊게 침투되어 있는지를 보여 주고 있다. 또한 인간의 자연적인 본성인 웃음을 인정하지 않고 유럽보다 앞서있던 이교국가들의 서적을 공개하기 꺼리는 당시의 모습에서 그 폐쇄성을 읽을 수 있다. 이 사건은 책에다 독을 발라놓았던 호르헤가 죽고 도서관이 불타는 것으로 막을 내린다.

이 작품은 인간의 종교적, 지적 허영심과 욕망의 창고가 세상의 뒤로 사라짐을 의미한다고 볼 수 있다.

우리들은 학창시절 학교 앞 서점의 책꽂이 사이를 걸으며 왠지 모를 즐거움을 느꼈던 기억이 있으리라. 서점을 들러 걷는다는 것 자체만으로도 지식의 소통과정 한가운데 서 있는 것 같은 느낌이 들었고 부족한 용돈을 쪼개 책 한 권이라도 사들고 서점에서 나올 때 마음은 더 뿌듯하고 행복했던 시절이었을 것이다.

동네 서점들이 하나 둘 사라지고 그 자리에 피자가게와 오락실이 들어서는 건 불행한 일이다. 언젠가 어린이들에게 서점이라는 말을 설명해야 하는 사태에 직면하게 될 때 우리 모두 뒤늦게 뼈저린 후회를 하게 될지도 모른다. 이처럼 동네 서점들을 사라지게 한 가장 큰 원인은 문화의 사회적 분위기와 맞물려 있다.

우리 대중문화가 지나칠 정도로 가볍고, 쉬운 것만 선호하는 분위기를 개선해야 할 것이다. 이러한 사회 분위기를 쇄신하기 위해 독서 인구의 저변확대를 위한 노력이 지속되어야 한다. 아이들에게 세배 돈을 주면서 도서구입권으로 주는 것도 좋은 방법 중의 하나가 아닐까 생각한다.

충직한 하인

옛날 중국에 매우 착하고 충실한 하인이 있었는데 주인은 그 하인을 대단히 신임하였다. 하인은 주인을 끔찍하게 모셨으며, 그의 곁을 거의 떠나지 않았다.

어느 날 아침 주인이 일어났을 때 하인이 보이지 않았다. 아무리 찾아 봐도 하인은 없었다. 하인이 집에 돌아왔을 때 주인이 물었다. "너는 오늘 내내 어디 있었느냐?" 하인이 대답하였다. "어젯밤에 주인님을 살펴 보니 몸이 많이 아프신 것 같아 오늘 아침 일찍 일어나서 의사에게 물어 보고 약을 지어 왔습니다."

주인은 하인이 너무 사려 깊고 세심함에 무척 감동하였으며, 매우 흡족해 하였다. 주인은 며칠 동안 약을 복용하였으나 아무런 차도가 없었다. 건강이 조금도 나아지지 않았다. 그래서 그는 다른 의사에게 진찰을 받아보고 싶었다. 그래서 하인을 찾았으나 이번에도 하인이 보이지 않았다. 드디어 하인이 돌아왔을 때 주인이 어디에 갔다 왔는지를 물었다. "주인님, 제가 주인님을 살펴볼 때 주인님 병이 회복될 것 같지 않았어요. 그래서 장례식 준비를 하고 있었습니다."

어느 직장의 상사이건간에 믿고 신임하는 부하가 있기 마련이다. 우선 사람이 착하고 성실하며, 상사의 뜻을 잘 헤아리는 부하를 좋아한다. 또한 직장에서 알게 된 비밀을 지킬 수 있어야 하고 과묵해야 한다. 성품이 성실하여 상사로부터 인정을 받아 성공하는 경우도 많다.

우리는 가끔 처세라든지 사람의 인품도 타고나는 것으로 생각 할 때가 많다. 말이 쉽지 사실 상사를 잘 모시기란 대단히 어려운 일이다.

사람은 누구나 자기를 따르는 사람을 좋아할 수밖에 없다. 자기를 따르며, 자기에게 잘해 주는 부하를 싫어할 이유가 없기 때문이다. 또한 모든 일을 알아서 처리하고 한점 빈틈없이 처리하는 사람을 신뢰하지 않을 수 없는 것이다.

대부분의 직원들은 상사를 잘 모시고 싶지만 그것이 마음대로 되는 것이 아닌 것 같다고 한다. 윗분을 잘 모시는 것도 처세를 하는 것도 천성적으로 타고나야 한다고 한다. 윗분을 모심에 있어서 너무 도가 지나치게 보이면 다른 사람들로부터 눈총을 받기 때문에 때로는 타인의 눈치도 살펴야 할 때도 있다.

이렇게 신중한 태도로 접근하는 사람이 있는가 하면 처세가 너무 지나쳐서 문제를 일으키는 사례도 있다. 앞서 말한 하인과 같이 상사를 잘 모시고 그 뜻을 먼저 헤아린 것까지는 좋으나 도가 너무 지나친 나머지 상사에게 누를 끼치는 경우도 있다.

머리가 너무 명석하여 겉으로는 상사를 잘 모시는 것 같은데 다른 한편으로는 상사의 직위를 은연 중에 내비치면서 자기의 분수에 어울리지 않는 행동을 하다가 상사에게 누를 끼치는 사례도 가끔 볼 수 있다. 이런 사람은 리더로서는 어울릴 수 있으나 상사를 모시는 데는 많은 문제가 발생할 수 있다.

상사를 모시는 사람은 본인의 본분을 충실히 이행하면서 상사가 요구하는 일과 필요한 일에 대해서만 신경을 써야 한다. 그 이상이 되어도 안 되고 그 이하가 되어서도 안 된다. 너무 지나치면 도에 벗어나는 것이며, 그가 맡고 있는 역할과 관련하여 모시고 있는 상사는 물론이지만 많은 사람에게 피해를 줄 수 있다. 상사의 의도를 넘어 자기 스스로 속단하는 것은 금물이다.

사람은 처세를 함에 있어서 너무 천박하게 행동해서는 안 된다. 현재만 생각하고 살아서는 안 된다. 미래에 대한 깊은 성찰이 따라야 하며, 현재의 자기 자신을 성찰하듯이 미래에 다가올 자신에 대한 입지도 함께 생각해야 한다.

그 반면에 "상사는 부하를 대함에 있어서 예의와 신뢰로서 대하고, 선행은 아무리 작은 것이라도 기록하고 공적은 아무리 작은 것이라도 포상해야 한다. 일한 만큼 충분한 대우를 해주어야 하고 유능한 인재를 발굴하는 것이 필요하고 매사에 솔선수범하는 자세가 필요하다."고 중국의 제갈공명 선생은 말씀하였다.

우리가 잘 알고 있는 당 현종은 27세에 왕위에 올라 44년 동안 당나라를 통치하면서 양귀비와의 로맨스도 있었지만 초기에는 '개원의 치'라 하여 나라를 매우 잘 다스린 것으로 알려졌으며, 그의 주위에 훌륭한 부하가 있을 때는 정치가 잘 되었음을 우리는 중국사를 통하여 알 수가 있다.

재상 중에 요숭(姚崇)이란 분이 있었는데 어느날 부하들에 대한 인사문제에 대하여 상주하자 현종은 궁중 지붕에 시선을 돌리고 전혀 요숭의 말을 외면하고 듣지 않으려 했다. 요숭은 너무 송구스럽게 생각하여 물러났다.

이를 보고 있던 측근 한 사람이 현종에게 이르기를 "재상이 정무를 말씀드리는데 상대하지 않는 까닭이 무엇인지요? 정사를 총괄하시는 폐하께서 외면하심은 옳은 일이 아닌 듯 하옵니다."라고 하였다. 이에 대하여 현종은 "짐은 일체의 정무를 요숭에게 일임하였소. 국가의 중대사라면 몰라도 말단 관리의 인사문제까지 일일이 짐에게 말할 필요는 없는 것이요."라고 대답하였다. 이리하여 현종이 문제의 핵심을 잘 이해하고 있음을 알게 되어 오해가 풀리게 되었다.

요숭은 매우 충직스럽고 훌륭한 재상으로 오랫동안 중국사에 기록되어 있는 인물이다. 중국 역사상 유일한 여제인 측천무후(則天武后)에게 발탁되어 관직에 오른 이래 중종(中宗)·예종(睿宗)과 현종 초기에 걸쳐 여러 번 재상의 직에 올라 국정을 숙정하고 민생의 안정에 힘을 썼다. 송경(宋璟)과 함께 개원(開元)의 명재상으로 숭앙되며, 요숭은 당의 재상의 대명사가 되었다. 불교·도교가 존숭되던 시대임에도 불구하고 '승려나 도사를 부르지 말라' 고 유언하였다는 유명한 일화를 남겼다.

개원 2년(서기 713), 현종이 망국의 근원인 사치를 추방하기 위해 문무 백관의 호사스런 비단 관복을 정전(正殿) 앞에 쌓아 놓고 불사른 일을 비롯, 조세와 부역을 감하여 백성들의 부담을 줄이고, 형벌제도를 바로잡아 억울한 죄인을 없애고, 농병(農兵)제도를 모병(募兵)제도로 고친 것도 모두 요숭의 진언에 따른 개혁이었다. 이처럼 요숭은 백성들의 안녕을 꾀하는 일이 곧 나라 번영의 지름길이라 믿고 늘 이 원칙을 관철하는 데 힘썼다.

특히 정무재결(政務裁決)에 있어서의 신속정확(迅速正確)함에는 그 어느 재상(宰相:大臣)도 요숭을 따르지 못했는데 당시 황문감(黃門監:환관감독부서의 으뜸 벼슬)인 노회신(盧懷愼)도 예외는 아니었다.

노회신은 청렴결백하고 근면한 사람이었으나 휴가 중인 요숭의 직무를 10여 일간 대행할 때 요숭처럼 신속히 결재하지 못함으로 해서 정무를 크게 정체시키고 말았다. 이때 자신이 요숭에게 크게 미치지 못한다는 것을 체험한 노회신은 매사를 요숭에 상의한 다음에야 처리하곤 했다. 그래서 사람들은 노회신을 가리켜 상반대신(相伴大臣) 즉 '자리만 차지하고 있는 무능한 재상'이라고 혹평했다.

요즘 도청에서도 보면 계장이 전결 해야 할 일을 국장이나 실장에게 보고하는 경향이 많은 것 같다. 때로는 과장전결로 되어 있는 일을 부지사에게 결재를 받는 일도 있다. 위임전결규정은 최고 결재권자가 그 많은 업무를 혼자 다할 수 없기 때문에 이를 효과적으로 추진하기 위해 계장, 과장, 국장 등에게 위임하여 처리하도록 규정되어 있음에도 불구하고 이것이 제대로 지켜지지 않고 있다. 자기의 권한을 스스로 포기하고 있는 것이다.

결재의 단계를 줄이는 것은 일을 효과적으로 처리하자는 것이다. 필요하다면 그 사실을 메모하여 보고하면 되는 것이다. 일반회사에서 결재의 단계를 줄여 실무자의 의견을 존중하는 것이라든지 미국등에서 업무처리 과정에서 실무자의 의견이 중요시되는 것은 행정업무를 간소화하고 그 단계를 줄임으로써 신속한 민원을 처리하자는 것이다. '망건 쓰다 장 파하는 꼴'이 되지 않기 위해서라도 실무자의 의견을 존중하고 또 그에게 책임을 함께 주는 공직사회가 조속히 정착되는 것이 가장 바람직한 일이 아닌가 생각한다.

취직 시험과 술

요즈음처럼 취직하기 어려운 시기도 없는 것 같다. 우리 나라가 IMF를 졸업하였다고 하지만 그간의 경제적으로 매우 어려웠던 만큼 많은 젊은이들이 취직을 하지 못하고 어려움에 직면하고 있다. 그 동안 구조조정을 통해서 많은 사람들이 본인의 의사와는 관계없이 직장을 그만 두게되었음은 매우 안타까운 일이다.

이와 같은 현상들이 공무원만이 있었던 일이 아니다. 은행원도 그렇고 각급 기업들도 이러한 과정을 거쳐 구조 조정을 했던 것이다. 구조조정으로 인하여 정든 직장을 떠난 후 본인을 비롯한 그 가족의 아픔이야말로 어떤 글과 어떤 말로도 위로할 수 없을 것으로 생각한다.

많은 동료들이 직장을 그만 두다보니 각 과마다 직원들은 적고 일은 많아져서 어려움을 호소하는 경우가 많다. 과거 도의 경우 6급에서 사무관으로 승진을 하는데 있어서 평균 6년 정도 소요되었으나 최근에는 9년 이상 소요됨으로써 과거에 비해 3년 이상 더 소요되고 있는 것으로 보인다. 더구나 신규 공무원 채용을 미루어온 게 사실이다. 왜냐하면 구조조정을 하는 입장에서 새로운 인력을 채용하는 것은 모순이었기 때문이다.

최근 9급 공무원 채용시험의 경우에도 약 90대 1이라는 놀라운 경쟁률을 보이고 있는 것은 결코 우연의 일이 아니다. 대기업이나 중소기업의 경우에도 인력을 소규모로 선발하고 있어서 이래저래 취직하기가 어려운 입장이어서 공무원 시험에 합격하거나 취업을 하는 것이 그만큼 어렵게 되었다. 그야말로 '하늘의 별 따기'라는 말이 실감난다.

또 고급 인력들이 공인중개사 시험을 준비하고 있다고 하는데 이것이 과연 옳은 일인지는 알 수 없다. 왜냐하면 부동산 경기가 좋지 않은 입장에서 공인중개사 시험에 합격하여 소득이 얼마나 될지 알 수 없기 때문이다.

이러한 어려운 시기를 살아가는 시점에 있어서 자녀를 둔 부모의 입장은 자녀에 대한 취직 걱정이 클 수밖에 없다. 우리 경제는 금년도에 한층 밝을 것으로 전망하였으나 최근 이락 사태가 심각한 직면하고 이에 따라 국제 유가가 상승하고 있다.

이러한 세계 경제의 여러 가지 변수와 침체로 인하여 수출 여건도 한층 악화되고 있다. 특히 우리 나라의 주력 수출품인 반도체 가격이 현저히 하락세를 보이는 것은 대단히 우려할 만한 수준이며 국내외 여건이 결코 낙관만을 할 수 없다는 것이 전문가들의 견해이다.

대학을 졸업하고 취직할 수 없다는 것은 대학교육이 잘못 되었을 수도 있고 자녀의 실력이 모자라서 생길 수도 있는 것이다. 그렇다면 어떻게 취직시험을 준비해야 할 것인가? 공무원 시험이 어려운 것일까? 나는 여러 가지 변수가 있는 기업체 시험을 제외하고 공무원 시험을 준비하고 있는 자녀들을 대상으로 몇 가지 조언을 하고자 한다.

첫째, 취직시험을 준비할 때는 절대로 술을 마시면 안 된다. 술은 마실 때는 기분이 좋을지 모르지만 술이 깰 때쯤에는 머리가 아프고 다음 날 공부하는데 지장을 초래하기 때문이다. 친구를 만나 술을 마신다 해도 500cc 한 잔 이상은 절대로 마시면 안 된다.

둘째, 핸드폰은 공부하는데 많은 지장을 준다. 인생은 처음 시작이 중요하다. 이러한 중요한 시점에 서 있는 입장에서 핸드폰을 가지고 공부를 하는 것은 여러 가지 의미에서 공부에 지장을 줄 수밖에 없기 때문에 가능하면 핸드폰을 사용하지 않도록 노력하거나 아예 핸드폰을 사용하지 않도록 해야 한다.

셋째, 절대로 담배를 피워서는 안 된다. 담배는 습관성이며 백해무익(百害無益)하다. 담배는 니코틴 때문에 피로를 가중시킬 뿐이다. 그래서 담배는 절대로 피워서는 안 된다.

넷째, 텔레비전 시청도 가능하면 안 하는 것이 좋다. 텔레비전은 눈의 피로를 가중시킬 뿐만 아니라 중독성이 있어서 보지 않으면 안 되기 때문이다. 예를 들어 야인시대의 재미에 한 번 빠져들면 방영시간이 되었을 때 반드시 그 프로그램을 시청해야 하는 것이다.

다섯째, 저녁에는 가능하면 밤 12시 이전에 자도록 하고 아침이면 6시 이전에 일어나는 습관을 길러야 한다. 이렇게 해야만 나중에 직장생활을 하는데 있어서 지장이 없다.

아침 식사는 반드시 챙겨 먹도록 하고 음식은 단백질이 풍부한 음식을 먹도록 하되, 특히 주요한 일은 저녁에는 야식을 삼가도록 해야 한다. 저녁에 야식을 먹는 것은 비만을 초래하는 한 원인이 될 수 있다. 체중이 많이 나가는 사람들은 1킬로그램을 빼는 것이 얼마나 많은 시간과 정력을 쏟는 일인지 알고 있을 것이다.

공부할 때는 잡념을 가져서는 안 된다. 노력하면 반드시 성공할 수 있다는 자신감을 가지고 공부해야 한다. 그리고 한번 실력을 쌓으면 무슨 시험이든 붙을 수 있기 때문에 일정 수준이 상의 실력을 배양하는 것이 필요하다. 시험에 있어서 전과목을 골고루 점수를 맞을 수 있도록 해야 한다. 어느 한 과목에 높은 점수를 받아야 하겠다는 전략은 실수할 수밖에 없다.

따라서 시험공부를 하는데 있어서는 골고루 점수를 맞아야하겠다는 전략을 세워야 하는데 외국어에 대한 실력을 평소에 쌓아야 한다. 외국어는 하루아침에 이루어지는 것이 아니므로 평소에 실력을 갈고 닦기 위해 노력하여야 하며 대학 1학년 때부터 공부를 해야 한다. 이와 같이 외국어는 대단히 어려운 과목이므로 결국 거의 모든 시험의 성패여부는 이 과목에서 결판난다고 보아도 무방하다.

TOEIC시험을 평소 보아두는 것도 대단히 유용하게 사용될 수 있다. 왜냐하면 많은 곳에서 토익 점수를 반영하는 경우도 있기 때문이다. 그리고 국어과목이 포함되어 있는 경우에는 국어도 만만치 않은 과목임을 잊지 말아야 한다.

국어는 고어(古語)가 있고 한자가 들어 있기 때문에 한자를 평소부터 잘 알아두지 않으면 안 된다. 특히 요즈음 한자 세대에게는 한자 공부를 하는 것이 결코 쉬운 일이 아니다.

"인내는 쓰다. 그러나 그 열매는 달다."는 말이 있듯이 세상살이에는 쉬운 일이 하나도 없다. 인생을 살아감에 있어서 모든 일이 노력하지 않으면 안된다는 점을 각성해야 한다.

우리가 그렇게 쉬운 것으로만 여기는 걸음걸이도 어렸을 때는 수많은 시행착오를 거치면서 배웠다. 독수리나 새들이 하늘을 날기 위해 수없이 많은 노력에 의해 달성될 수 있는 것이다.

　오늘의 고통은 내일의 희망이라는 점을 명심하고 노력하는 자세가 필요하다. 성공을 위해서는 작은 고통쯤은 참고 견딜 줄 아는 자세가 필요한 것이다.

친우(親友)와 상우(商友)

　"친구와 책은 그 수가 적고 좋은 것이라야 한다."는 서양 격언이 있다. 사람이 살아가는 속에서 친구를 사귀지 않을 수 없다. 특히, 오늘날과 같이 독자(獨子)가 많은 시대에서는 더욱 좋은 친구를 사귀는 것이 필요하게 되었다. 친구는 마음을 터놓고 이야기할 수 있고 서로 의지할 수 있어서 좋다. 장례식 같은 데서는 형제가 많은 것이 보기에도 좋다. 외아들 하나만 썰렁하게 자리를 지키는 것은 왠지 초라하게 보일 수도 있다.

　친구를 사귐에 있어서 어떤 사람을 사귀느냐에 따라 인생이 바뀔 수도 있다. 사람이 친구를 사귀는 목적도 가지각색이다. 진심으로 마음이 통하기 때문에 사귀는 사람, 상대방이 이익이 되기 때문에 사귀는 사람이 그것이다.

　친구를 사귈 때는 가식이 없고 진정한 사람을 사귀어야 한다. 그리고 내 자신도 상대방을 진실된 마음으로 대해야 한다. 진정한 친구란 어느 한쪽만 진실로 대해서는 안 되기 때문이다. 그리고 친구와 비슷하지만 거래의 목적 또는 이익이 되기 때문에 사귀는 친구를 상우(商友)라고 한다.

세상을 살아감에 있어서 때로는 상우가 필요할지도 모른다. 그러나 상우는 거래가 필요하거나 이해타산 아래 사귀는 것이기 때문에 오래도록 지속하기가 어렵다. 사업을 하는 사람들은 이재(理財)에 밝다.

어떤 사람을 사귀는 것이 자기 사업을 키우는데 있어서 도움이 될 수 있을 것인가에 대해 잘 알고 있다. 그래서 사업상 필요하다고 판단되면 물불을 가리지 않고 접근하려고 시도한다. 기업을 하는 사람들 중에 정치인과 손을 잡기 위해 떡값을 주는 것도 일종의 상우를 사귀는 것과 비슷하다.

상우(商友)는 상거래가 끝나면 상우 관계도 끝나기 마련이지만 옛날 거상이나 중국의 상인들 중에는 신뢰가 깊은 사람과는 외상 거래를 하면서 오랫동안 상우관계가 지속된 경우도 있었다. 우리 공무원 사회에서도 처세를 잘하거나 이해타산에 밝은 사람을 '날담비'라고 부른다.

진정으로 마음이 통하여 허심탄회한 대화를 주고받을 수 있는 친구는 그리 많지 않은 것 같다. 한 사람의 친구를 사귀더라도 진실된 사람을 사귀는 것이 매우 중요하다. 물론 친구가 많고 진실된 친구가 많으면 더없이 좋겠지만 현실은 그렇지 않다.

친구는 한 사람이라도 좋으니 믿을 만한 사람을 사귀어야 한다는 중국 고사(古事)가 있어 여기에 수록하고자 한다. 허구한날 친구 사귀기를 좋아하는 아들을 둔 아버지가 아들의 행동이 걱정되어 어느 날 아들을 불러 놓고 물었다. "네가 친구가 많다고 하니 그럼 너와 생사(生死)를 같이 할 수 있는 친구는 몇이나 되느냐?" 그러자 아들은 어깨를 으쓱거리며 "그야 수없이 많습니다."하고 대답했다. 그래서 아버지가 다시 물었다.

"그렇다면 나와 한 가지 시험해 보기로 하자. 누가 진정한 친구가 많은가 말이다." 아들과 약속하고 아버지는 돼지 한 마리를 잡은 다음 푹 삶아서 거적에 싸서 시신처럼 가장을 했다. 그리고는 그날 밤 아들의 친한 친구 집을 찾아가서 이렇게 말했다. "여보게, 내 아들이 남과 시비를 하다가 실수로 그만 살인을 저지르고 말았네, 그러니 어쩌겠나 자네가 좀 숨겨 줘야지." 아들의 친구는 펄쩍 뛰며 발뺌을 했다. "안됩니다. 제가 왜 그런 일을 합니까? 사체 유기죄 및 범인 은닉죄가 됩니다. 어서 가십시오. 꾸물거리면 관가에 고발하겠습니다."하고 말하였다. 다른 친구들을 두세 명 더 찾아가 봤지만 사정은 마찬가지였다.

그런 후 아버지는 자기 친구 집에 가보자고 했다. 이윽고 아버지 친구 집에 가서 문을 두들기자 친구가 나왔다. 그래서 자초지종을 이야기하자, 그 분은 우선 주변을 살피더니 아버지를 광에다 숨겨 주는 것이었다. 그리고 괭이와 삽을 들고 나와 마당 한쪽을 파고는 거적에 싸서 들고 온 것을 묻으려고 서두르는 것이었다. 그제야 아버지가 광에서 나오며 말했다.

"여보게 거적에 싼 것은 시체가 아니라 통돼지 삶은 것이라네. 내가 오늘밤 자식놈에게 한 수 가르치기 위해 일을 한번 꾸며본 것일세. 가서 고기를 썰고, 술이나 내오게, 우리 방으로 들어가서 실컷 마셔보세."

그리고 아버지가 아들을 향해 말했다.

"보았느냐? 너는 친구가 그처럼 많다고 했지만 너를 위험 속에서 구해 주려는 사람은 없었지 않느냐? 나는 비록 한 사람밖에 없는 친구지만 모든 위험을 무릅쓰고 나를 구해주지 않았느냐? 앞으론 한 사람이라도 좋으니 진정한 친구를 사귀도록 해라." 그제야 아들은 자신의 인간관계를 되돌아보게 되었다는 고사(古事)이다.

물론 중국 고사가 세상을 너무 몰인정하게 보고 삭막하게 본 느낌도 없지 않으나 우리들이 친구를 사귐에 있어서 어떤 사람과 사귀어야 되는지를 잘 말해 주고 있다. 진정한 친구라면 살인을 하고 갈곳이 없는 사람을 숨겨줄 수 있는 그런 벗이어야 하지 않을까?

사람의 됨됨이는 그가 사귀고 있는 친구를 통해서 판단할 수 있다는 말이 있다. 깡패와 사귀는 사람은 대개 그 길로 간다. 책을 좋아하는 사람, 술을 좋아하는 사람, 교회를 다니는 사람, 불교를 믿는 분들은 그들의 취미에 따라 끼리끼리 모이기 마련이다.

또 등산을 좋아하는 사람은 등산을 좋아하는 사람끼리 모인다. 테니스를 즐기는 사람, 골프를 좋아하는 사람, 바둑을 좋아하는 사람, 춤추기를 좋아하는 사람 등 다양한 모임과 친구들이 있다. 아무튼 친구는 진정으로 마음과 마음이 상통하는 사람과 사귀어야 함은 당연한 귀결이다.

공자는 이렇게 말씀하였다. "착한 사람과 함께 있으면 마치 지초와 난초가 있는 방안에 들어간 것 같아서 처음에는 그 향기를 맡을 수 있으나 오래 되면 냄새를 맡을 수가 없다. 그러나 냄새를 맡지 못한다 하더라도 그 향기와 더불어 화하게 되는 것이다. 반대로 착하지 못한 사람과 있는 것은 마치 어물전(魚物廛)에 있는 것 같아서 처음에는 악취를 맡을 수 있지만 오래 되면 그 생선 냄새를 맡지 못하는 것처럼 그 악취에 화하게 된다."고 하였다.

또 공자(孔子) 가어(家語)에 이르기를 "학문을 좋아하는 사람과 동행하는 것은 안개 속을 가는 것과 같으며 비록 옷은 젖지 않아도 때때로 윤택할 수 있고, 무식한 사람과 같이 가면 뒷간에 앉아 있는 것과 같아서 비록 옷은 젖지 않는다 해도 때때로 옷에서 악취가 배어나는 것과 같다."고 하였다.

우리들 자신은 물론 우리들의 자녀를 가르침에 있어서 많은 도움이 되는 명언(名言)이 아닌가 판단된다. 사람을 사귐에 있어서 사람답게 행동하고 착하고 인품이 훌륭한 사람과의 사귐은 매우 중요하다고 생각된다. 무식한 사람을 사귀는 것보다는 학식 있는 사람을 사귀는 것이 훨씬 바람직하다.

벗을 사귀는 일 가운데 대학생활을 매우 중시하는 경향도 있는 것 같다. 많은 사람들이 하는 말이 사회생활을 하는데 있어서 비록 초등학교나 중학교처럼 잔정은 없지만 사회생활을 하는데는 대학 친구들이 매우 유용하다는 말을 하게 된다.

대학 동창은 숫자도 적을 뿐만 아니라 4년 이상 고락을 같이 하며 같이 공부하고 같이 써클 활동도 하면서 많은 정이 많이 들었기 때문에 사회에서도 많은 도움을 줄 수 있다고 판단하고 있는 것으로 보인다. 특히 중앙 무대에서 활동하려면 서울에 소재하고 있는 대학을 다니는 것이 바람직하다는 말로 이와 같은 맥락이라고 본다.

그래서 부모님들은 기를 쓰고 서울에 소재하고 있는 대학에 자식을 보내려고 애를 쓰고 있다. 서울에는 경상도, 전라도, 경기도, 강원도, 충청도와 멀리 제주도까지 경향각지의 친구들을 폭넓게 사귈 수 있기 때문이다.

소위 명문고등학교니 명문대학이니 하는 것도 모두 끼리끼리 모이는 근성과 배타성 때문일 것이다. 그렇게 하여 인맥이 형성되고 있다. 때때로 배타적 그룹을 형성하는 폐단도 있지만 사람이 살아가는 사회에서 어쩔 수 없이 비공식적 조직이 발생하기 마련이다. 다만, 비공식적 조직이 공식적 조직을 무너뜨릴 만큼 심각한 수준에 도달한다면 많은 문제가 발생하게 될 것이다.

예로부터 전해오는 말에 "정승집 개가 죽으면 인산인해를 이루지만 정승이 죽으면 찾아오는 사람이 없다."는 말이 있다. 물론 사람에 따라서 다를 것이다. 대개 뿌린 대로 거둔다는 속담처럼 자기가 평상시에 베푼 덕을 기리는 사람도 많을 것이다.

친구가 죽었을 때 영정 앞에서 손님을 맞이하는 사람은 올바른 벗이다. 고관으로서 현직에 있을 때와 그 직을 그만 두었을 때 문상객 수에 있어서 크게 차이가 나는 것은 상우나 다름없는 사람들이 직위를 보고 많이 찾아가기 때문일 것이다.

우리 속담에서 말하는 '정승집 개'에 대한 증언은 우리 주위에서 얼마든지 찾아 볼 수 있다. 동료 직원의 부모님 상에는 많은 사람이 찾지만 동료가 과로로 숨진 곳에는 문상하는 사람이 적은 것 같다. 도덕적으로 가슴 아픈 일이다. 그러나 이 세상에서 잃어버린 동료를 대신할 어떤 것도 없다. 오랜 벗은 쉽게 만들어지는 것이 아니다.

우리가 생활하는 대부분의 시간을 직장에서 보내면서 때로는 공통된 관심을 갖고 일하고, 때로는 불화와 화해, 괴로운 시간 등 오랜 세월동안 수없이 많은 추억들을 마음 속에 간직하면서 깊은 우정을 쌓았다. 새로운 친구를 사귀는 것도 중요하지만 묵은 포도주가 은은한 맛이 있듯이 직장동료만큼 더 좋은 친구가 없다.

토끼똥이 소화제

"토끼 똥을 소화제로 사용한다."는 말은 좀 허무맹랑하고 과장된 이 야기처럼 들릴지 모르지만 아래 글을 잘 읽어 보면 그 의미를 이해할 수 있을 것이다.

이 말 속에는 우리 뇌의 무한가능성과 경이로움이 발견된다. 요즘 대학가에서 유행처럼 번지고 있는 것이 숙취를 해소하기 위해 술 마신 뒤 두통약을 먹는 경향이 있다고 한다.

왜 두통약이 술 깨는 약으로 둔갑했을까? 두통약이 숙취해소에 좋다는 소문이 돌면서 대학생들간에 유행하고 있는 것 같다. 또 어떤 여학생들 중에는 두통약을 먹고 체험한 결과 숙취 해소에 크게 도움이 되는 것 같아서 핸드백 속에 두통약을 가지고 다니는 경우도 있다고 한다.

술을 마시면서 어떤 약이 더 효과적일까를 시험하기 위해 게보린, 펜

잘, 부르펜, 사리돈, 서스펜 등을 나누어 실험했다는 이야기도 들린다. 이런 현상들은 대학생들의 음주 문화와 밀접한 관련이 있다.

매년 입학 시즌이 되면 2학년 선배들을 중심으로 새로 들어오는 신입생들에게 신고식을 하고 있는 것으로 보인다. 어느 대학을 막론하고 관례화 되어 있는 것 같다.

장난이 너무 지나쳐 술을 마시고 사망하는 일도 종종 발생하고 있다. 우리들의 부끄러운 자화상이며 이는 학생들만 탓할 일이 아니며 기성세대의 책임도 크다고 생각한다.

기성세대의 폭탄주 문화를 그 학생들이 그대로 본받아 재현했을 가능성이 매우 클 것이다. 몇 년 전에 연세대학을 입학한 학생이 과도한 신고식 때문에 술을 과음하게 되었고 결국 사망하게 된 불상사가 일어났다. 비록 학생들의 행동이 고의성이 없다 할지라도 도의적 책임은 면할 길이 없을 것이다.

한자리에 앉아 술을 마신 선배 학생들은 그 신입생에 대한 기억을 더듬고 있을지 모르겠으나 자식을 잃은 부모의 심경은 어떠했을까? 다른 사람들이야 세월이 가면 잊을 수 있겠으나 그 학생의 부모는 평생 동안 가슴에 한을 품고 살게 될 것이다.

학생의 부모는 자식이 열심히 공부하여 소위 일류대학에 합격하게 되어 기쁘기 이를 데 없었을 것이다. 그렇게 열심히 공부하더니 그 보람이 있어 원하는 대학에 합격하게 된 자식에 대하여 그의 부모는 연세대학교에 합격한 아들이 대견스러웠을 것이다.

우리 한국인처럼 자녀 교육에 남다른 열정을 갖고 있는 부모들도 없을 것이다. 벌써 세 살이 되면 영어공부를 시키는 열성 부모도 있고 태교를 한다면서 임신한 엄마가 모차르트의 음악을 들려준다. 될 수 있으면 태아에게 영향을 주지 않으려고 화를 내거나 감기약 복용도 삼간다.

물론 술이나 담배도 마찬가지다. 우리의 부모님들은 자녀가 공부를 잘해서 좋은 대학에 가는 것만큼 더없는 행복이 없었을 것이다. 그러나 기쁨도 잠시 선배들의 신고식에 희생되어 싸늘한 시체로 돌아온 자식을 대하는 부모의 심경은 하늘이 무너지고 땅이 무너졌을 것이다.

신고식도 좋다. 2학년이 1학년 때 그 학교의 선배들에게 신고식을 했던 것처럼 이제 새로 들어온 신입생들에게 선배로서 위상을 내세울 겸 후배를 지도하는 의미에서 신고식이라는 의식을 행하고 싶어했을 것이다. 그러나 과도한 신고식은 지양되어야 한다.

대학 신입생들이 술을 마셔본 경험이 전혀 없는 사람도 많을 것이기 때문이다. 사실 학생들로서는 술의 해독(害毒)을 제대로 간파하고 있는 사람이 드물 것이다.

술을 마시는 고등학생이 있다고는 하지만 그래도 우리 학생들의 도덕성은 서양에 비하여 양호하다고 믿는다. 대학생은 말 그대로 학생이다. 그래서 학생은 술을 마실 때 주법도 배워야 한다. 재작년에 딸아이가 대학에 입학했을 때 이 신고식에 대한 교육을 단단히 일러주었다. 절대 술을 마시면 안 된다는 것을 주의시켰다.

우리는 가끔 이런 경험을 했을 것이다. "이렇게 일에 시달리고 있으니 며칠간 누워 있었으면 좋겠다."고 생각하면 이상하게도 우리 몸이 아프고 감기가 드는 현상을 경험했을 것이다. 우리의 감정 통제는 뇌의 명령에 많이 작용하게 된다. 인간의 상상력은 무한하다.

우리의 뇌가 하는 일은 일일이 헤아릴 수 없을 만큼 많다. 생각하고 명령하고 분석하고 운동을 관장하며 기억하는 일등 수없이 많다. 심지어 잠을 자면서 꿈을 통하여 예시하고 있다.

뇌 속의 의식 세계는 마치 빙상과도 같다고 한다. 소위 의식 세계와 잠재의식이 그것이다. 빙산이 물 속에 잠긴 부분이 훨씬 큰 것과 마찬가지로 우리의 의식 세계도 잠재의식의 세계가 훨씬 큰 비중을 차지하고 있다.

많은 학자들은 사람이 어떤 목표를 향해 간다고 했을 때 '그 목표가 실현가능하고 할 수 있다는 확신을 갖는 것'이 매우 중요하다고 말한다. 되지 않을 것 같던 일도 할 수 있다는 강한 신념에 의해서 실현된다.

성경에서는 "이미 실현된 것으로 상상하면서 행동하면 그 뜻하는 바가 이루어진다."고 기록되어 있다. "된다고 하면 된다는 것이다."

지난번 실시된 바 있는 대통령 선거의 케치프레이즈가 "꿈은 이루어진다."라는 내용이었는데 모두 같은 맥락이라고 생각한다. 이와 같이 우리의 뇌는 부정적인 이미지를 마음에 담고 있을 때는 될 일도 되지 않으며, 긍정적인 사고를 갖게 되면 안될 것 같은 일도 반드시 실현된다.

이 난의 제목으로 선정한 "토끼 똥을 소화제로 사용한다."는 이야기는 이렇다. 몸이 아픈 사람에게 의사가 마른 토끼 똥을 주면서 이약은 소화제로 특효약이라고 하고 환자에게 투약하고 그 결과를 관찰했을 때 이를 받아 먹은 환자는 증세가 호전된다.

변비가 있는 사람에게 소화제를 주면서 이 약은 '변비에 특효약'이라고 하고 이 약을 주면 먹은 사람이 변비가 한결 좋아졌던 사례가 그것이다. 두통을 호소하는 사람에게 소화제를 주면서 두통약이라고 하여도 두통이 진정되는 경우 등이 모두 이에 해당한다. 이를 위약(플라시보) 효과라고 하는데 옛부터 "병은 마음에서 나온다."는 말은 결코 틀린 말이 아닌 것 같다.

플라시보라는 말은 "만족시키다. 즐겁게 하다."의 뜻을 가진 어원을 갖고 있는 말로서 라틴어라고 한다. 플라시보에 주로 사용하는 것은 의약적으로 비활성 물질로서 젖당, 우유, 증류수, 생리적 식염수, 녹말 등이 사용된다고 하며, 이것을 환자에게 투여하고 얼마나 유효하게 작용하는가를 관찰하는 것이다. 연구 결과 플라시보의 긍정적인 효과는 대개 30%에 이른다고 하니 생각보다는 매우 큰 효과가 있는 것 같다.

조금 전까지 몸이 아프다며 의사를 불러달라고 고통을 호소하던 환자가 의사가 방에 들어오자마자 기분이 좋아지고 병이 나은 것 같다는 느낌을 받는 것도 모두 이 플라시보 효과이다.

플라시보 효과는 반드시 긍정적인 면만 있는 것이 아니다. 때로는 부정적인 효과도 있다. 의사가 환자에게 위약(僞藥)에 대한 설명을 하면서 이 약을 복용하면 부작용이 있을 것이라고 말하고 위약 효과를 조사한 바 환자 중 19%가 현기증, 오심, 구토, 우울증을 호소했다는 것은 귀담아 들어야 할 이야기이다.

어떤 방법이든지 환자의 치료에 있어서 심리적인 면도 무시할 수 없다는 결론이다. 마음과 육체의 관계는 환자의 믿음에 따라 긍정적인 면과 부정적인 측면이 있다는 점이다. 사용하기에 따라서는 신이 내린 최고의 선물이 되는 셈이다.

플라시보 효과가 나타나는 것은 뇌 속의 메카니즘 때문이 아닐까 생각한다. 우리들의 뇌와 간 등 장기는 하루에도 수십만 건이 넘는 많은 물질들을 분석하고 이것이 우리 몸 속에 이로운 방향으로 활용할 수 있도록 한다. 건강할 때는 이 메카니즘이 제대로 작동되어 이상이 없지만 기능이 제대로 작동되지 않으면 병이 생기게 되는 것이다.

병이 나을 수 있다는 확신을 갖는 것이 치료의 1차적인 과제다. 이것이 심리적인 효과인 셈이다. 결국 확신을 갖고 치료에 임하면 건강한 상태로 되돌아온다. 그래서 목사요, 유명한 저술가로서 『적극적 사고방식』이라는 베스트셀러를 내놓은 바 있는 노만필 박사는 환자가 치료를 받을 때는 의사와 더불어 목사를 입회하도록 충고한다.

이 말은 중한 병에 걸려 있을수록 더욱 타당한 이론인 같다. 꼭 목사만 국한할 필요는 없는 것 같다. 종교적 신념에 따라 불교신자는 스님을 모시고 가도 좋을 것이다. 심리적 치료를 겸해야 한다는 이야기다. 매우 흥미로운 일이라고 보며 의학이 발달되지 않았던 옛날에는 이 플라시보 효과가 광범위하게 사용되었다고 한다.

플라시보와는 관계없는 내용이지만 오랫동안 종교를 믿어오던 신자(信者)가 임종을 앞두고도 전혀 죽음에 대하여 두려움이 없는 것도 종교적 신념 때문이다. 이 모든 면을 종합해 보면 모든 것은 마음먹기에 따라서 달라질 수 있음을 보여 주는 것이다. 우리가 목표를 세우고 그 목표를 향해 매진한다면 반드시 이루어질 수 있다고 확신한다.

함박눈과 강아지

　내 고향은 영광이다. 굴비로 유명한 고장이다. 어릴 때 뛰놀던 고향 마을은 영광 원자력발전소 부지에 편입되어 없어졌다. 영광은 예로부터 삼백(三白)의 고장이라고 하였는데 첫째는 쌀과 소금이 많이 생산되고 눈이 많이 내리기 때문이다.

　영광 지방에는 유달리 많은 눈이 내렸다. 탁 트인 칠산 앞바다의 습기 찬 기운과 육지의 찬 공기가 부딪쳐서 많은 눈이 내린 것 같다. 함박눈이 쏟아지는 날, 동네아이들은 소리를 지르면서 즐겁게 떠들며 뛰논다. 아무것도 모르는 강아지도 덩달아서 아이들 틈에 끼어 이리 뛰고 저리 뛰어 노는 모습은 매우 정다운 정경이었다.

　사람들은 새하얀 눈을 바라보면서 '저 많은 눈이 쌀가루였으면 좋겠다'는 푸념을 늘어놓곤 했다. 어떤 때는 긴 겨울밤을 지내고 아침에 일어나 보면 온천지가 눈이었으며, 마당과 길에 쌓인 눈을 치우기 위해 고생했던 기억들이 선하다.

지금도 영광 지역에는 다른 지역보다 훨씬 많은 눈이 내리지만 우리 어렸을 적에는 눈이 얼마나 많이 내렸는지 60센티미터 이상이 쌓일 때가 많았으며 세찬 바닷바람이 불어 눈을 한곳으로 몰아칠 때면 1미터가 넘게 눈이 쌓인 곳이 많았다.

며칠 동안 계속해서 눈이 내리면 동네 청년들이 모여 작대기를 들고 허벅지까지 차고 넘치는 산길을 따라 뚜벅뚜벅 걸으며, 때로는 넘어지기도 하면서 토끼 사냥을 했었다. 평상시에 그렇게 잘 달리던 토끼도 눈이 눈이 많이 내린 곳에서는 제대로 달릴 수 없었기 때문에 토끼를 포위하여 이를 잡아 구워 먹었다.

토끼는 뒷다리가 길고 앞다리가 짧기 때문에 산으로 올라갈 때는 쉽게 올라갈 수 없기 때문에 산 위쪽에서 아래쪽으로 토끼를 몰았으며 이를 잡기가 쉬웠다.

그러나 아무리 음식이 궁한 시절이고 배가 고파도 한 가지 터부시 한 것이 있었는데 절대 집안으로 들어오는 토끼나 노루 등 산짐승과 꿩 등 들짐승이 추위를 피하기 위해 집에 들어올 경우에는 절대로 잡아먹지 않았다.

그것이 전통적인 우리들의 사고방식이었으며, 이러한 전통적 사고방식은 자연을 사랑하고 동물을 사랑하는 우리 선조들의 지혜가 아니었나 생각하며 매우 아름다운 추억이었다.

미신이라고 생각할지 모르지만 지금도 시골에 가면 그러한 사고를 갖고 있는 가정이 많다. 심지어 집에 들어오는 구렁이가 집안으로 들어올 때도 절대 이를 죽이지 않으며 집에 들어온 짐승을 잡아먹지 않았다. 요즘에도 시골에서는 가정에 큰 병이 나거나 교통사고를 일으킬 경우에도 이러한 미신과의 인과관계를 따져보는 가정이 많은 것 같다. 아마도 토테미즘적 사고방식이 아닌가 생각된다.

눈이 쌓여 하얗게 뒤덮인 들판 위에는 아무것도 보이지 않고 온 천지는 모두 하얗게 변해 버린다. 날씨가 추워 바깥 출입을 삼간다. 겨울철 바닷가 세찬 바람은 체감온도를 매우 크게 낮춘다.

그러나 시골에서는 대부분 농사를 짓는 가정이 많아 겨울에는 특별히 할 일이 없었다. 그래서 부지런한 남자들은 새끼를 꼬거나 가마니를 짰다. 그러나 화투놀이나 마작을 좋아하는 가정에서는 어김없이 화투놀이에 논밭을 팔거나 화투놀이로 빚을 진 사람이 있었으며, 때로는 정든 고향을 떠난 사람도 많았다.

우리 마을은 바다와 인접하고 간만의 차가 완만하여 간첩선이 출몰하기 쉬운 지역이었다. 한번은 우리 마을에 간첩이 출현하여 이를 신고함으로써 정부로부터 표창도 받고 많은 포상금을 타게 되었는데 이 사실을 알게 된 도박꾼들이 포상금을 노리고 도박을 유혹하여 함께 도박을 하여 포상금으로 탄 모든 돈을 잃어버리고 서울로 떠난 사례도 있었다.

형태를 살펴보면 전라도 지방의 집들은 옹기종기 모여있는 집촌(集村)의 형태가 많다. 그러나 경기도 지방 농촌으로 가면 산촌(散村)이 많다. 다른 지방의 시골과 마찬가지로 옛날에는 연탄도 구경할 수 없었으므로 산에서 나무를 해다가 땔 수밖에 없었다.

저녁이 되면 이집 저집에서 굴뚝마다 연기가 모락모락 올라온다. 마르지 않은 솔가지를 꺾어다 때는 집은 연기가 유난히 심하여 금방 알 수 있을 정도이다. 그러나 화력이 세기 때문에 난방이 잘 되어 매우 따뜻했다. 부엌에서 불을 때면서 고구마를 구워먹기도 했는데 고구마 껍질이 타서 구운 고구마를 먹은 후에 입들은 새카맣게 되어 버린다.

시골 생활은 퍽 즐거웠다. 우리는 스케이팅이라는 말을 들어본 적도 없었다. 당연히 대나무로 만든 스키를 타면서 어린 시절을 보냈다.

왕대를 가운데로 쪼개 대나무 앞부분을 불에 넣어 위쪽으로 약간 구부려 지면과 밀착되지 않도록 만든 스키는 눈 위에서 매우 빠른 속도로 움직였기 때문에 우리는 곧잘 대나무 스키를 즐겼다.

수없이 넘어져 무릎이 성할 날이 없었다. 그렇지만 그 즐거움은 정말 컸다. 스키를 처음 탈 때는 균형을 잡을 수 없었기 때문에 자꾸만 넘어지기 마련이다. 그러나 이러한 시행착오를 수없이 겪으면서 넘어지면 다시 일어나고 또 넘어지면 다시 일어나면서 균형을 잡아가며 스키를 배웠다. 처음에는 쪼그리고 앉아 타면서 균형을 잡지만 어느 정도 숙달되면 일어서서 균형을 잡았다.

논이 얼어있는 곳에서는 팽이를 가지고 놀았으며, 겨울이면 으레 손이 트고 손등이 벌어졌다. 손에 때가 많이 끼어 있어서 손등이 텄는데 그때는 목욕시설도 제대로 되지 않아서 시골집에서는 너나없이 몇 달 동안 목욕을 할 수 없었다.

부엌에서 따뜻한 물을 통에 받아 그 안에서 목욕하는 것이 고작이었다. 다시 말하면 시골에서는 목욕시설이 전무한 상태였다.

얼음판 위의 팽이는 매우 잘 돌았으며, 이에 신이 나서 몸에 땀이 날 정도로 열심히 팽이치기를 하였으며 즐거운 시간을 보냈다. 시골에는 집집마다 방 윗쪽에 수수깡으로 만든 고구마 보관소를 만들었다. 고구마는 습기가 많아서 추운 겨울에는 방이 아니면 보관하기가 매우 어려웠다. 고구마가 잘 썩기 때문이다. 고구마는 식사도 제대로 할 수 없었던 시절에는 매우 중요한 식품이었다.

보릿고개라 하여 보리를 채 수확하지 못한 시기에 매우 어려운 시기가 있었다. 이 시기에는 그 동안 준비해 둔 쌀과 보리가 모두 떨어져 배고픔을 달래면서 살아가는 시기를 말한다. 절대 빈곤층이 많았던 관계로 보리가 아직 패서 이제 어느 정도 익으면 이를 베어다 나뭇잎을 긁어다 모아 놓고 성냥불을 피운 후 그 위에 보리를 놓고 보리를 익혀 먹었다. 그래도 이 정도면 대단한 행운이다.

식구가 많은 집은 식모살이를 보내거나 사환으로 보냈으며, 시골 면 단위에서 대학생을 찾아보기란 대단히 어려웠다.

소나무 가지를 꺾어 껍질 안쪽을 벗겨 먹기도 하고 밭이나 밭둑에서 무릇을 캐내어 독을 제거하고 삶아 먹기도 하였다. 이런 생활을 하던 시절이 60년대 말까지 계속되었다. 먹고 사는 것이 다급한 실정이었으며, 문화 생활은 말할 것도 없었다.

축음기를 소유하고 있는 집은 그야말로 대단한 인기가 있었다. 이난 영의 '목포의 눈물'이라는 노래가 구성지게 흘러나오고 남인수의 노래가 축음기에서 흘러나올 때 우리는 그 노래를 들으면 정말 신기하게만 느꼈다. 축음기를 틀어 노래가 나오면 동네 어른들은 물론이고 온동네 아이들이 몰려들었다.

처음에는 들깨기름이나 참기름을 이용하는 불을 사용하였다. 기름을 아끼기 위해 방과 부엌 사이에 구멍을 내고 그 사이에 유리를 넣어 그 불 하나로 방과 부엌을 동시에 밝힐 수 있도록 하였다.

그 뒤 석유를 이용한 등잔이 나왔다. 등잔불을 사용하게 된 것이다. 이 석유는 대부분 미군부대에서 흘러나온 것 같다. 이는 연기가 많이 나기 때문에 촛불을 사용하는 가정이 있었는데 이는 매우 부유한 가정에서 사용하였다. 얼마 후 흑백 텔레비전이 나왔다.

텔레비전은 전기가 공급됨으로써 가능하였다. 대단히 부끄러운 이야기지만 나이가 꽤 들었을 때까지 TV를 어떻게 켜는지를 몰랐다. 정말 텔레비전은 상상할 수 없는 놀라운 것이었다. 권투 중계가 될 때나 김일 레슬링이 있는 날은 온 동네 사람이 모여 들었다. 박정희 대통령이 정권을 잡으면서 제1성으로 내세운 것이 가난을 추방하는 것이었다.

어머니가 베틀 위에서 베를 짜고 숯불을 넣은 다리미로 옷을 다리던 모습이 눈에 선한데 이제 우리 나라도 비약적으로 발전하였다. 자동차, 반도체, 선박, 철강, 낚싯대, 휴대폰, 고화질 텔레비전 등 이루 헤아릴 수 없는 제품들이 세계시장을 석권하고 있다.

미제나 일제라면 사족을 쓰지 못하던 시절도 지났다. 일본에 출장 갔다오는 고위층 인사의 부인들이 「코끼리표」밥통을 사오다가 그것이 세관에 적발되어 세상사람들의 눈총을 받았다. 그러나 최근 해외에 다녀오는 사람들의 손에는 그러한 전자제품이나 생활필수품을 사오는 사람은 거의 없다. 우리 나라 제품이 좋아졌기 때문이다.

클라이슬러, BMW, 볼보, 도요다 자동차를 타고 다닌다 하여 그 사람을 존경하고 부러워하는 사람은 없다. 그저 돈이 좀 있는 것으로 보는 정도이다. 돈 없이 가난하고 머릿속에 든 것은 별로 없는 사람들이 이제 돈이 좀 생기니까 이를 과시하고 있을 따름이다.

우리 나라도 잘사는 나라가 되었다. 정말 자랑스러운 일이다. 2002년 11월 수출 실적이 153억달러가 되었으며, 이는 과거에는 상상할 수 없는 대단한 기록이다. 이제 비약적인 발전을 거듭하여 며칠 전에는 액체로 만든 로켓을 세계에서 처음으로 시험에 성공하였다. 초음속 비행기도 우리 손으로 제작하여 시험비행에 성공하였다. 자랑스러운 한국인이다.

이제 세계 속의 한국인으로서 긍지와 자부심을 갖고 살아가기 위해서 우리들도 변해야 한다. 국제적 매너와 실력을 갖춘 인품을 구비하도록 노력해야 한다.

길에 다니면서 마음대로 껌을 뱉고, 쓰레기를 함부로 버리고, 등산을 가서 아무 데나 쓰레기를 버리는 일, 화장실에서 화장지를 쓰레기통이 아닌 곳에 버리는 일, 버스를 타며 줄을 서지 않고 서 있다가 자동차가 오면 우르르 몰려가는 일, 외국인이 오면 굳은 표정으로 인사도 없이 지나가는 일은 없어져야 한다.

외국인이 우리 한국어를 잘 모르는 것과 마찬가지로 우리도 외국어에 능통할 수 없다. 다만 길에서 길을 묻는 외국인에게 따뜻하게 길을 안내할 줄 아는 정도면 충분하다고 생각한다. 이제 넓은 가슴으로 공중 에티켓을 지키며 살아갈 수 있는 한국인이 되기를 희망한다.

장부규 에세이

그대를 다시 만날 때까지

. . . .

발행일 · 2004년 7월 5일

지은이 · 장부규
일러스트 · 김천정
편집장 · 박옥주

편집인 · 박종현
발행인 · 박인한
펴낸곳 · 세계문예

등록/1998년 5월 27일(제7-180호)

주소/(132-033) 서울시 도봉구 쌍문3동 315-402

☎ 대표:995-0071 영업부:995-0072
　편집실:995-1177 주간실:995-0073
　팩스/904-0071

e-mail｜adongmun@naver.com
e-mail｜adongmun@hanmail.net
Homepage｜adongmun.co.kr
　　　　　아동문예

값 8,500원

. . . .

ISBN 89-88695-36-4

. . . .

※저자와의 협의하에 인지는 생략함.